Agatha Christie

Punição para a inocência

Tradução de Pedro Gonzaga

www.lpm.com.br

L&PM POCKET

Coleção **L&PM** POCKET, vol. 785

Texto de acordo com a nova ortografia.
Título original: *Ordeal by Innocence*

Primeira edição na Coleção **L&PM** POCKET: junho de 2009
Esta reimpressão: novembro de 2009

Tradução: Pedro Gonzaga
Capa: Néktar Design. *Foto*: Raymond Depardon/Magnum Photos
Preparação: Patrícia Yurgel
Revisão: Joseane Rucker

CIP-Brasil. Catalogação-na-Fonte
Sindicato Nacional dos Editores de Livros, RJ.

C479p

Christie, Agatha, 1890-1976
Punição para a inocência / Agatha Christie; tradução de Pedro Gonzaga. – Porto Alegre, RS : L&PM, 2009.
272p. ; 18 cm (Coleção L&PM POCKET; v.785)

Tradução de: *Ordeal by Innocence*
ISBN 978-85-254-1895-1

1. Romance inglês. I. Gonzaga, Pedro. II. Título. III. Série.

09-2398. CDD: 823
CDU: 821.111-3

Rua Comendador Coruja 314, loja 9 – Floresta – 90220-180
Porto Alegre – RS – Brasil / Fone: 51.3225.5777 – Fax: 51.3221-5380

Pedidos & Depto. Comercial: vendas@lpm.com.br
Fale conosco: info@lpm.com.br
www.lpm.com.br

Impresso no Brasil
Primavera de 2009

Sumário

Para Billy Collins,
com afeto e gratidão

“Se eu pretendesse ser justo, minha boca me condenaria; se fosse inocente, ela me declararia perverso.

Temo por todos os meus tormentos, sabendo que não me absolverás.”

Jó

Capítulo I

I

Já anoitecia quando ele chegou ao ferry.

Ele poderia ter chegado ali muito antes. A verdade era que havia adiado aquilo tanto quanto pudera.

Primeiro o almoço com os amigos em Redquay; a conversa leve e sem maior importância, a troca de fuxicos sobre amigos em comum – tudo aquilo significando apenas que internamente ele evitava fazer o que era preciso. Seus amigos o tinham convidado para esperar pela hora do chá, e ele aceitara. Mas por fim havia chegado o momento em que sabia que as coisas não mais poderiam ser adiadas.

O carro por ele contratado já estava à espera. Disse adeus a todos e partiu pelos doze quilômetros ao longo da estrada movimentada que percorria a costa até uma via ladeada por árvores que levava para o interior e terminava junto a um pequeno cais de pedra às margens do rio.

Lá havia uma enorme sineta que o motorista badalou com vigor a fim de chamar o ferry que estava do outro lado.

– O senhor deseja que eu o espere, senhor?

– Não – disse Arthur Calgary. – Já pedi um carro para me buscar lá daqui a uma hora e me levar a Drymouth.

O homem recebeu o pagamento e a gorjeta. Ele disse, espreitando o rio através da escuridão:

– O ferry se aproxima, senhor.

Com um boa-noite pronunciado com delicadeza, deu ré no carro e se afastou em direção à colina. Arthur

Calgary ficou esperando sozinho no cais. Sozinho com seus pensamentos e apreensivo com o que o aguardava. "Como a vista era selvagem por aqui", pensou. Alguém poderia se imaginar em um lago escocês, longe de tudo. E, apesar disso, a apenas alguns quilômetros havia hotéis, lojas, bares e as multidões de Redquay. Refletiu, não pela primeira vez, sobre os extraordinários contrastes das paisagens inglesas.

Ouviu o suave esparramar da água produzido pelos remos assim que o ferry boat se aproximou do pequeno cais. Arthur Calgary subiu a rampa molhada e entrou no barco enquanto o barqueiro o firmava com croque. Era velho e deu a Calgary a estranha impressão de serem, ele e o barco, uma criatura só, una e indivisível.

Uma brisa gelada veio se arrastando da direção do mar logo que partiram.

– Faz frio esta noite – disse o barqueiro.

Calgary anuiu. Concordava também que fazia mais frio naquele dia do que na véspera.

Estava consciente, ou ao menos assim pensava, de ter visto uma velada curiosidade nos olhos do barqueiro. Eis um estranho. E um estranho que aparecia depois de encerrada a temporada de turismo. Mais ainda, aquele estranho cruzava o rio em uma hora incomum – tarde demais para o chá ou café no píer. Não levava bagagem, de modo que não poderia estar indo para ficar. (Por quê, perguntava-se Calgary, ele havia partido *tão* tarde? Seria por estar, de maneira subconsciente, adiando ao máximo esse momento? Deixando para o mais tarde possível aquilo que precisava ser feito?) Cruzando o Rubicão* – o rio... o rio... sua mente se voltou para outro rio – o Tâmisa.

---

* Rio ao norte da Itália. Na campanha de Júlio César, em 49, cruzar o Rubicão seria declarar guerra à própria Roma. Como dito popular, "cruzar o Rubicão" significa chegar a uma situação sem volta. (N.T.)

Havia olhado para aquilo sem enxergar nada (teria sido apenas ontem?), depois voltou os olhos outra vez para o rosto do homem que o encarava do outro lado da mesa. Aqueles olhos pensativos escondiam alguma coisa que ele não fora plenamente capaz de compreender. Uma espécie de reserva, algo que era pensado mas não expresso...

"Suponho", pensou, "que eles aprendem a não mostrar nunca o que estão pensando."

A coisa toda era um tanto assustadora quando alguém se envolvia sem subterfúgios. Tinha de fazer o que era preciso fazer – e depois disso – *esquecer*!

Franziu o cenho ao lembrar da conversa do dia anterior. Aquela voz tranquila e agradável, num tom de quem não se compromete, dizendo:

– Você está bastante determinado quanto ao rumo de sua ação, dr. Calgary?

Ele respondera com fervor:

– O que mais posso fazer? Você entende? É preciso que o senhor concorde? É algo de que não tenho como me esquivar.

Ele não havia, contudo, captado a expressão daqueles olhos furtivos, de um cinza esverdeado, e havia ficado um pouco perplexo com a resposta.

– É preciso olhar para o assunto de todos os ângulos, considerá-lo sob todos os aspectos.

– Só pode existir um aspecto aos olhos da justiça?

Ele havia falado com fervor, considerando por um momento que aquela era uma sugestão ignóbil para "silenciar" o tema.

– De certa maneira, sim. Mas há muito mais por trás disso, o senhor sabe. Mais do que, como podemos dizer, justiça?

– Discordo. É preciso levar a família em consideração.

E o outro disse com rapidez:

– Claro, ah, sim, claro. Eu estava pensando neles...

De imediato, contudo, o outro homem disse, sem qualquer alteração em sua voz agradável:

– Fica a seu critério, dr. Calgary. O senhor deve fazer, é claro, o que sua consciência mandar.

O navio ancorou na praia. Ele tinha cruzado o Rubicão.

O barqueiro, com sua voz macia de interiorano, disse:

– São quatro pences, senhor, ou incluo também o retorno?

– Não – disse Calgary. – Não haverá retorno. (Quão fatídicas soaram aquelas palavras!)

Pagou. E então fez uma pergunta:

– O senhor conhece uma casa chamada Sunny Point?

Subitamente a curiosidade deixou de ser velada. O interesse nos olhos do velho lampejou com vigor.

– Como não, claro. Fica logo ali, à sua direita, pode-se vê-la por entre as árvores. O senhor segue por aquela colina, sempre costeando a estrada, à direita, e então pega a estrada nova, que passa por entre as construções da propriedade. É a última das casas, no final do trajeto.

– Muito obrigado.

– O senhor está falando mesmo de Sunny Point, senhor? Onde a sra. Argyle...

– Sim, sim... – cortou-lhe Calgary. Não tinha vontade de discutir o assunto. – Sunny Point.

Um sorriso lento e um tanto peculiar fez curvar os lábios do barqueiro. De repente pareceu um daqueles antigos faunos.

– Foi ela quem batizou a casa durante a guerra. Era uma casa nova, claro, recém-construída, ainda sem nome. Mas o nome do lugar em que foi construída, aquela pequena península, era Viper's Point, isso mesmo! Mas Viper's Point não lhe parecia um nome agradável, não para sua casa. Então escolheu Sunny Point. Mas nós continuamos usando o nome antigo.

Calgary agradeceu com rispidez, deu-lhe boa-noite e seguiu em direção à colina. Todos pareciam estar dentro de suas casas, mas ele tinha a impressão de que olhos o espreitavam através das janelas dos chalés; todos a observá-lo, sabedores de seu destino, dizendo uns para os outros: "Ele está a caminho de Viper's Point..."

Viper's Point. Que nome horrendo, ainda que apropriado, deve ter parecido...

Mais afiado que um dente de serpente...

Reviu bruscamente seus pensamentos. Precisava se concentrar e se preparar para dizer exatamente o que tinha de dizer...

II

Calgary chegou ao fim da ótima estrada nova, ladeada por belas casas, cada qual com seus oitavos de acre de jardim: palmas, crisântemos, rosas, sálvias, gerânios – cada proprietário demonstrando seu gosto individual na arte da jardinagem.

Ao fim da estrada, havia um portão com as palavras SUNNY POINT em letras góticas. Ele abriu o portão, cruzou-o e seguiu pela curta passagem. A casa estava logo à sua frente – um prédio sólido, moderno, de uma arquitetura sem personalidade, com empenas e pórtico. Poderia estar localizado em qualquer boa vizinhança de subúrbio ou em qualquer novo bairro. Não estava à altura, na opinião de Calgary, da vista que oferecia, por que ela era, sem dúvida, magnífica. O rio fazia ali uma curva acentuada ao redor do cabo quase a ponto de se fechar sobre si mesmo. Uma colina coberta de árvores se erguia na direção oposta; rio acima, havia mais uma curva cujas margens, a distância, estavam cobertas por arbustos e orquídeas.

Calgary olhou por um momento para um lado e para outro do rio. Alguém poderia ter erguido um castelo por ali, pensou, um castelo impossível, ridículo, de contos de fada! Aquele tipo de castelo que pode ser feito com bolo de gengibre ou glacê. Em vez disso havia bom gosto, moderação, comedimento, uma montanha de dinheiro e a mais completa falta de imaginação.

Ninguém podia, naturalmente, culpar os Argyle por isso. Haviam apenas comprado a casa, não a tinham construído. Ainda assim, eles ou um deles (a sra. Argyle?) a havia escolhido...

Ele disse para si mesmo: "Não há como postergar mais o momento...", e apertou a campainha ao lado da porta.

Ficou parado, esperando. Depois de um intervalo razoável, voltou a apertar o botão.

Não escutou som de passos lá dentro, mas, sem qualquer aviso, de repente a porta foi aberta.

Deu um passo para trás, surpreso. Para sua imaginação já superestimulada, foi como se a própria Tragédia estivesse a lhe barrar a entrada. Tinha um rosto jovem; de fato, é no ápice da juventude que a Tragédia encontra sua mais pura essência. A Máscara Trágica, pensou, deveria ser sempre a máscara de uma jovem... Indefesa, predestinada, pressentido a proximidade da perdição... vinda do futuro...

"Vamos", pensou, "concentre-se, use a razão: um tipo irlandês." Os olhos de um azul profundo, a sombra negra a envolvê-los, os vigorosos cabelos negros, a enlutada beleza dos ossos de seu crânio e de suas faces...

A garota ficou ali parada, jovem, vigilante e hostil.

Ela perguntou:

– Sim? O que o senhor quer?

Ele respondeu de modo convencional:

– O sr. Argyle está?

– Sim. Mas ele não recebe ninguém. Quero dizer, ninguém que ele não conheça. É este o seu caso, não é mesmo?

– De fato, ele não me conhece, mas...

Ela começou a fechar a porta.

– Então é melhor que o senhor lhe escreva...

– Sinto muito, mas tenho particular interesse em vê-lo. A senhorita, por acaso, é a srta. Argyle?

Admitiu a contragosto:

– Sim, sou Hester Argyle. Mas meu pai não recebe ninguém... não sem um agendamento prévio. É melhor escrever.

– Vim de muito longe...

Ela não se moveu um milímetro.

– Todos dizem o mesmo. Mas acho que esse tipo de truque já não funciona mais. – Ela continuou, em um tom acusatório: – O senhor é um repórter, estou certa?

– Não, nada disso.

Olhou-o com suspeita, como se não acreditasse em suas palavras.

– Bem, então o que o senhor quer?

Atrás dela, um pouco mais para dentro do hall, ele pôde ver outro rosto. Um rosto achatado e rústico. Para descrevê-lo, ele diria que era um rosto que lembrava uma panqueca, o rosto de uma mulher na casa dos quarenta, com cabelos crespos, de um loiro cinzento, emplastrados no topo da cabeça. Ela parecia estar de guarda, esperando, como um dragão que a tudo vigiasse.

– Diz respeito ao seu irmão, srta. Argyle.

Hester Argyle prendeu de súbito a respiração. Ela disse, sem acreditar:

– Michael?

– Não, o seu irmão Jack.

Ela explodiu:

– Eu sabia! *Sabia* que o senhor viria para falar do Jacko! Por que não nos deixa em paz? Isto é assunto encerrado. Por que insistir?

– Nunca se pode dizer realmente quando um assunto está terminado.

– Mas este *está*! Jacko está morto. Por que não pode deixar as coisas como estão? Está tudo *acabado*. Se o senhor não é um jornalista, suponho que seja um médico, ou um psicólogo, ou algo assim. Por favor, vá embora. Meu pai não pode ser incomodado. Está cheio de coisas para fazer.

Voltou outra vez a fechar a porta. Num rompante, Calgary fez o que deveria ter feito desde o início: tirou a carta do bolso e a estendeu na direção dela.

– Tenho uma carta aqui... do sr. Marshall.

Ela recuou. Seus dedos hesitantes seguraram o envelope. Perguntou de modo indeciso:

– O sr. Marshall, de Londres?

De súbito, surgiu ao lado da moça a mulher de meia-idade que estivera espreitando tudo desde o hall. Olhou-o de soslaio, desconfiada, e ele se lembrou dos conventos estrangeiros. Claro, o rosto dela era como o de uma freira! Faltavam apenas o ornamento branco, ou seja lá que designação tenha, emoldurando-lhe firmemente o rosto, o hábito negro e a mantilha. Era um rosto em que não se via a contemplação, mas sim o olhar inquiridor e desconfiado da freira que espia através da abertura na porta grossa, antes de admitir alguém, de má vontade, para a visita ao convento ou então para uma entrevista com a madre-superiora.

Ela disse:

– O senhor vem da parte do sr. Marshall?

Seu tom foi quase o de uma acusação.

Hester mantinha os olhos fixos no envelope que tinha em mãos. Então, sem dizer palavra, deu meia-volta e subiu correndo as escadas.

Calgary permaneceu junto à porta, suportando o olhar inquiridor e descrente da freira-dragão.

Buscou alguma coisa para dizer, mas não encontrou nada. Por prudência, então, permaneceu em silêncio.

Pouco depois, a voz de Hester, tranquila e indiferente, flutuou na direção deles:

– Papai disse que é para ele entrar.

Um tanto a contragosto, o cão de guarda se moveu para o lado. A expressão de suspeita em seu rosto se manteve inalterada. Ele cruzou por ela, deixou o chapéu sobre uma cadeira e subiu as escadas até o ponto em que Hester o esperava.

A parte interna da casa deu-lhe uma vaga impressão de higiene. Era quase como uma clínica cara de repouso, pensou.

Hester o conduziu através de um corredor e depois desceram três degraus. Então ela abriu uma porta e, com um gesto, indicou que entrasse. Assim que ele passou, ela o seguiu, fechando a porta às suas costas.

A peça era uma biblioteca, e Calgary ergueu a cabeça com uma sensação de prazer. A atmosfera era bastante diferente da do resto da casa. Era um cômodo onde *vivia* um homem – um lugar de trabalho e ao mesmo tempo de descanso. As paredes estavam cobertas de livros; as poltronas eram amplas, um pouco surradas, mas confortáveis. Havia uma agradável desordem nos papéis sobre a mesa, nos livros espalhados sobre o tampo. Viu por um breve momento uma jovem que deixava a sala por uma porta na outra extremidade da peça, uma jovem deveras atraente. Depois sua atenção foi atraída pelo homem que se ergueu e veio cumprimentá-lo, a carta aberta nas mãos.

A primeira impressão de Calgary sobre Leo Argyle foi a de que ele era tão magro, tão transparente, que mal parecia estar ali. O espectro de um homem! Ao falar, sua voz tinha um tom agradável, embora desprovida de ressonância.

– Dr. Calgary? – ele perguntou. – Sente-se, por favor.

Calgary se sentou. Aceitou um cigarro. Seu anfitrião se sentou à sua frente. Tudo foi feito sem pressa, como se estivessem num mundo em que o tempo tivesse pouquíssima importância. Um sorriso gentil e quase imperceptível se formava nos lábios de Leo Argyle enquanto ele falava, tamborilando de leve a carta com seus dedos exangues.

– O sr. Marshall escreve dizendo que o senhor tem um importante comunicado a nos fazer, embora não especifique a natureza do mesmo.

Sorriu de modo ainda mais profundo e acrescentou:

– Os advogados sempre arranjam uma maneira de não se comprometer, não é verdade?

Ocorreu a Calgary, não sem uma leve surpresa, que o homem que agora o confrontava era um homem feliz. Não de um modo alegre ou prazeroso, como costuma se manifestar a felicidade – mas feliz de uma forma menos aparente e mais resguardada. Estava diante de um homem que não se deixava abater pelo mundo exterior e lutava para que as coisas fossem assim. Não sabia bem ao certo por que se deixava surpreender por essa constatação, mas o fato era que estava surpreso.

Calgary disse:

– É muito gentil da sua parte me receber – as palavras não passavam de uma introdução mecânica. – Pareceu-me mais adequado vir pessoalmente do que escrever. – Fez uma pausa e então, tomado de súbita agitação, disse: – É muito difícil... muito difícil...

– Acalme-se. Não temos pressa.

Leo Argyle mantinha o ar de polidez e distância.

Inclinou-se para a frente; à sua maneira educada, tentava obviamente ajudar.

– Uma vez que o senhor traz esta carta de Marshall, presumo que sua visita esteja relacionada aos infortúnios do meu filho Jacko... Jack, quero dizer... Jacko é o modo carinhoso como o chamamos.

Todas as palavras e frases cuidadosas que Calgary preparara com cuidado agora o desertavam. Ficou ali sentado, face a face com a aterrorizante realidade daquilo que tinha para contar. Voltou a balbuciar:

– É terrivelmente difícil...

Houve um momento de silêncio, e então Leo disse, cauteloso:

– Se isto ajudar... estamos bastante cientes de que Jacko tem uma personalidade que ninguém chamaria de normal. Nada do que o senhor tiver a nos dizer será, assim, uma surpresa completa. Diante do horror dessa tragédia, estou completamente convencido de que Jacko não pode ser, de fato, responsabilizado por suas ações.

– É claro que não pode – disse Hester, fazendo com que Calgary se sobressaltasse ao som de sua voz. Havia, por um momento, esquecido dela. Ela havia se sentando no braço de uma poltrona logo atrás da linha do ombro esquerdo de Calgary. Ao voltar a cabeça, ela se inclinou decidida em sua direção.

– Jacko sempre foi terrível – ela disse, em tom confidencial. – É como se ainda fosse uma criança, quero dizer, quando perde a cabeça. Ele pega a primeira coisa ao alcance da mão e... vem para cima de você...

– Hester... Hester... minha querida – a voz de Argyle revelava aflição.

Espantada, a garota levou a mão aos lábios. Ruborizou-se e falou com a súbita inabilidade juvenil.

– Sinto muito – ela disse. – Eu não quis... me esqueci... não deveria ter dito isso... não agora que ele... quero dizer, agora que está tudo acabado e... e...

– Acabado e encerrado – disse Argyle. – Isso tudo já passou. Vou tentar... todos tentaremos... pensar que o garoto deve ser considerado um inválido. Um equívoco da natureza. Creio que essa é a expressão mais adequada. – Olhou para Calgary: – O senhor concorda?

– Não – disse Calgary.

Houve um novo momento de silêncio. Aquela negação fizera os dois ouvintes recuarem ao mesmo tempo. Havia sido pronunciada com uma força quase explosiva. Na tentativa de mitigar o efeito, ele disse de modo desajeitado:

– Eu... eu sinto muito. Veja bem, vocês ainda não entenderam.

– Ah! – disse Argyle, considerando a questão. Então voltou a cabeça para onde estava a filha: – Hester, acho melhor você nos deixar a sós...

– Não vou a lugar nenhum! Preciso ouvir o que ele tem a dizer... saber o que está acontecendo.

– Talvez o resultado da conversa não seja agradável...

Hester ergueu a voz, impaciente:

– Que importam as outras monstruosidades que Jacko tenha cometido? Agora está tudo *terminado.*

Calgary falou depressa.

– Por favor, acreditem em mim... não se trata de nada que o seu irmão tenha feito... antes pelo contrário.

– Não consigo entender...

A porta na extremidade da peça se abriu, e a jovem que Calgary antes havia apenas vislumbrado retornou ao ambiente. Vestia agora um casacão e carregava uma pequena pasta para documentos.

Falou para Argyle:

– Estou de partida. Posso ajudá-lo em mais alguma coisa?

Houve uma hesitação momentânea por parte de Argyle (era possível que hesitasse sempre, pensou Calgary), e então ele deixou a mão pousar sobre o braço dela e a conduziu em direção a uma poltrona.

– Sente-se, Gwenda – ele disse. – Este é... o sr. Calgary. Esta é a srta. Vaughan, que é... – voltou a fazer uma pausa, como se estivesse em dúvida. – Que é minha secretária já há alguns anos.

Depois acrescentou:

– O dr. Calgary veio nos contar... ou... nos perguntar alguma coisa... sobre o Jacko...

– Vim contar algo – interrompeu-o Calgary. – E ainda que o senhor não o perceba, a cada momento torna a minha missão ainda mais difícil.

Todos o olharam com um certo ar de surpresa, mas, nos olhos de Gwenda Vaughan, ele viu brilhar algo que se assemelhava à compreensão. Era como se os dois tivessem firmado uma aliança momentânea, como se ela tivesse dito: "Sim, sei muito bem como os Argyle podem ser difíceis".

Ela *era*, de fato, uma mulher jovem e atraente, pensou, ainda que não tão jovem assim – devia ter uns 37 ou 38. Uma figura bem-feita, cabelos e olhos negros, um ar de completa saúde e vitalidade. Dava a impressão de ser tanto competente quanto inteligente.

Argyle falou com uma certa frieza de modos:

– Não ajo intencionalmente para tornar as coisas mais difíceis para o senhor, dr. Calgary. Sem dúvida não é essa minha intenção. Se o senhor puder nos fazer a gentileza de ir ao ponto...

– Sim, eu sei. Peço desculpas por ter dito o que disse. Mas se trata da persistência com que o senhor e sua filha não deixam de sublinhar, de maneira contínua, que o assunto agora está *encerrado, resolvido, terminado*. Está *tudo* em aberto. Quem foi mesmo que disse: "Nada está resolvido até que"...

– "Até que esteja plenamente resolvido" – concluiu por ele a srta. Vaughan. – Kipling.

Ela fez uma leve anuência com a cabeça a fim de encorajá-lo, e isso o fez sentir-se grato por aquele gesto.

– Mas chegarei ao ponto – prosseguiu Calgary. – Depois que ouvirem o que tenho a dizer, entenderão... minha relutância. Melhor dizendo, minha aflição. Para começar, sinto-me na obrigação de mencionar algumas coisas sobre minha pessoa. Sou um geofísico e fiz parte há pouco tempo de uma expedição à Antártica. Retornei à Inglaterra algumas semanas atrás.

– A expedição Hayes Bentley? – perguntou Gwenda.

Virou-se na direção dela com gratidão.

– Sim. Era a expedição Hayes Bentley. Digo isso a vocês para explicar a minha situação e também para explicar que estive afastado do mundo e de seus acontecimentos por cerca de dois anos.

Ela seguiu em seu auxílio:

– O senhor se refere a todo tipo de acontecimento, incluindo os julgamentos por assassinato?

– Sim, srta. Vaughan, é exatamente disso que estou falando.

Ele se voltou para Argyle.

– Por favor, perdoe-me se a questão for dolorosa, mas preciso apenas checar com o senhor algumas horas e datas. No dia 9 de novembro do ano retrasado, por volta das seis da tarde, seu filho, Jack Argyle (o seu Jacko), veio até aqui e se encontrou com a mãe, a sra. Argyle.

– Sim, minha esposa.

– Ele disse a ela que estava em dificuldades e pediu dinheiro. Isso já tinha acontecido outras vezes...

– Dezena de vezes – disse Leo com um suspiro.

– A sra. Argyle recusou. Ele se tornou agressivo, ameaçador. Por fim, ele saiu às pressas, num ímpeto, gritando que voltaria e que então ela "*teria* que pagar, feliz da vida". Ele disse: "A senhora não quer que eu vá parar na prisão, não é mesmo?", ao que ela respondeu: "Estou começando a acreditar que essa poderia ser a melhor solução para você".

Leo Argyle se mexeu com desconforto.

– Minha esposa e eu havíamos conversado sobre isso incessantemente. Estávamos muito descontentes com o garoto. Por inúmeras vezes havíamos tentando ajudá-lo, para possibilitar que ele recomeçasse do zero. Tínhamos a impressão de que talvez o choque de ser preso... a instrução... – a voz dele foi desaparecendo. – Mas, por favor, continue.

Calgary continuou:

– Mais tarde, naquela noite, sua esposa foi assassinada. Atacada com um atiçador e abatida. As impressões digitais de seu filho estavam no cabo do atiçador, e uma enorme quantia em dinheiro havia desaparecido da gaveta da escrivaninha em que sua esposa o havia guardado. A polícia prendeu seu filho em Drymouth. O dinheiro foi encontrado com ele, a maior parte em notas de cinco libras, todas elas com identificação, o que permitiu ao banco reconhecê-las como as que tinham sido sacadas pela sra. Argyle naquela manhã. Ele foi acusado pelo crime e foi a julgamento.

Calgary fez uma pausa.

– O veredicto foi de assassinato premeditado.

A palavra havia sido pronunciada, a palavra fatídica. *Assassinato*... Não uma palavra que ecoa; uma palavra abafada, uma palavra que se deixou absorver pelas tapeçarias, pelos livros, pelo tapete grosso... A palavra podia ter um som abafado... mas não o que ela representava...

– Segundo o que pude entender do que disse o sr. Marshall, seu advogado de defesa, seu filho alegou inocência, ao ser preso, de um modo jovial, para não dizer cheio de confiança. Insistiu que tinha um álibi perfeito para a hora do crime, que foi determinado pela polícia como ocorrido entre as sete e as sete e meia. Àquela hora, disse Jack Argyle, ele estava à procura de uma carona para Drymouth, tendo sido apanhado por um carro na estrada principal de Redmyn para Drymouth, cerca de um quilômetro e meio daqui, um pouco antes das sete. Ele não conseguiu ver a marca do carro (estava escuro então), mas se tratava de um carro azul-marinho, um sedã, dirigido por um homem de meia-idade. Todos os esforços foram feitos para localizar esse carro e o homem que o dirigia, mas nenhuma confirmação da alegação de Jack pôde ser obtida, e os próprios advogados estavam seguros de que tudo não passava de uma história inventada às pressas pelo rapaz, uma história, ainda por cima, elaborada com pouca esperteza da parte dele...

"No julgamento, a principal linha da defesa foi tentar provar, através de laudos psicológicos, que Jack Argyle sempre enfrentara problemas de instabilidade mental. O juiz, de certa forma, mostrou-se descrente em relação a essas evidências em seus comentários e concluiu que não inocentavam o prisioneiro. Jack Argyle foi condenado à prisão perpétua. Ele morreu de pneumonia na prisão, seis meses depois que começara a cumprir sua sentença."

Calgary parou. Os três pares de olhos estavam firmemente cravados nele. Interesse e forte atenção nos de Gwenda Vaughan, ainda a desconfiança nos de Hester. Os de Leo Argyle pareciam vazios.

Calgary disse:

– O senhor pode confirmar que o meu resumo dos fatos é correto?

– Sim, o senhor resumiu os fatos com exatidão – disse Leo –, embora eu ainda não consiga entender a razão de revisitar esses acontecimentos tão dolorosos que todos aqui temos tentado esquecer.

– Perdoem-me. Mas era algo que precisava ser feito. O senhor, suponho, não discorda do veredicto?

– Admito que os *fatos* são os apresentados, quero dizer, se não se puder ir além dos fatos, tratou-se, evidentemente, de um crime brutal. Mas se você *for* além dos fatos, há muito o que pode ser dito para mitigar o ocorrido. O garoto sofria de instabilidade mental, ainda que, por infortúnio, não do ponto de vista legal. A lei de McNaughten* é limitada e insatisfatória. Posso lhe garantir, dr. Calgary, que a própria Rachel, minha finada esposa, seria a primeira a perdoar e desculpar o pobre infeliz por seu ato impensado. Ela era uma pessoa capaz

* Lei inglesa que obriga a defesa provar, ao alegar insanidade do réu, que ele é ou se mostrava incapaz, na hora do crime, de diferenciar o certo do errado. (N.T.)

de um poderoso raciocínio humano, além de ser uma profunda conhecedora dos fatores psicológicos. *Ela* não o teria condenado.

– Ela sabia o quão terrível podia ser o Jacko – disse Hester. – Era como se... fosse parte da natureza dele... algo que não pudesse ser evitado.

– Então todos vocês – disse Calgary devagar – não têm dúvidas? Ninguém duvida de que ele seja culpado, quero dizer.

Hester olhou-o com espanto.

– Como poderíamos ter alguma dúvida? É claro que ele era culpado.

– Não propriamente *culpado* – discordou Leo. – Não gosto dessa palavra.

– Não é uma palavra que dá conta da verdade, de fato.

Calgary tomou um bocado de ar:

– Jack Argyle era... inocente!

Capítulo 2

Era para ter sido um anúncio sensacional. Em vez disso, o resultado foi nulo. Calgary havia esperado por espanto, alegria incrédula lutando contra a incompreensão, perguntas inflamadas... Não houve nada daquilo. Parecia haver ali apenas prudência e desconfiança. Gwenda Vaughan franzia o cenho. Hester o encarava com olhos esbugalhados. Bem, talvez aquilo fosse natural – tal anúncio era difícil de ser digerido de uma hora para outra.

Leo Argyle disse, com hesitação:

– O senhor quer dizer, dr. Calgary, que concorda com minha posição? Que não o considerava responsável pelos seus atos?

– Estou dizendo que ele *não cometeu o crime*! Será que não conseguem entender isso? *Não foi ele*. Ele *não* poderia ter feito isso. Mas pela mais extraordinária e desafortunada combinação de circunstâncias ele poderia ter *provado* que era inocente. *Eu* poderia ter provado sua inocência.

– O senhor?

– *Eu era o motorista do carro.*

Disse isso de um modo tão simples que por um momento os outros não assimilaram suas palavras. Antes que pudessem se recuperar, houve uma interrupção. A porta se abriu, e a mulher de rosto rústico entrou na peça. Ela foi direto ao assunto.

– Estava de passagem e ouvi o que foi dito aqui dentro. Este homem está dizendo que Jacko não matou a sra. Argyle. Por que ele diz isso? Como ele pode saber?

O rosto dela, que até então tinha um ar belicoso e feroz, de repente começou a mostrar sua perplexidade.

– Eu também preciso ouvir – ela disse, num lamento. – Não posso ficar do lado de fora, sem saber o que está acontecendo.

– Claro que não, Kirsty. Você faz parte da família.

Leo a apresentou:

– Miss Lindstrom, dr. Calgary. O dr. Calgary estava nos dizendo as coisas mais incríveis.

Calgary ficou confuso ao ouvir o nome escocês de Kirsty. O inglês dela era excelente, mas se podia notar um certo sotaque estrangeiro.

Ela se dirigiu a ele num tom acusatório.

– O senhor não devia ter vindo aqui dizer essas coisas, incomodar as pessoas. Eles haviam aceitado seu sofrimento. Agora o senhor vem aqui incomodá-los com essa conversa. O que aconteceu foi vontade de Deus.

Ele se sentiu repelido pela complacência superficial dessa declaração. Possivelmente, pensou, ela era uma dessas pessoas agourentas que recebem as desgraças de maneira positiva. Bem, ela seria privada disso.

Calgary falou num tom seco, com rapidez.

– Naquela noite, faltando cinco para as sete, dei carona para um jovem junto à estrada principal de Redmyn para Drymouth. Levei-o até Drymouth. Conversamos. Pareceu-me, então, que se tratava de um jovem simpático e agradável.

– Jacko era muito charmoso – disse Gwenda. – Todos se sentiam atraídos por ele. Era seu temperamento que o prejudicava. E ele era um vigarista, claro – ela acrescentou, pensativa. – Mas as pessoas levam um tempo para descobrir isso.

Miss Lindstrom se voltou em direção a Gwenda.

– A senhorita não deveria falar assim dos mortos.

Leo Argyle disse com certa aspereza:

– Continue, por favor, dr. Calgary. Por que o senhor não veio a público enquanto era tempo?

– Sim – a voz de Hester soou ofegante. – Por que o senhor se manteve afastado de tudo? Os jornais publicaram apelos ao motorista do carro... houve até anúncios. Como o senhor pôde ser tão egoísta, tão perverso...

– Hester... Hester... – interveio o pai. – O dr. Calgary não terminou de contar sua história.

Calgary falou diretamente com a garota.

– Sei muito bem o que a senhorita deve estar sentindo. Sei bem como me sinto... o que sempre sentirei...

Tratou de se recompor e continuou:

– Continuando a minha história: havia um tráfego intenso nas estradas naquela noite. Já passava das sete e meia quando deixei o jovem, cujo nome desconhecia, no centro de Drymouth. Isso, segundo minha compreensão, inocenta-o por completo do crime, já que a polícia tem plena convicção de que o crime foi cometido entre as sete e as sete e meia.

– Sim – disse Hester. – Mas você...

– Por favor, seja paciente. Para que a senhorita possa entender, é preciso que eu recue um pouco na história. Havia alguns dias eu estava hospedado no apartamento de um amigo em Drymouth. Esse amigo, um homem do mar, estava de viagem. Ele também havia me emprestado seu carro, que, em outras circunstâncias, mantinha sempre numa garagem privada. Naquele dia em particular, 9 de novembro, eu devia retornar a Londres. Decidi tomar o trem noturno e aproveitei para fazer uma visita, durante a tarde, a uma velha ama de quem nossa família gostava muito e que vivia num pequeno chalé em Polgarth, cerca de sessenta quilômetros a oeste de Drymouth. Cumpri minha programação à risca. Embora muito velha e um pouco confusa, ela me reconheceu e se mostrou muito feliz em me ver, e também bastante empolgada com a minha "ida ao polo", para usar as palavras dela. Fiquei pouco tempo com ela, até para não cansá-la, e, ao partir, decidi não voltar direto a Drymouth pela estrada costeira, como tinha feito na ida, mas, em vez disso, tomar a estrada norte, em direção a Redmyn, para ver o velho Canon Peasmarsh, que possui alguns exemplares raríssimos em sua biblioteca, incluindo alguns tratados muito antigos sobre navegação, dos quais estava ansioso para copiar alguns trechos. O velho senhor se recusa a ter um telefone, pois considera uma obra do demônio, assim como o rádio, a televisão, o cinema falado e os aviões, de modo que não podia perder a chance de tentar encontrá-lo em casa. Tive azar. Sua casa estava fechada e era fácil perceber que ele estava ausente. Fiquei algum tempo na catedral, e então resolvi retornar a Drymouth pela estrada principal, completando, assim, o terceiro lado do triângulo. Eu havia reservado um tempo confortável para pegar minha bagagem no apartamento, deixar o carro na garagem e tomar o trem.

"– No caminho, como já lhes disse, dei carona a um rapaz desconhecido e, após deixá-lo na cidade, segui a minha programação. Depois de chegar à estação, ainda me sobrava tempo, então fui até a rua principal comprar uns cigarros. Ao cruzar a rua, um caminhão veio em alta velocidade da esquina e me derrubou.

"– Segundo os testemunhos dos transeuntes, eu me levantei sem machucados aparentes e com um comportamento dentro do normal. Disse que me sentia bem e que eu tinha de pegar um trem, me apressando de volta à estação. Quando o trem chegou em Paddington, eu estava inconsciente e fui levado de ambulância para o hospital, onde se descobriu que eu havia sofrido uma concussão – aparentemente, esse tipo de efeito retardado não é incomum.

"– Ao recobrar minha consciência, alguns dias depois, não lembrava de nada a respeito do acidente, ou mesmo de como chegara a Londres. A última coisa de que eu conseguia me lembrar era de estar indo a Polgarth para visitar a minha antiga ama. Depois disso, um vazio completo. Fizeram questão de me assegurar que esse tipo de ocorrência também era comum. Não havia qualquer razão para suspeitar que essas horas perdidas na minha vida tivessem qualquer importância. Ninguém, nem mesmo eu, poderia ter a mais vaga ideia de que eu havia percorrido a estrada Redmyn-Drymouth naquela noite.

"– Havia apenas uma pequena margem de tempo antes da minha partida da Inglaterra. Fui mantido no hospital, em absoluto repouso, sem acesso a jornais. Ao sair, segui direto para o aeroporto, pois tinha que voar até a Austrália para me juntar à expedição. Havia dúvidas sobre minhas condições de saúde, mas resolvi ignorá-las. Estava ocupado demais com os preparativos e com a minha ansiedade para me interessar por reportagens policiais, e, em todo caso, a notícia esfriou logo depois da prisão; quando o caso foi a julgamento e recebeu uma ampla cobertura, eu já estava a caminho da Antártica."

Ele fez uma pausa. Escutavam-no com toda a atenção.

– Foi cerca de um mês atrás, logo após meu retorno à Inglaterra, que fiz a descoberta. Precisava de uns jornais velhos para embrulhar minhas amostras. Minha senhoria me trouxe uma pilha de jornais de seu depósito. Ao abrir um deles sobre a mesa, vi a fotografia de um jovem, um rosto que me pareceu bastante familiar. Tentei me lembrar de onde o conhecia e quem ele era. Àquela altura não fui capaz ainda de recordar, mas, mesmo assim, de forma muito estranha, lembrava de ter conversado com ele... alguma coisa sobre enguias. Ele ficara intrigado e fascinado ao ouvir sobre a saga que é a vida de uma enguia. Mas quando? Onde? Li o que dizia a notícia, li que o nome do jovem era Jack Argyle, acusado de assassinato, li que ele havia contado à polícia que pegara uma carona com um homem num sedã preto.

"– E então, de repente, aquele pedaço perdido da minha vida ressurgiu. *Eu* havia dado carona para aquele rapaz até Drymouth e, depois de deixá-lo na cidade, retornara ao apartamento... depois cruzara a rua para comprar meus cigarros. Lembrava apenas de um lampejo do caminhão que me atingiu... e depois nada mais, nada até o hospital. Continuo sem me lembrar de ter ido até a estação tomar o trem para Londres. Li e reli aquele parágrafo do jornal. O julgamento terminara havia um ano, e o caso estava quase esquecido. 'Um jovem camarada deu um jeito na mãe', lembrava vagamente minha senhoria. 'Não sei o que aconteceu com ele... acho que o enforcaram.' Li todos os arquivos dos jornais em busca das datas apropriadas e depois fui até o escritório Marshall & Marshall, que havia cuidado da defesa. Soube que era tarde demais para libertar o pobre rapaz. Ele tinha morrido de pneumonia na prisão. Embora seja tarde demais para lhe fazer justiça, pelo menos sua memória *poderia* ser limpa. Fui até a polícia na companhia do sr. Marshall. O caso está sendo levado ao promotor público. Marshall tem poucas dúvidas de que ele referirá o fato à Secretaria de Interior.

"– O senhor receberá, sem dúvida, um relatório da parte dele. O atraso se deve ao fato de que eu estava ansioso para ser o primeiro a lhe revelar a verdade. Senti que se havia uma provação a ser enfrentada, e essa provação era meu dever. O senhor sabe, tenho certeza de que sempre carregarei o fardo da culpa. Se eu tivesse sido mais cuidadoso ao cruzar a rua... – fez uma pausa. – Compreendo que o senhor nunca poderá ter por mim bons sentimentos, embora, tecnicamente, eu não tenha culpa de nada... Sei, no entanto, que o senhor, que todos vocês *devem* me culpar."

Gwenda Vaughan falou de imediato, numa voz calorosa e gentil:

– Claro que não o culpamos por nada. Tudo que aconteceu foi uma daquelas coisas... trágicas... inacreditáveis... mas que acontecem.

Hester disse:

– Eles acreditaram no senhor?

Ele a olhou com surpresa.

– A polícia... eles acreditaram no senhor? Por que não poderia ser tudo invenção da sua cabeça?

– Sou uma testemunha bem reputada – ele disse com gentileza. – Não tenho nenhum interesse particular nisso, e eles verificaram minha história de perto; as evidências médicas, vários detalhes em Drymouth que solidificaram meu depoimento. Ah, sim. Marshall agiu com cautela, como costumam fazer os advogados. Ele não queria lhes dar esperanças sem estar completamente certo do sucesso da empreitada.

Leo Argyle se agitou na poltrona e falou pela primeira vez.

– O que, afinal, o senhor quer dizer com *sucesso*?

– Me desculpe – disse Calgary, de imediato. – Essa não é uma palavra que cabe aqui. Seu filho foi acusado de um crime que não cometeu, foi julgado por isso, condenado... e morreu na prisão. A justiça chegou tarde demais para ele. Mas alguma justiça ainda pode ser feita, e é muito provável que seja feita; uma justiça que será vista por todos. É de se imaginar que a Secretaria do Interior aconselhará a rainha a lhe dar um livre-indulto.

Hester deu uma risada.

– Um livre-indulto... por um crime que ele não cometeu?

– Eu sei. A terminologia sempre parece não dar conta da realidade. Mas acredito que os trâmites levarão a Secretaria a se pronunciar de maneira clara sobre a inocência de Jack Argyle do crime pelo qual foi sentenciado, e tal comunicado chegará aos jornais, nos quais será amplamente divulgado.

Ele se calou. Ninguém disse nada. Aquilo tudo havia sido, supôs, um grande choque para todos. Mas depois de tudo, um choque positivo.

Ele se pôs de pé.

– Temo – disse de forma insegura – que não tenha mais nada a dizer... Repetir como lamento o ocorrido, como me sinto infeliz com tudo isso, pedir perdão a vocês... tudo isso vocês já estão cansados de saber. A tragédia que consumiu a vida dele encheu a minha própria vida de sombras. Mas, por fim – ele falava como quem suplicasse –, vale *alguma coisa* saber que não foi ele o autor de tão horrendo crime... que seu nome... o nome de sua família... será limpo diante dos olhos do mundo?

Se ele esperava por uma resposta, ficou só na expectativa.

Leo Argyle estirou-se na poltrona. Os olhos de Gwenda estavam fixos no rosto de Leo. Hester permanecia sentada, mirando o vazio, os olhos trágicos e muito abertos. Miss Lindstrom grunhiu alguma coisa num resfolego e balançou a cabeça.

Calgary parou, desairado, junto à porta, olhando para todos eles.

Foi Gwenda Vaughan quem tomou conta da situação. Aproximou-se e deixou uma das mãos pousar sobre o braço dele, falando num tom suave:

– É melhor que o senhor vá agora, dr. Calgary. Foi um choque muito grande... É preciso tempo para que eles possam digerir.

Fez um aceno com a cabeça e saiu. Miss Lindstrom se juntou a ele no caminho.

– Vou conduzi-lo até a saída – ela disse.

Ele pôde, ao olhar para trás antes que a porta se fechasse, ver que Gwenda Vaughan caíra de joelhos junto à poltrona de Leo Argyle. O gesto o surpreendeu um pouco.

Sem deixar de encará-lo do alto da escada, miss Lindstrom parecia uma sentinela e lhe falou com rispidez:

– O senhor não pode trazê-lo de volta à vida. Então por que trazer o ocorrido de volta à tona? Até o momento, eles estavam resignados. Agora sofrerão. O melhor a fazer sempre é deixar as coisas como estão.

Ela falava com desgosto.

– A memória dele precisa ser limpa – disse Arthur Calgary.

– Sentimentos nobres! São sempre muito apreciados. Mas o senhor não tem a mais vaga ideia do que tudo isso significa. Homens nunca pensam no que fazem – ela bateu o pé. – Amo todos eles. Vim para cá para ajudar a sra. Argyle em 1940, quando ela abriu por aqui um berçário militar para crianças cujos lares haviam sido destruídos durante os bombardeios. Nada era o suficiente para aquelas crianças. Fazíamos de tudo por elas. Lá se vão quase dezoito anos. E ainda assim, mesmo depois que ela morreu, eu permaneci aqui para cuidar deles, manter a casa limpa e confortável, ver se estavam se alimentando direito. Amo todos eles, sim, cada um deles... e Jacko, bem, esse não prestava! Ah, sim, eu o amava também. Mas... ele não prestava!

Deu meia-volta e se afastou de modo abrupto. Era como se tivesse esquecido de sua oferta de acompanhá-lo até a rua. Calgary desceu o resto da escada devagar. Enquanto lutava para abrir a porta da frente, que possuía uma tranca cujo funcionamento ele não conseguia entender, ouviu passos leves nos degraus. Hester descia como se flutuasse sobre eles.

Ela destravou a porta e a abriu. Os dois ficaram olhando um para o outro. Ele compreendia ainda menos por que ela o encarava daquela maneira trágica e repreensível.

Então ela disse, quase suspirando as palavras:

– Por que o senhor veio até aqui? Ah, por quê, raios, o senhor veio até aqui?

Ele olhava para ela, indefeso.

– Não consigo entendê-la. A senhorita não quer que o nome do seu irmão seja limpo? A senhorita não quer que a justiça seja feita?

– Ah, justiça! – era como se cuspisse as palavras.

Ele repetiu:

– Não consigo entender...

– Essa sua insistência em fazer justiça! De que isso importa agora para o Jacko? Ele está morto. Jacko já nao tem nenhuma importância. O que importa somos *nós*!

– O que a senhorita quer dizer?

– Que não é o culpado o que importa. É o inocente.

Ela pegou-o no braço, cravando-lhe os dedos.

– Somos *nós* que importamos. O senhor não percebe as consequências do que fez a todos nós?

Ficou a encará-la.

Da escuridão do lado de fora, assomou-se uma figura masculina.

– Dr. Calgary? – ele perguntou. – Seu táxi está aqui, senhor. Para levá-lo até Drymouth.

– Ah... obrigado.

Calgary voltou-se mais uma vez na direção de Hester, mas ela já havia se retirado para dentro da casa.

A porta da frente foi fechada com um estrondo.

CAPÍTULO 3

I

Hester subiu a escada com lentidão, puxando os cabelos negros que lhe cobriam a testa. Kirsten Lindstrom a encontrou no topo da escada.

– Ele já se foi?

– Sim, já foi.

– Você sofreu um choque, Hester – Kirsten Lindstrom estendeu a mão sobre seu ombro com delicadeza. – Venha comigo. Vou lhe dar um pouquinho de conhaque. Tudo o que aconteceu hoje foi demais.

– Não quero conhaque, Kirsty.

– Talvez você não queira, mas vai lhe fazer bem.

Sem oferecer resistência, a garota se deixou conduzir através do corredor até a pequena antessala do quarto de Kirsten Lindstrom. Ela apanhou o conhaque que lhe era oferecido e o bebericou devagar. Kirsten Lindstrom disse num tom exasperado:

– Foi tudo muito repentino. Deveria ter havido algum tipo de aviso. Por que o sr. Marshall não escreveu primeiro?

– Acho que o dr. Calgary não permitiu. Ele queria nos contar pessoalmente.

– Foi o que ele fez! Como ele achou que receberíamos uma notícia como essa?

– Suponho – disse Hester, numa voz estranha e sem entonação – que ele tenha pensado que ficaríamos satisfeitos.

– Satisfeitos ou não, seria de todo modo uma notícia chocante. Ele não devia ter feito o que fez.

– Mas, por outro lado, foi, de certa maneira, uma atitude corajosa da parte dele – disse Hester. Seu rosto se ruborizou. – Quero dizer, não deve ter sido *fácil* vir até aqui. Falar para uma família que perdeu um de seus membros morto na prisão, condenado por um crime que não cometeu. Sim, acho que foi uma atitude corajosa da parte dele... mas queria que ele não tivesse vindo – acrescentou.

– Era o que todos nós queríamos – disse miss Lindstrom com vivacidade.

Hester olhou para ela com o interesse recém-despertado por sua própria preocupação.

– Então você também vê as coisas assim, Kirsty? Pensei que fosse apenas eu.

– Não sou boba – disse miss Lindstrom com secura. – Posso considerar certas possibilidades que o seu dr. Calgary pode não ter cogitado.

Hester se levantou.

– Preciso ver papai – ela disse.

Kirsten Lindstrom concordou.

– Sim. Agora ele terá tempo suficiente para pensar no que era melhor ter feito.

Quando Hester entrou na biblioteca, Gwenda Vaughan estava no telefone. O pai lhe fez um aceno, e ela foi sentar-se no braço da poltrona.

– Estamos tentando falar com Mary e Micky – ele disse. – Eles precisam saber logo das novidades.

– Alô – disse Gwenda Vaughan. – É a sra. Durrant? Mary? Aqui quem fala é Gwenda. Seu pai quer falar com você.

Leo foi até o telefone.

– Mary? Tudo bem? Como vai o Philip? Isso é bom. Escuta, aconteceu uma coisa extraordinária... Pensei que o melhor era que você soubesse de uma vez. Um tal dr. Calgary acaba de nos fazer uma visita. Trazia consigo uma carta de Andrew Marshall. É sobre Jacko. Isso é realmente extraordinário, parece que a história que Jacko apresentou no julgamento, de que tinha pegado uma carona para Drymouth no carro de alguém, é a mais pura verdade. Esse dr. Calgary é o homem que lhe ofereceu a carona...

Ele se calou, enquanto escutava o que a filha dizia do outro lado.

– Sim, bem, Mary, não entrarei em detalhes agora sobre o porquê de ele não ter vindo nos dar a notícia antes. Ele sofreu um acidente... uma concussão. Sua história toda parece estar perfeitamente legitimada. Liguei para dizer que, depois de refletir sobre isso, a melhor coisa a fazer é uma reunião aqui com todo mundo, o mais rápido possível. Talvez se possa arranjar a vinda de Marshall para expor melhor a questão para todos nós. Precisamos ter, me parece, o melhor aconselhamento legal. Será que você e o Philip? Sim... Sim, eu sei. Mas acho, de verdade, minha querida, que isso é *importante*... Sim... bem, me ligue mais tarde então, se você quiser. Vou tentar trazer o Micky.

Recolocou o fone no gancho.

Gwenda Vaughan se aproximou do telefone.

– Devo tentar o Micky agora?

Hester disse:

– Se isso vai levar algum tempo, será que eu poderia fazer uma ligação antes, por favor, Gwenda? Quero ligar para o Donald.

– Claro – disse Leo. – Você vai sair com ele esta noite, não é mesmo?

– Eu *ia* sair – disse Hester.

Seu pai lançou para ela um olhar ansioso.

– Esta questão toda mexeu muito com você, querida?

– Não sei – disse Hester. – Não sei bem ainda como estou me sentindo.

Gwenda abriu espaço para que ela telefonasse, e Hester discou o número.

– Eu poderia falar com o dr. Craig, por favor? Sim, sim. Aqui é Hester Argyle.

Houve um curto silêncio e então ela disse:

– Donald, é você? Liguei para dizer que não me sinto em condições para acompanhar você à palestra dessa noite... Não, não estou doente... não se trata disso, é que... bem, é que nós recebemos uma notícia estranhíssima hoje.

Dr. Craig falou outra vez.

Hester se voltou na direção do pai. Cobriu o fone com a mão e disse:

– Não devemos guardar segredo, certo?

– Não – disse Leo devagar. – Não se trata exatamente de um segredo, mas... bem, eu pediria para Donald guardar essa informação por enquanto, quem sabe. Você sabe como começam os rumores, logo está todo mundo comentando.

– Sim, eu sei – ela voltou a falar ao telefone. – Bem, Donald, a princípio deveríamos chamar de boa notícia o que aconteceu hoje por aqui, mas na verdade... foi uma notícia perturbadora. Não quero falar sobre isso ao telefone... Não, não, não *venha* até aqui... Por favor, *não* venha. Ao menos não nesta noite. Venha amanhã, na hora que puder. É sobre... Jacko. Sim... sim... meu irmão... é que descobrimos que ele não matou minha mãe... Mas, por favor, Donald, não diga nada, não comente isso com *ninguém*. Amanhã conto tudo... Não, Donald, *não*... Não me sinto em condições de ver *ninguém* esta noite... nem mesmo você. Por favor. E não comente nada disso.

Ela colocou o telefone no gancho e se afastou para dar lugar a Gwenda.

Gwenda pediu um número em Drymouth. Leo disse em tom suave:

– Por que você não vai à palestra com o Donald, Hester? Será um alívio para a sua cabeça.

– Não quero ir, papai. Não estou em condições.

Leo disse:

– O modo como você falou... deu a impressão a ele de que não eram boas notícias. Mas você sabe, Hester, que isso não é verdade. Ficamos todos pasmos. Mas estamos muito felizes, no fundo, muito felizes... Como poderia ser diferente?

– Isso é o que vamos dizer, não é? – disse Hester.

Leo disse, de imediato:

– Oh, minha pobre criança...

– Mas não é verdade, certo? – disse Hester. – Não se tratam de boas notícias. Antes pelo contrário. Isso será um terrível incômodo.

Gwenda disse:

– Micky está na linha.

Outra vez Leo apanhou o fone das mãos dela. Falou com o filho da mesma maneira com que falara com a filha. Mas a novidade foi recebida de modo bastante distinto do que fora recebida por Mary Durrant. Dessa vez não houve protesto, surpresa ou descrença. Em vez disso, uma rápida aceitação.

– Mas que diabos! – veio a voz de Micky. – Depois de todo esse tempo? A testemunha que estava faltando! Bem, bem, foi uma noite de grande azar para o nosso Jacko.

Leo voltou a falar. Mickey escutou.

– Sim – ele disse –, concordo com você. O melhor a fazer é nos reunirmos logo, o quanto antes, e trazermos o Marshall para nos dar o devido aconselhamento também.

Ele deu uma risada rápida e súbita, a risada que Leo lembrava tão bem, de quando ele era apenas um garoto que brincava nos jardins, para além da janela.

– Qual é a aposta? – perguntou Micky. – *Quem de nós cometeu o crime*?

Leo desligou o telefone de forma abrupta.

– O que ele disse? – quis saber Gwenda.

Leo contou a ela.

– Me parece uma brincadeira nada adequada ao momento – disse Gwenda.

Leo olhou para ela com rapidez.

– Talvez – ele disse em voz baixa – não se trate, afinal, apenas de uma brincadeira.

II

Mary Durrant atravessou a sala e apanhou algumas pétalas que haviam caído de um vaso de crisântemos. Colocou-as, com cuidado, na pequena cesta de papéis. Era uma mulher alta, jovem e serena, na casa dos 27, que, apesar de não ter qualquer ruga no rosto, parecia mais velha do que era, talvez pelo tipo maduro e convencional de maquiagem que usava. Tinha boa aparência, sem um traço sequer de glamour. Traços regulares, pele boa, olhos de um azul vívido e cabelos claros, arranjados em um coque preso na parte de trás da cabeça; um estilo que parecia estar na moda no momento, embora não fosse essa a razão de sua escolha. Era uma mulher que sempre fazia questão de ter seu estilo próprio. Sua aparência era como a de sua casa: limpa, bem cuidada. Qualquer tipo de pó ou desordem a incomodava.

O homem na cadeira de rodas, que a observava enquanto ela jogava fora as pétalas caídas, sorriu-lhe de um modo levemente torto.

– Sempre a criaturinha que arruma tudo – ele disse. – Um lugar para cada coisa, e cada coisa no seu lugar.

Ele sorriu, com um toque malicioso no riso. Mas Mary Durrant não se deixou abater.

– Gosto das coisas bem arrumadas – ela concordou. – Você sabe, Phil, você mesmo não ia gostar se a casa fosse toda bagunçada.

Seu marido falou com um leve traço de amargura:

– Bem, de todo modo *eu* jamais teria a chance de começar uma bagunça.

Logo depois do casamento, Philip Durrant havia sido atacado pela poliomielite do tipo que leva à paralisia. Para Mary, que o adorava, ele se tornara tanto um filho quanto um marido. Ele mesmo chegava a se sentir um pouco embaraçado pelo amor possessivo que ela lhe votava. Sua esposa não tinha imaginação suficiente para compreender que o prazer dela em sua dependência por vezes o enfastiava.

Ele prosseguiu depressa, como se temesse alguma palavra de simpatia ou comiseração da parte dela.

– Preciso dizer que a notícia do seu pai supera todas as descrições! Depois de todo esse tempo! Como você consegue estar assim tão calma?

– Acho que ainda não consegui assimilar o golpe... É tão fora do comum. De início eu simplesmente não podia acreditar no que meu pai dizia. Se fosse a Hester quem tivesse ligado, eu imaginaria que era tudo coisa da cabeça dela. Você sabe como é a Hester.

O rosto de Philip Durrant perdeu um pouco de sua amargura. Ele disse de modo suave:

– Uma criatura que se entrega com veemência às paixões, sempre à procura de confusão nessa vida e disposta a encontrá-la.

Mary desconsiderou a análise. A personalidade das outras pessoas não lhe interessava.

Ela disse, num tom de dúvida:

– Será que é *verdade*? Ou você acha que esse homem poderia ter imaginado tudo isso?

– O cientista distraído? Seria bom pensar que sim – disse Philip –, mas parece que Andrew Marshall averiguou a questão com bastante seriedade. E Marshall, do escritório Marshall & Marshall, é alguém de cujas sólidas proposições legais não se pode desconfiar, isso é o que lhe digo.

Mary Durrant disse, o cenho franzido:

– Do que você está *falando*, Phil?

– Isso significa que Jacko será completamente exonerado de qualquer culpa. Quer dizer, se as autoridades se derem por satisfeitas com o fato... e suponho que não há por que isso não ocorrer.

– Ah, claro – disse Mary, com um leve suspiro –, acho tudo isso *ótimo*.

Philip Durrant voltou a rir, o mesmo sorriso torto, mas um pouco mais sarcástico.

– Polly! – ele disse. – Você ainda acaba comigo.

Apenas seu marido a chamara até hoje de Polly. Era um apelido ridiculamente inapropriado para sua aparência de estátua. Ela olhou para Philip com um quê de surpresa.

– Não sei o que eu disse para fazer você rir dessa maneira.

– O modo gracioso como você disse! – disse Philip. – Como dona Fulana na Feira de Artesanato, fazendo elogios às manufaturas do Instituto da Vila.

Mary disse, confusa:

– Mas *é* mesmo ótimo! Não dá para fingir que é bom ter um assassino na família.

– Não se poderia dizer *na* família.

– Bem, é como se fosse. Quero dizer, tudo foi tão horrível, deixou todo mundo numa situação desconfortável. Todo o falatório, os curiosos. Odiei cada momento.

– Acho que você atravessou aquele período muito bem – disse Philip. – Lembro desses seus olhos azul-polar, congelando todos, fazendo com que eles pusessem o rabinho entre as pernas e tivessem vergonha de ter vindo xeretar. É maravilhoso o modo como você controla suas emoções para nunca revelá-las.

– Odiei cada minuto. Chegava a ser quase fisicamente desagradável – disse Mary Durrant –, mas de todo modo ele morreu e então tudo estava acabado. E agora... agora, suponho, tudo voltará à tona. Tão cansativo.

– Sim – disse Philip Durrant, pensativo. Moveu os ombros de forma sutil, um leve esgar de dor no rosto. Sua esposa se aproximou dele depressa.

– Está com câimbras? Espere. Deixe-me ajeitar essa almofada. Assim. Está melhor?

– Você deveria ter sido enfermeira – disse Philip.

– Não tenho a menor vontade de cuidar de um montão de pessoas. Só de você.

Aquilo foi dito de um modo muito simples, mas por trás das palavras comuns havia uma afeição profunda.

O telefone tocou, e Mary foi atendê-lo.

– Alô... sim... é ela... Ah, é você...

Ela falou de lado para Philip:

– É o Micky.

– Sim... sim, já fomos informados. Papai telefonou... Sim, claro... Sim... Sim... Philip acha que se os advogados estão satisfeitos é porque se pode confiar... Sério, Micky, não sei por que você está tão chateado... Não estou sendo idiota... Sério, Micky, não acho que você... Alô?... Alô...

Ela contraiu o rosto com raiva.

– Ele desligou.

Colocou o telefone no gancho.

– Sério, Philip, não dá para entender o Micky.

– O que exatamente ele disse?

– Bem, ele parece estar alterado. Disse que eu estava sendo idiota, que eu não percebia a repercussão das coisas. Que diabo! Foi assim que ele falou. Mas por quê? Não consigo entender.

– Estava exaltado, então? – disse Philip, num tom pensativo.

– Mas por quê?

– Bem, ele está certo, sabe. O assunto vai repercutir.

Mary pareceu um pouco confusa.

– Você acha que o caso voltará a despertar o interesse das pessoas? Não posso negar que estou feliz por Jacko, mas vai ser muito desagradável ter de aguentar o falatório de novo.

– Não é apenas o que os vizinhos vão dizer. Há mais coisas desta vez.

Olhou-o de forma inquiridora.

– A polícia também estará envolvida!

– A *polícia*? – falou Mary com aspereza. – O que eles têm a ver com isso?

– Ah, minha garotinha – disse Phil. – *Pense*.

Mary caminhou devagar em sua direção e se sentou ao seu lado.

– Veja bem, agora se trata de um crime não resolvido – disse Philip.

– Mas certamente eles não vão se ocupar disso, não é? Depois de tanto tempo...

– Acho que você está confundindo seu desejo com o que vai acontecer de verdade – disse Philip.

– Claro – disse Mary –, depois de terem sido tão estúpidos a ponto de cometer tal erro com o Jacko, não vão querer remexer no passado, não é mesmo?

– Não se trata do que eles querem ou deixam de querer, pois provavelmente é o que terão de fazer. Dever é dever.

– Ah, Philip, tenho certeza de que você está errado. Claro, vão falar um pouco no assunto, mas logo deixarão a coisa toda morrer.

– E então nossas vidas seguirão felizes para sempre – disse Philip, com certo deboche na voz.

– Por que não?

Ele balançou a cabeça.

– Não é assim tão simples... Seu pai tem razão. Precisamos todos nos reunir e ter uma conversa séria. Trazer o Marshall, como ele propôs.

– Você quer dizer... ir até Sunny Point?

– Sim.

– Ah, não podemos fazer isso.

– Por que não?

– Não é possível. Você é um inválido e...

– Não sou um inválido. – Philip falou com irritação. – Sinto-me forte e saudável. Perdi apenas o controle das minhas pernas. Posso ir até Timbuctu com o meio de transporte adequado.

– Tenho certeza de que lhe fará muito mal ir até Sunny Point. Ainda mais com esse assunto tão desagradável a tratar...

– Não é minha mente que será afetada.

– Além disso, não vejo como possamos abandonar a casa. Nos últimos tempos tem havido uma série de arrombamentos.

– Arranje alguém para dormir aqui.

– É muito fácil dizer isso... como se fosse a coisa mais simples do mundo.

– A velha sra. Beltrana pode vir todos os dias. Pare de fazer essas objeções de dona de casa, Polly. É você, na verdade, quem não quer ir.

– Não, não quero.

– Não ficaremos por lá muito tempo – disse Philip de modo confiante. – Mas acho que devemos ir. Este é um momento em que a família tem de se apresentar unida perante os olhos do mundo. Precisamos descobrir exatamente em que situação estamos.

III

No hotel em Drymouth, Calgary jantou cedo e foi para o quarto. Sentia-se afetado de maneira profunda pelo que ocorrera em Sunny Point. Esperava que sua missão fosse ser dolorosa e havia reunido todas as suas forças para enfrentar o desafio. Mas a coisa toda foi dolorosa e perturbadora de um modo completamente diferente do que tinha esperado. Meteu-se na cama e acendeu um cigarro, sem parar de reprisar os fatos em sua mente.

O retrato mais claro que se formara era o rosto de Hester no momento da partida. A desdenhosa rejeição que ela votou à sua reivindicação de justiça! O que ela havia dito, mesmo? "Não é o culpado o que importa. É o inocente." E então: "O senhor não percebe as consequências do que fez a todos nós?" Mas o que ele havia feito? Não conseguia entender.

E os outros. A mulher a quem chamam de Kirsty. (Por que Kirsty? Tratava-se de um nome escocês. Ela não era escocesa. Dinamarquesa, talvez, ou norueguesa?) Por que ela lhe falara de modo tão duro, em tom acusatório?

Ocorrera alguma coisa estranha também com Leo Argyle – um afastamento, uma cautela. Nada parecido com o "Graças a deus que meu filho é inocente!", que certamente deveria ter sido a reação natural!

E aquela garota – a secretária de Leo. Ela havia sido solícita com ele, atenciosa. Mas também ela reagira de maneira estranha. Lembrou-se do modo como se ajoelhara junto à poltrona de Argyle. Era como se... como se ela o estivesse confortando, consolando-o. Mas consolando pelo quê? Pelo fato de seu filho não ser o culpado pelo crime? E claro, sim, claro, havia ali mais do que o simples sentimento de uma secretária, mesmo uma secretária de longa data... Afinal, do que se tratava aquilo *tudo*? Por que eles...

O telefone sobre a mesa de cabeceira tocou. Ele atendeu.

– Alô?

– Dr. Calgary? Há alguém aqui perguntando pelo senhor.

– Por mim?

Estava surpreso. Até onde sabia, ninguém tinha conhecimento de que passaria a noite em Drymouth.

– Quem é?

Houve uma pausa. Então o recepcionista disse:

– É o sr. Argyle.

– Ah. Diga a ele que... – Arthur Calgary se preparava para dizer que ia descer. Mas se por alguma razão Leo Argyle o havia seguido até Drymouth e dera um jeito de descobrir onde estava hospedado, então era de se presumir que seria assunto por demais embaraçoso para ser discutido lá embaixo, no saguão lotado.

Disse em vez disso:

– Poderia dizer, por favor, para ele subir?

Levantou-se de onde estava e caminhou de um lado para o outro até que a batida soou na porta.

Aproximou-se dela e a abriu.

– Entre, sr. Argyle, eu...

Ele parou, depois recuou. Não era Leo Argyle. Era um jovem no início da casa dos vinte, um jovem cuja face bela e morena se mostrava alterada por uma expressão amarga. Um rosto infeliz, inquieto e raivoso.

– Não estava me esperando – disse o jovem. – Pensou que fosse meu pai. Sou Michael Argyle.

– Entre.

Calgary fechou a porta depois que seu visitante entrou.

– Como descobriu que eu estava aqui? – perguntou, oferecendo-lhe um cigarro.

Michael pegou um da cigarreira e deu uma risada curta e desagradável.

– Brincadeira de criança! Liguei para os principais hotéis, supondo que você ficaria para passar a noite. Consegui na segunda tentativa.

– E por que veio me ver?

Michael Argyle disse devagar:

– Queria ver que tipo de camarada é você...

Seus olhos perquiridores percorreram a figura de Calgary, percebendo a ligeira inclinação de seus ombros, os cabelos grisalhos, o rosto magro e delicado.

– Então você é um dos camaradas que foram ao polo no Hayes Bentley. Você não parece capaz de resistir à empreitada.

Arthur Calgary sorriu de maneira discreta.

– Às vezes as aparências enganam – ele disse. – Consegui resistir. Não se trata apenas de força muscular. É preciso ter outras qualificações importantes: resistência, paciência, conhecimento técnico.

– Quantos anos você tem, 45?

– Trinta e oito.

– Parece mais.

– Sim... sim, creio que sim.

Por um momento foi tomado por uma sensação aguda de tristeza ao sentir-se confrontado pela virilidade juvenil do garoto à sua frente.

Perguntou de modo abrupto:

– Por que veio me ver?

O outro franziu a testa.

– É natural, não acha? Depois que soube da notícia que você trouxe. A notícia sobre o meu falecido irmão.

Calgary não respondeu.

Michael Argyle continuou:

– Chegou tarde demais para ele, não é mesmo?

– Sim – disse Calgary em voz baixa. – Tarde demais para ele.

– Por que guardou isso por tanto tempo? E que história é essa de concussão?

Calgary lhe contou tudo com paciência. Por estranho que pareça, sentia-se enternecido pela rudeza e falta de tato do rapaz. Aqui, pelo menos, havia alguém que estava interessado no irmão.

– Dar a Jacko um álibi, este é o ponto, não é? Como você sabe se os horários batem?

– Tenho certeza quanto aos horários – disse Calgary com firmeza.

– Você pode ter se confundido. Às vezes vocês da ciência podem se dar o luxo de serem distraídos com essas questões de tempo e espaço.

Calgary demonstrou certo divertimento.

– Você tem em mente uma imagem ficcional do cientista distraído... que usa meias que não combinam, que não tem bem certeza de que dia é ou de onde está. Meu caro rapaz, o trabalho técnico exige uma grande precisão, exatidão nas contagens, nos horários, nos cálculos. Garanto a você que não há possibilidade de que eu tenha me equivocado. Peguei o seu irmão um pouco antes das sete e o deixei em Drymouth às 7h35.

– Seu relógio poderia estar errado. Ou você acompanhava as horas pelo relógio do carro.

– Meu relógio e o do carro estavam perfeitamente sincronizados.

– Jacko pode ter levado você no bico. Ele era cheio de truques.

– Não houve qualquer tipo de truque. Por que você está tão ansioso por provar que estou errado? – Sentindo-se um pouco acalorado, Calgary continuou: – Esperava que fosse difícil convencer as autoridades de que elas haviam condenado um homem inocente. O que não esperava era encontrar tanta dificuldade em convencer sua própria família!

– Então você achou difícil nos convencer?

– A reação de todos me pareceu um pouco... incomum.

Michael o olhou de maneira incisiva.

– Eles não quiseram acreditar em você?

– Quase isso... ao que parece...

– Não foi só em aparência. Não queriam mesmo. Mas é natural também, se você pensar um pouquinho no assunto.

– Mas por quê? Por que isso deveria ser natural? Sua mãe foi assassinada. Seu irmão foi acusado e condenado pelo crime. Agora se descobre que ela era inocente. Você deveria estar satisfeito... agradecido. Seu próprio irmão.

Micky disse:

– Ele não era meu irmão. E ela não era minha mãe.

– O quê?

– Ninguém lhe disse nada? Somos todos adotados. Todos nós. Mary, minha "irmã" mais velha, em Nova York. Nós, durante a guerra. Minha "mãe", como você a chama, não podia ter filhos. Então conseguiu montar uma pequena e bela família somente com adoções. Mary, eu, Tina, Hester, Jacko. Uma casa confortável e luxuosa, amor materno para dar e vender! Não seria exagero dizer que ela acabou esquecendo no final que não éramos filhos dela. Mas teve azar quando escolheu Jacko para ser um dos seus queridinhos.

– Não tinha a mais vaga ideia disso – falou Calgary.

– Então não me venha com essa de "sua mãe", "seu irmão", uma ova! Jacko era um verme!

– Mas não um assassino – disse Calgary.

Sua voz soou enfática. Micky olhou para ele e concordou.

– Tudo bem. É o que você diz... e parece convencido disso. Jacko não a matou. Muito bem, então. Se não foi ele... *quem a matou*? Você não pensou sobre isso, não é? Pois pense agora. Pense bem nisso... e então começará a entender o que está fazendo com a gente...

Deu meia-volta e saiu, às pressas, do quarto.

Capítulo 4

Calgary disse, como que se desculpando:

– É muita gentileza da sua parte me receber novamente, sr. Marshall.

– Por favor – disse o advogado.

– Como o senhor sabe, fui até Sunny Point ver a família de Jack Argyle.

– Fiquei sabendo.

– E a esta altura já deve ter ouvido, imagino, algo sobre minha visita?

– Sim, dr. Calgary, isso aconteceu.

– O que o senhor não deve estar entendendo é por que voltei aqui para vê-lo... Veja bem, as coisas não saíram exatamente como eu havia imaginado.

– Não – disse o advogado –, não, talvez não.

Sua voz soou seca como de costume e desprovida de emoção, ainda que alguma coisa nela tenha encorajado Arthur Calgary a continuar.

– Pensei, veja bem – seguiu Calgary –, que aquilo seria o fim de tudo. Estava preparado para um certo, como dizer, ressentimento natural da parte deles. Ainda que se pudesse considerar a concussão, creio, como um ato de Deus se poderia entender que do ponto de vista deles não fosse algo perdoável, como eu digo. Mas, ao mesmo tempo, eu esperava que o ressentimento pudesse ser superado pela gratidão que sentiriam ao saber que o nome de Jack Argyle seria limpo. Mas as coisas não correram como eu havia imaginado. Antes pelo contrário.

– Entendo.

– Talvez, sr. Marshall, o senhor tenha antecipado alguma coisa do que poderia acontecer? Seus modos, me lembro, me confundiram quando estive aqui da outra vez. O senhor *anteviu* a resistência que eu ia encontrar?

– O senhor ainda não me falou dessa resistência, dr. Calgary.

Arthur Calgary arrastou sua cadeira para a frente.

– Pensei que eu estava pondo um *ponto final* em alguma coisa, oferecendo, se é que podemos dizer, um final diferente para um capítulo já escrito. Mas me fizeram ver, me fizeram *ver*, que em vez de *terminar* alguma coisa, eu estava *começando* outra. Alguma coisa inteiramente nova. O senhor acha que essa é a maneira correta de expressar a situação?

O sr. Marshall concordou com a cabeça, num movimento lento.

– Sim – ele disse –, poderíamos admitir que sim. Pensei então, preciso admitir, que o senhor não estava levando em consideração todas as implicações. O senhor nem poderia ter isso em mente, pois, o que era natural, não sabia nada sobre o pano de fundo da história, exceto o que estava nos relatórios jurídicos.

– Não, não, agora eu vejo tudo com nitidez. Com total clareza.

Sua voz começou a se erguer à medida que crescia sua excitação:

– Na verdade, não foi alívio o que sentiram, não foi gratidão. O que sentiram foi apreensão. Pavor do que estava por vir. Estou certo?

Marshall falou com cautela:

– É possível que o senhor esteja certo, pelo que me disse. Veja bem, não falo baseado no que sei.

– De todo modo – seguiu Calgary –, não sinto que possa voltar ao meu trabalho satisfeito com o resultado das minhas ações. Continuo envolvido. Sou responsável por ter trazido um fato novo para a vida de várias pessoas. Não *posso* simplesmente lavar minhas mãos.

O advogado pigarreou.

– Esse, talvez, seja um ponto de vista um pouco bizarro, dr. Calgary.

– Não vejo por quê, não vejo mesmo. É preciso assumir a responsabilidade por seus atos e não apenas por seus *atos*, mas sim pelo *resultado* que esses atos provocam. Cerca de dois anos atrás eu dei carona a um jovem numa estrada. Ao fazê-lo, desencadeei uma certa sucessão de eventos. Não vejo como possa me dissociar do que ocorreu a partir disso.

O advogado continuava meneando a cabeça.

– Muito bem, então – disse Arthur Calgary com impaciência. – Chame isso de uma bizarrice se quiser. Mas meus sentimentos, minha consciência, continuam envolvidos. Meu único desejo era consertar algo que sempre estivera aquém de minhas forças evitar. Não consegui consertar nada. De um modo curioso, tornei as coisas ainda piores para aquelas pessoas que já haviam passado pelo sofrimento. Mas ainda não consigo entender exatamente *por quê*.

– Não – disse Marshall –, não, o senhor não compreende. Nos últimos dezoito meses, ou por volta disso, o senhor esteve longe do contato com a civilização. Ficou sem ler os jornais, o que se disse sobre essa família nas reportagens. É bem provável que o senhor não fosse lê-las, mas o senhor não teria deixado, por certo, de *ouvir* falar deles. Os fatos são muito simples, dr. Calgary. Não são confidenciais. Foram levados a público naquela época. Pode-se resumir a questão na seguinte pergunta: se não foi Jack Argyle o autor do crime (e pelo seu depoimento não pode ser ele o autor), *então quem é o assassino*? Isso faz com que voltemos às circunstâncias em que o crime foi cometido. O que ocorreu entre as sete e as sete e meia, numa noite de novembro, numa casa em que a vítima se encontrava cercada por seus parentes mais próximos e empregados? A casa estava fechada, inclusive as janelas, ou seja, se alguém tivesse vindo de fora, teria que ter sido recebido pela sra. Argyle ou entrado com a própria chave. Em outras palavras, deve ter sido alguém que ela conhecia. De certa maneira, esse caso se parece com o caso Borden, ocorrido nos Estados Unidos, em que o sr. Borden e sua esposa foram mortos a machadadas numa manhã de domingo. Ninguém na casa ouviu nada, não se sabe de alguém que tenha se aproximado do local. Agora o senhor entende, dr. Calgary, por que os membros da família se mostraram incomodados, como o senhor mesmo disse, em vez de aliviados com a notícia que o senhor lhes trouxe?

Calgary disse devagar:

– O senhor está querendo dizer que eles prefeririam que Jack continuasse sendo culpado?

– É evidente – disse Marshall. – Ah, sim, não tenho nenhuma dúvida. Se o senhor me permite um certo cinismo, diria que Jack era a solução perfeita para o fato desagradável de um assassinato em família. Ele havia sido uma criança-problema, um jovem delinquente, um homem de temperamento violento. Dentro do círculo familiar, sempre se poderia, assim como ocorreu, arrumar desculpas para suas ações. Poderiam lamentar seus atos, ter simpatia por sua situação, dizendo a si mesmos, a cada um deles e para o mundo, que aquilo tudo não era *realmente* culpa dele, que os psicólogos podiam explicar! Sim, sim, da maneira que estavam, as coisas eram muito convenientes.

– E agora... – interrompeu-o Calgary.

– E agora – seguiu o sr. Marshall – tudo mudou, claro. De maneira significativa. Diria quase que de maneira alarmante.

Calgary disse com astúcia:

– As notícias que eu trouxe são desagradáveis para o senhor também, não é mesmo?

– Devo admitir que sim. Em verdade, devo admitir que fiquei incomodado. Um caso que havia sido encerrado com todo êxito... agora está reaberto.

– Já é oficial? – perguntou Calgary. – Quero dizer, do ponto de vista da polícia, o caso será reaberto?

– Ah, sem dúvida – disse Marshall. – Quando Jack Argyle recebeu o veredicto de culpado sem qualquer questionamento... o júri levou apenas quinze minutos deliberando... aquilo era o fim das investigações, ao menos para a polícia. Mas agora, com a garantia de um livre-indulto póstumo, o caso será outra vez aberto.

– E a polícia fará novas investigações?

– Me parece quase certo. Claro – acrescentou Marshall, coçando o queixo, pensativo –, é pouco provável, depois de tanto tempo, dadas as particularidades do caso, que eles possam chegar a qualquer tipo de resultado... Da minha parte, duvido que alguma coisa aconteça. Eles podem até saber que alguém lá naquela casa cometeu o crime. Podem, inclusive, chegar a uma ideia bastante desenvolvida sobre o possível autor do crime. Mas será muito difícil conseguir uma evidência definitiva.

– Entendo – disse Calgary. – Entendo... Bem, então foi isso o que ela quis dizer.

O advogado falou num disparo:

– De quem o senhor está falando?

– Da garota – disse Calgary. – Hester Argyle.

– Ah, sim. A jovem Hester. – Perguntou com cautela: – O que ela disse ao senhor?

– Falou sobre o inocente – disse Calgary. – Disse que não era o culpado quem interessava, mas sim o inocente. Somente agora entendo ao que ela estava se referindo...

Marshall lançou um olhar agudo sobre ele.

– É possível que o senhor entenda.

– Ela queria dizer justo o que o senhor está dizendo – disse Arthur Calgary. – Que mais uma vez as suspeitas recairiam sobre a família.

Marshall o interrompeu.

– Mais uma vez é um exagero – ele disse. – Na ocasião do crime nunca houve um *momento* em que a família estivesse sob suspeita. Jack Argyle foi claramente indicado como suspeito desde o início.

Calgary deixou a interrupção de lado.

– As suspeitas recairão sobre a família – ele disse – e tais suspeitas podem se estender por muito tempo, talvez para sempre. Se um dos membros da família é o culpado, é possível que eles mesmos não saibam qual. Olharam uns para os outros e... vão se perguntar quem... Sim, essa será a pior parte de todas. O fato de não saberem *qual* deles, enfim...

Houve um momento de silêncio. Marshall ficou olhando para Calgary com uma expressão silenciosa e perscrutadora, mas não disse nada.

– Isso é terrível, entende? – disse Calgary.

Seu rosto magro e sensível revelava os traços da emoção que o dominava. Continuou:

– Sim, é terrível... A passagem dos anos sem que ninguém saiba, os olhares trocados em silêncio, a suspeita, quem sabe, corroendo todas as relações. Destruindo o amor, a confiança...

Marshall limpou a garganta.

– O senhor não estaria exagerando um pouco no quadro?

– Não – disse Calgary –, não creio que esteja. Acho, talvez, se me permite, sr. Marshall, que vejo a situação com mais clareza que o senhor. Posso imaginar, perceber, o que tudo isso poderá significar.

Por mais uma vez houve silêncio.

– Significa – disse Calgary –, que é o inocente quem irá sofrer... E o inocente não deveria sofrer. Apenas o culpado. É por isso que... é por isso que não posso lavar minhas mãos. *Não posso* simplesmente dar as costas a tudo e dizer: “Fiz a coisa certa a fazer, servi à causa da justiça”, porque o senhor pode ver bem qual foi meu papel, que o que fiz *não* foi servir à causa da justiça. O culpado não foi condenado e, ao mesmo tempo, o inocente não está livre da sombra da acusação.

– Acho que o senhor está exigindo demais de si mesmo, dr. Calgary. O que o senhor disse tem alguma base de verdade, sem dúvida, mas não consigo ver bem por quê, ou melhor, o que o senhor pode fazer em relação ao assunto.

– Pois é, também não sei – disse Calgary com franqueza. – Mas isso significa que não devo desistir. Esta é a verdadeira razão pela qual vim até sua presença, sr. Marshall. Gostaria de conhecer, creio que tenho direito a isso, o pano de fundo familiar.

– Ah, bem – disse o sr. Marshall, num tom algo vivo. – Não há nenhum segredo sobre *isso*. Posso inteirá-lo dos *fatos* que o senhor quer saber. Não estou em posição, no entanto, de informar-lhe mais do que os fatos. Nunca me relacionei de modo mais íntimo com os membros da casa. Nossa firma defendeu os interesses da sra. Argyle por muitos anos. Cooperamos com ela no estabelecimento de termos de confiança e também em aspectos de negociação legal. Conhecia razoavelmente bem a sra. Argyle e também seu marido. Quanto à atmosfera em Sunny Point, aos temperamentos e características das pessoas que vivem lá, tenho apenas, como o senhor poderia dizer, informações de segunda mão dadas pela própria sra. Argyle.

– Sim, compreendo tudo isso – disse Calgary, mas precisava começar de algum lugar. Já sei que as crianças não eram dela. Foram todas adotadas?

– Sim. O nome de nascimento da sra. Argyle era Rachel Konstam, filha única de Rudolph Konstam, um homem muito rico. Sua mãe era americana e também uma mulher de família rica. Rudolph tinha diversos interesses filantrópicos e acabou atraindo a filha para essas atividades benevolentes. Ele e a esposa morreram num acidente de avião e, depois disso, Rachel devotou a enorme fortuna herdada dos pais ao que nós poderíamos chamar, vagamente, de empreendimentos filantrópicos. Tomou-se de interesse pessoal por essas entidades e se envolveu com o trabalho de caridade. Foi nessas circunstâncias que conheceu Leo Argyle, que era parte do quadro de Oxford e dedicava seus estudos à economia e às reformas sociais. Para compreender bem a sra. Argyle, o senhor tem que perceber que a grande tragédia de sua vida era o fato de não poder ter filhos. Como ocorre a muitas mulheres, essa incapacidade começou, de forma gradual, a escurecer todos os aspectos de sua vida. Quando, depois de ter visitado toda gama de especialistas possíveis, parecia claro que ela nunca poderia alimentar a esperança de ser mãe, foi preciso que ela buscasse qualquer fonte de alívio disponível. Adotou a primeira criança de um abrigo para necessitados em Nova York: aquela que atualmente se chama sra. Durrant. A sra. Argyle se dedicava quase que por inteiro a atividades de caridade ligadas a crianças. Com a eclosão da guerra em 1939, estabeleceu, com os auspícios do Ministério da Saúde, uma espécie de creche para crianças, comprando a casa que o senhor visitou, Sunny Point.

– Então ainda conhecida como Viper's Point – disse Calgary.

– Sim. Creio que era o nome original do lugar. Ah, sim, talvez, no fim das contas, um nome mais apropriado que o nome escolhido por ela para o lugar: Sunny Point.* Em 1940, moravam ali entre doze e dezesseis crianças, a maioria das quais não tinha mais quem se responsabilizasse de modo satisfatório por sua guarda ou não pôde acompanhar sua família no momento da evacuação. Nenhum esforço era poupado na criação dessas crianças. Deram-lhes um lar luxuoso. Tentei, por mais de uma vez, mostrar a ela que tal criação tornaria difícil para as crianças, após tantos anos de guerra, retornar às suas casas depois de terem vivido cercadas de tanto luxo. Nunca me deu ouvidos. Estava envolvida até a alma com

* *Viper* é víbora em inglês, ao passo que *sunny* é ensolarado. (N.T.)

aquelas crianças e, por fim, acabou alimentando o projeto de agregar algumas delas, aquelas cujos lares eram muito desconfortáveis ou as que haviam se tornado órfãs, à sua própria família. Isso acabou resultando numa família de cinco. Mary, hoje casada com Philip Durrant; Michael, que trabalha em Drymouth; Tina, uma menina mestiça; Hester, e, claro, Jacko. Todos cresceram considerando os Argyle como seu pai e sua mãe. Receberam a melhor educação que o dinheiro pôde pagar. Se o ambiente de criação conta para alguma coisa, deveriam ter ido longe. Certamente receberam todas as vantagens disponíveis. Jack, ou Jacko, como eles o chamavam, sempre agiu de maneira insatisfatória. Roubava dinheiro na escola e teve que ser transferido. Arranjou uma série de problemas já no primeiro ano de faculdade. Por duas vezes esteve a um milímetro de ir preso. Sempre teve um temperamento incontrolável. Contudo, é bem provável que o senhor já tenha ouvido. Por duas vezes os Argyle tiveram que cobrir as fraudes dele. Gastaram duas vezes mais dinheiro ainda para tentar montar um negócio para ele. Por duas vezes os empreendimentos de Jacko faliram. Após sua morte, um seguro foi e ainda é pago para sua viúva.

Calgary se curvou para a frente, sem esconder o assombro.

– Sua *viúva*? Ninguém havia me dito que ele era casado.

– Ah, meu caro.

O advogado estalou os dedos com irritação.

– Como fui desleixado. Havia me esquecido, claro, que o senhor não tinha lido as matérias dos jornais. Posso lhe assegurar que ninguém na família Argyle sabia que ele era casado. Logo após sua prisão, a esposa apareceu, tomada por grande aflição, em Sunny Point. O sr. Argyle foi muito bom com ela. Era uma jovem que trabalhava como dançarina no Palais de Danse de Drymouth. É provável que tenha me esquecido de mencioná-la a você porque ela voltou a se casar algumas semanas depois da morte de Jack. Seu atual marido é eletricista, creio, em Drymouth.

– Preciso vê-la – disse Calgary. Depois acrescentou em tom de censura: – Deveria ter sido a primeira pessoa a receber minha visita.

– Certamente, certamente. Vou lhe passar o endereço. Não sei bem *por que* não mencionei isso antes ao senhor, na primeira vez.

Calgary ficou em silêncio.

– Ela é um elemento tão... insignificante – disse o advogado, como que se desculpando. – Mesmo os jornais não lhe deram muita importância. Para o senhor ter uma ideia, ela nunca foi visitar o marido na prisão ou demonstrou qualquer interesse em seu destino...

Calgary estava profundamente imerso em pensamentos. Depois disse:

– O senhor pode me dizer com exatidão quem estava na casa na noite do crime?

Marshall o olhou com intensidade.

– Leo Argyle, claro, e a caçula, Hester. Mary Durrant e seu marido inválido estavam de visita. Ele recém havia saído do hospital. Também estavam por lá Kirsten Lindstrom, que o senhor, é bem provável, tenha conhecido: uma sueca com curso de massagem e enfermagem que veio ajudar a sra. Argyle com a creche na época da guerra e ficou na casa depois disso. Michael e Tina não estavam lá; Michael trabalha como vendedor de carros em Drymouth, e Tina na Livraria do Condado em Redmyn, onde vive num apartamento.

Marshall fez uma pausa antes de prosseguir.

– Havia também a srta. Vaughan, a secretária do sr. Argyle. Ela havia saído da casa antes de o corpo ser descoberto.

– Também a conheci – disse Calgary. – Ela parece bastante ligada ao sr. Argyle.

– Sim... sim. Acredito que muito em breve um noivado possa ser anunciado.

– Ah!

– Ele tem se sentido bastante sozinho desde a morte da esposa – disse o advogado, com um tom de reprovação na voz.

– Imagino – disse Calgary, e então ele perguntou: – E quanto ao motivo, sr. Marshall?

– Meu caro dr. Calgary, não posso especular de nenhuma maneira sobre isso!

– Penso que o senhor pode. Como o senhor mesmo disse, os fatos são conhecidos.

– Não haveria qualquer vantagem financeira para *nenhum* dos possíveis envolvidos. A sra. Argyle havia entrado em uma série de fundos discricionários, uma fórmula muito adotada nos dias de hoje. Esses fundos favoreciam todas as crianças. São administrados por três curadores, entre os quais eu, Leo Argyle e um advogado americano, primo distante da sra. Argyle. A grande quantia de dinheiro envolvida é administrada por esses três curadores e pode ser adequada, em sua distribuição, para ajudar os beneficiados do fundo que mais necessitarem.

– E quanto ao sr. Argyle? Ele lucraria financeiramente em algum aspecto com a morte da mulher?

– Nada de significativo. Grande parte da fortuna dela, como eu lhe disse, está aplicada nesses fundos. Ela deixou para ele a parte residual de seu espólio, mas isso não chega a ser lá uma grande quantia.

– E miss Lindstrom?

– A sra. Argyle havia acertado um belo benefício anual para miss Lindstrom alguns anos atrás.

Marshall acrescentou irritado:

– Motivo? Para mim não parece haver o mais vago dos motivos. Ao menos não um motivo financeiro.

– E no campo emocional? Havia qualquer tipo especial de... atrito?

– Nesse aspecto, temo informar, não posso ajudá-lo – falou Marshall em tom definitivo. – Não era um observador das relações familiares.

– Há alguém que possa falar sobre isso?

Marshall considerou a pergunta por alguns instantes. Depois disse, como se relutasse:

– O senhor pode procurar um médico local. Creio que seu nome é dr... dr. MacMaster. Ele já está aposentado, mas vive aqui pelas redondezas. Era médico na casa durante o período da guerra. Ele deve ter tomado conhecimento e visto muita coisa do que se passou em Sunny Point. Se o senhor conseguirá ou não persuadi-lo a falar qualquer coisa, dependerá do seu esforço. Mas creio que, se ele quiser, poderá ser de grande auxílio, porém – perdoe-me por dizer isso – o senhor realmente acredita que poderá conseguir alguma coisa que a polícia não conseguiria com muito mais facilidade?

– Não sei – disse Calgary. – É provável que não. Mas sei também de uma coisa: preciso tentar. Sim, preciso tentar.

CAPÍTULO 5

As sobrancelhas do chefe Constable se ergueram devagar numa tentativa vã de alcançar o início de seus cabelos grisalhos. Ele lançou os olhos para o teto e depois voltou a pousá-los sobre os papéis em sua mesa.

– Isso supera tudo! – ele disse.

O jovem cuja função era oferecer as respostas certas ao chefe Constable disse:

– Sim, senhor.

– Que confusão – murmurou major Finney. Tamborilou os dedos sobre a mesa. – Huish está por aqui? – perguntou.

– Sim, senhor. O inspetor Huish chegou há cerca de cinco minutos.

– Muito bem – disse o chefe Constable. – Mande-o entrar, certo?

O inspetor Huish era um homem alto e de aspecto triste. Seu ar de melancolia era tão profundo que ninguém acreditaria que ele poderia ser a principal atração de uma festa infantil, fazendo brincadeiras e tirando moedinhas dos ouvidos dos garotos, tudo para alegrá-los. O chefe Constable disse:

– Bom dia, Huish. Temos uma confusão das boas aqui. Qual é a sua opinião?

O inspetor Huish respirou fundo e se sentou na cadeira indicada.

– Parece que cometemos um erro dois anos atrás – ele disse. – Esse camarada... como é mesmo o nome dele?

O chefe Constable revirou os papéis.

– Calory... não, Calgary. Um tipo de professor. Desses com ar distraído, talvez? Esse tipo de gente costuma não ser muito boa com questões de tempo, não será o caso?

Havia talvez um tom de apelo em sua voz, mas Huish não a escutou. Ele disse:

– Pelo que sei, é um tipo de cientista.

– Então lhe parece que temos de aceitar a palavra dele?

– Bem – disse Huish –, *sir* Reginald parece ter aceitado, e não creio que nada possa passar por *ele*. – Isso era um tributo ao diretor da Promotoria Pública.

– Não – disse o major Finney, com nítida contrariedade. – Se a Promotoria está convencida, me parece que temos de seguir em frente. Isso significa reabrir o caso. Trouxe os dados relevantes sobre o caso, como lhe pedi?

– Sim, senhor, estão aqui comigo.

O inspetor espalhou vários documentos sobre a mesa.

– Já deu uma olhada? – perguntou o chefe Constable.

– Sim, senhor, passei a noite toda em cima deles. Tenho tudo bem fresco em minha mente. Além disso, não faz tanto tempo assim.

– Bem, vamos ao que interessa, Huish. Onde estamos?

– De volta ao início, senhor – disse o inspetor Huish. – O problema é que, o senhor vê, nunca houve nenhuma dúvida sobre o autor *naquela época*.

– Não – disse o chefe Constable. – Parecia um caso completamente claro. Não pense que o estou culpando, Huish. Eu estava cem por cento com sua versão.

– Não havia, na verdade, nada diferente disso em que pudéssemos ter pensado – disse Huish, pensativo. – Houve a ligação comunicando que ela havia sido morta. A informação de que o garoto estivera por lá a ameaçando, a evidência das digitais, dele no atiçador, a questão do dinheiro. Prendemos o suspeito logo depois e lá estava o dinheiro, em sua posse.

– Que tipo de impressão ele produziu sobre o senhor então?

Huish considerou a questão.

– Uma má impressão – disse. – Uma confiança excessiva, certo de que o que dizia era plausível. Começou a falar em horas e que tinha um álibi. Arrogante. O senhor conhece o tipo. Os assassinos, em geral, são arrogantes. Consideram-se muito espertos. Acreditam que o que quer que *tenham* feito está sempre certo, sem se importar com as consequências para as outras pessoas. Ele era um tresloucado.

– Sim – concordou Finney –, um tresloucado. Todos os registros provam isso. Mas o senhor estava convencido logo de saída de que ele era o assassino?

O inspetor se pôs pensativo.

– Não é uma coisa de que se possa ter certeza. Ele era o tipo, eu diria, que geralmente acaba sendo um assassino. Como Harmon, em 1938. Uma longa ficha corrida de furtos de bicicleta, dinheiro desviado, fraudes contra velhinhas, até que por fim apanhou uma mulher, mergulhou-a dentro de ácido, divertiu-se com o ocorrido e começou a fazer disso um hábito. Supus que Jacko Argyle pertencesse à mesma laia.

– Mas ao que parece – disse devagar o chefe Constable –, estávamos errados.

– Sim – disse Huish –, sim, estávamos errados. E agora o camarada está morto. Negócio complicado. Vejam vocês – acrescentou, com súbita animação –, ele era um tresloucado. Pode não ter sido um assassino, de fato não foi, como agora sabemos, mas era um tresloucado.

– Bem, vamos lá, meu velho – disse-lhe Finney com energia –, quem *matou* a mulher? O senhor nos disse que esteve olhando o caso a noite toda. Alguém a matou. A mulher não se golpeou sozinha na nuca com um atiçador. Outra pessoa o fez. Quem?

O inspetor Huish suspirou e se recostou na cadeira.

– Me pergunto se algum dia descobriremos – ele disse.

– O caso é tão complicado assim?

– Sim, porque as coisas já esfriaram e porque haverá pouquíssimas evidências a serem descobertas num caso que por si só já possuía poucas evidências.

– Acreditamos que só pode ser alguém da casa, alguém de suas relações?

– Não vejo quem mais poderia ter interesse em sua morte – disse o inspetor. – Era alguém que estava na casa ou que ela deixou entrar através da porta. Os Argyle são do tipo que se trancam. Travas nas janelas, correntes, trancas adicionais na porta da frente. Tinham sofrido um arrombamento alguns anos antes, o que os deixou alertas para uma nova ocorrência.

Fez uma pausa e continuou:

– O problema, senhor, é que naquele momento não procuramos mais nada. O caso contra Jacko Argyle estava bem fechado. É claro, e isso podemos ver agora, que o assassino se aproveitou disso.

– Tirou vantagem do fato de que o garoto estivera lá, de que havia discutido com ela e de que a tinha ameaçado?

– Exato. Tudo o que essa pessoa tinha a fazer era entrar na sala, pegar o atiçador com uma luva, de onde Jacko o havia largado, seguir até a mesa onde a sra. Argyle escrevia e acertá-la com força na cabeça.

Major Finney disse apenas duas palavras:

– Por quê?

– Sim, senhor, é isso o que precisamos descobrir. Será uma das dificuldades. Ausência de motivo.

– Nem na época do crime – disse o chefe Constable – parecia haver um motivo óbvio em evidência, se é que se pode dizer isso. Como boa parte das mulheres que possuem propriedade e uma considerável fortuna pessoal, ela havia entrado em diversos sistemas de distribuição legal de seu dinheiro em função de sua morte. Já havia um fundo beneficiário em funcionamento, que provinha as crianças de sua parte, mesmo antes de sua morte, de modo que não receberiam nada a mais caso ela morresse. E não era, ainda por cima, uma mulher desagradável, resmungona, má ou ameaçadora. Ela os encheu de dinheiro durante toda a vida. Boa educação, capital de giro para abrirem seus negócios, belas mesadas para todo mundo. Afeto, bondade, benevolência.

– É verdade, senhor – concordou o inspetor Huish. – Diante desses fatos, não há qualquer razão para algum deles querê-la fora do caminho. No entanto...

Ele fez uma pausa.

– Diga, Huish.

– O sr. Argyle, pelo que sei, anda pensando em se casar de novo. Vai se casar com Gwenda Vaughan, que há um bom tempo é sua secretária.

– Sim – disse pensativo o major Finney. – Me parece que há um motivo aí. Um que desconhecíamos naquela época. Como o senhor diz, ela trabalha para ele há alguns anos. Será que já não estavam envolvidos na época do crime?

– Acho pouco provável, senhor – disse o inspetor Huish. – Esse tipo de coisa logo começa a ser comentada num vilarejo. Quero dizer, não acho que estivessem tendo um caso, como se costuma dizer. Nada que a sra. Argyle pudesse descobrir ou que tivesse de encerrar de súbito.

– Não – disse o chefe Constable –, mas ele devia ter muita vontade de se casar com Gwenda Vaughan.

– Ela é uma mulher jovem e atraente – disse o inspetor Huish. – Não diria que é glamorosa, mas tem uma ótima aparência e é atraente de um modo agradável.

– É provável que tenha devoção por ele há muitos anos – disse o major Finney. – Essas secretárias sempre parecem estar apaixonadas pelos seus chefes.

– Bem, parece que temos alguma motivação para esses dois – disse Huish. – Depois há a ajudante, a sueca. Talvez ela não fosse assim tão dedicada à sra. Argyle quanto aparentava. Devem ter ocorrido alguns atritos ou rancores guardados, ressentimentos. Ela não se beneficiaria com a morte da sra. Argyle pois já tinha uma boa pensão garantida. *Parece* ser uma boa mulher, do tipo sensível, que não golpearia alguém com um atiçador! Mas nunca se sabe, não é verdade? Basta lembrarmos do caso de Lizzie Borden.

– Não – disse o chefe Constable –, não há como saber. A possibilidade de ter havido um invasor está descartada?

– Nenhum sinal – disse o inspetor. – A gaveta com o dinheiro foi tirada do lugar. Foi feita uma tentativa de fazer com que o quarto parecesse invadido por um assaltante, coisa de amador. Mais um elemento que combinava perfeitamente com um efeito que o jovem Jacko tentaria criar em particular.

– O que me parece estranho – disse o chefe Constable – é a questão do dinheiro.

– Sim – disse Huish. – É muito difícil entender. Uma das notas de cinco libras que Jack Argyle trazia consigo havia sido dada à sra. Argyle no banco aquela manhã. Sra. Bottleberry era o nome escrito no verso da nota. *Ele* disse que a mãe lhe havia dado o dinheiro, mas tanto o sr. Argyle quanto Gwenda Vaughan estão bastante seguros de que a sra. Argyle entrou na biblioteca faltando quinze minutos para as sete e lhes falou das exigências financeiras de Jacko e que havia categoricamente negado a ele qualquer quantia em dinheiro.

– É possível, claro – apontou o chefe Constable –, com o que sabemos agora, que Argyle e essa moça, Vaughan, talvez estivessem mentindo.

– Sim, é uma possibilidade, ou talvez... – o inspetor interrompeu o que ia dizer.

– O que foi, Huish? – Finney o encorajou.

– Vamos supor que, por hora chamaremos ele ou ela de X, ouviu em segredo a discussão e as ameaças que

Jacko fazia. Suponhamos que esse alguém percebeu aí uma oportunidade. Apanhou o dinheiro, foi atrás do garoto, disse que a mãe gostaria que ele ficasse com a grana, construindo assim um cuidadoso pano de fundo, um dos mais belos já arquitetados. Tendo cuidado para usar o atiçador que ele havia usado para ameaçá-la, sem apagar suas impressões digitais.

– Para o diabo com isso tudo! – disse com raiva o chefe Constable. – Nada disso parece encaixar com o conhecimento que tenho da família. Quem mais estava na casa além de Argyle e Gwenda Vaughan, Hester Argyle e essa tal de Lindstrom?

– A mais velha, a que é casada, Mary Durrant, e seu marido.

– Um que é aleijado, não é mesmo? Isso o tira do páreo. E que tal Mary Durrant?

– Ela é uma criatura muito calma, de boa índole, senhor. Não se pode imaginá-la tendo um acesso de fúria ou... bem, matando alguém.

– E os empregados? – perguntou o chefe Constable.

– Todos diaristas, senhor. Voltam para suas casas às seis.

– Deixe-me dar uma olhada nos horários.

O inspetor lhe alcançou os papéis.

– Humm... sim, vejo aqui. Às quinze para as sete a sra. Argyle estava na biblioteca falando com seu marido sobre as ameaças de Jacko. Gwenda Vaughan esteve presente durante parte da conversa. Gwenda Vaughan foi para casa logo depois das sete. Hester Argyle viu sua mãe viva quando faltavam dois ou três minutos para as sete. Depois disso, a sra. Argyle não foi vista até as sete e meia, quando seu corpo foi descoberto por miss Lindstrom. Entre as sete e as sete e meia houve enormes oportunidades. Hester poderia ter cometido o crime, Gwenda Vaughan poderia tê-la matado depois de sair da biblioteca e antes de deixar a casa. Miss Lindstrom poderia ter cometido o crime quando "descobriu o corpo", Leo Argyle estava sozinho na biblioteca das sete e dez até o momento em que miss Lindstrom deu o alarme. Poderia ter ido até a antecâmara da mulher e tê-la matado durante esses vinte minutos. Mary Durrant, que estava no andar de cima, poderia ter descido durante essa meia hora e matado a mãe. E – disse Finney, pensativo – a sra. Argyle pode ter deixado qualquer um entrar pela porta da frente como pensamos que ela fez com Jack Argyle. Leo Argyle disse, se o senhor é capaz de lembrar, que *pensava* ter ouvido a campainha soar e o som da porta da frente se abrindo e fechando, mas ele foi muito vago sobre o horário do ocorrido. Admitimos então que tenha sido quando Jacko retornou e a matou.

– Ele não teria por que tocar a campainha – disse Huish. – Tinha a própria chave. Todos eles tinham.

– Havia ainda um outro irmão, correto?

– Sim, Michael. Trabalha como vendedor de carro em Drymouth.

– É bom que o senhor descubra, suponho – disse o chefe Constable –, o que ele estava fazendo naquela noite.

– Depois de dois anos? – perguntou o inspetor Huish. – Não creio que ninguém mais vai lembrar, certo?

– Na época ele foi interrogado?

– Parece que estava testando o carro de um cliente, pelo que lembro. Não havia razão para suspeitar dele na ocasião, mas ele também tinha uma chave e *poderia* ter ido até lá e matado a mãe.

O chefe Constable suspirou.

– Não sei como o senhor resolverá a questão, Huish. Não sei se chegaremos a algum lugar.

– Gostaria de descobrir quem a matou por mim mesmo – disse Huish. – Até onde sei, ela era uma ótima mulher. Fez muito por muita gente. Para crianças desafortunadas, fez todo o tipo de caridade. Era o tipo de pessoa que jamais deveria ter sido assassinada. Sim, quero muito descobrir o autor do crime. Mesmo que nunca consigamos evidências suficientes para agradar o pessoal da Promotoria, ainda assim gostaria de *saber*.

– Bem, desejo-lhe toda a sorte, Huish – disse o chefe Constable. – Graças à sorte, não temos muita coisa no momento, mas não desanime se não chegar a lugar nenhum. É uma trilha difícil de ser seguida. Sem dúvida, uma trilha difícil.

Capítulo 6

I

As luzes aumentaram no cinema. Anúncios pipocavam na tela. As atendentes do cinema caminhavam pelas fileiras oferecendo limonadas e sorvetes. Arthur Calgary as observava. Uma garota gordinha de cabelos castanhos, outra alta e morena, e uma terceira baixinha e loira. Esta era a que ele havia vindo ver. A esposa de Jacko. A viúva de Jacko, agora casada com um homem chamado Joe Clegg. Tinha um rosto bonito, ainda que pequeno e insípido, coberto de maquiagem, as sobrancelhas desenhadas, o cabelo endurecido por um terrível e barato permanente. Arthur Calgary comprou um pote de sorvete. Ele tinha o endereço de sua casa e pretendia contatá-la lá, mas tivera vontade de vê-la antes, sem que ela soubesse quem ele era. Bem, ali estava ela. Não era o tipo de nora, pensou, que a sra. Argyle, sob qualquer aspecto, teria desejado. Por isso, sem dúvida, Jacko a havia mantido nas sombras.

Ele suspirou, guardou o pote de sorvete com cuidado embaixo da poltrona e se recostou assim que as luzes se apagaram, e um novo filme começou a brilhar na tela. Pouco depois, levantou-se e saiu do cinema.

Às onze horas da manhã seguinte, foi até o endereço que lhe haviam dado. Um rapaz de dezesseis anos abriu a porta e, em resposta ao questionamento de Calgary, disse:

– Clegg? No andar de cima.

Calgary subiu os degraus. Bateu à porta, e Maureen Clegg a abriu. Sem o uniforme vistoso e a maquiagem, parecia uma outra garota. Era um rostinho tolo, de boa aparência, mas sem qualquer traço distintivo ou interessante. Olhou-o com receio e depois franziu o cenho num sinal de suspeita.

– Meu nome é Calgary. Acredito que a senhora recebeu uma carta do sr. Marshall sobre mim.

Seu rosto clareou.

– Ah, então o senhor é o homem! Vamos, entre.

Ela recuou para deixá-lo entrar.

– Me desculpe, o lugar está uma bagunça. Ainda não tive tempo de ajeitar as coisas.

Ela afastou uma pilha de roupas amontoadas de cima da cadeira e afastou os restos do café consumido havia algum tempo.

– Sente-se, por favor. Tenho certeza de que é uma gentileza da sua parte vir me ver.

– Pareceu-me o mínimo que eu podia fazer – disse Calgary.

Ela sorriu, embaraçada, como se não tivesse entendido o que ele quisera dizer.

– O sr. Marshall me escreveu a seu respeito – ela disse. – Sobre aquela história que Jackie tinha inventado, de como era tudo verdade mesmo. Que alguém *tinha* mesmo dado uma carona para ele naquela noite até Drymouth. Então era o senhor o homem, não é mesmo?

– Sim – disse Calgary. – Eu mesmo.

– Ainda não consegui assimilar – disse Maureen. – Conversamos a noite inteira sobre isso, Joe e eu. Realmente, eu disse, podia ser uma daquelas coisas que acontecem nos filmes. Dois anos depois, não é, quase isso?

– Quase isso, sim.

– O tipo de coisa que a gente só vê no cinema, e é claro que você diz para si mesma que é o tipo de coisa que não faz sentido, que jamais vai ocorrer na vida real. E agora veja só! Acontece! Pensando bem, é algo que tem um lado excitante, o senhor não acha?

– Suponho – disse Calgary – que se possa pensar dessa maneira.

Observa-a com uma vaga sensação de dor.

Ela seguia falando num tom bastante alegre.

– E lá está o pobre e velho Jackie, morto e sem poder saber das novidades. Pegou pneumonia, o senhor sabe, na prisão. Acho que foi a umidade ou algo assim, não lhe parece?

Ela possuía, percebeu Calgary, uma imagem idealizada e romântica do que era a vida na prisão. Celas úmidas e subterrâneas, com ratos roendo os dedos dos presos.

– Naquele momento, devo dizer – ela prosseguiu –, a morte dele foi o melhor para todo mundo.

– Sim, suponho que sim... Suponho que foi o melhor.

– Bem, quero dizer, lá estava ele, cumprindo uma pena de anos e anos. Joe disse que o melhor era eu pedir divórcio, e era o que eu planejava na época.

– A senhora queria se divorciar dele?

– Bem, não é nada legal estar amarrada a um homem que vai passar anos na cadeia, certo? Além disso, o senhor sabe, embora eu estivesse apaixonada pelo Jackie e tudo o mais, ele não era o que se poderia chamar de um tipo equilibrado. Nunca tive esperanças de que nosso casamento fosse durar.

– A senhora já havia dado entrada no processo de divórcio quando ele morreu?

– Bem, de certa maneira sim. Quero dizer, eu já havia procurado um advogado. Joe me fez ir. Claro, Joe nunca poderia enfrentar o Jackie.

– Joe é seu marido?

– Sim. Ele trabalha com eletricidade. Tem um ótimo emprego e passa o tempo todo pensando no outro. Sempre me dizia que Jackie não prestava, mas é claro que eu era apenas uma criança e não sabia nada das coisas. Jackie tinha a manha, sabe.

– É o que parece, pelo que tenho ouvido sobre ele.

– Tinha um jeito especial com as mulheres... não sei exatamente por quê. Não tinha lá uma boa aparência. Eu costumava chamar ele de Cara-de-macaco. Mas ao mesmo tempo, ele tinha o seu charme. Sem perceber, você estava fazendo tudo o que ele queria. Veja que isso foi útil uma ou duas vezes. Logo que nos casamos, ele se meteu em confusão na garagem em que trabalhava por causa de um problema no carro de um cliente. Nunca entendi direito a situação. Seja o que for, o chefe dele estava uma fera. Mas Jackie deu em cima da mulher do chefe. Uma velhusca. Devia ter por volta dos cinquenta, mas Jackie lhe passou uma cantada, foi fazendo a cabeça da velha até ela perder a noção de tudo. No fim ela fez tudo o que podia por ele. Ficou em cima do marido e conseguiu que ele não processasse o Jackie caso ele lhe devolvesse o dinheiro. Mas o idiota nunca soube de onde veio o dinheiro! Da própria esposa dele. Nossa, eu e o Jackie quase morremos de rir com essa história!

Calgary olhou para ela com uma leve repulsa.

– O que há de tão engraçado nisso?

– Eu acho tão engraçado, o senhor não acha? Nossa, é de matar. Uma velha louquinha atrás do Jackie, raspando o cofre para salvar o pescoço dele.

Calgary suspirou. As coisas jamais eram, pensou, do modo como imaginamos. A cada dia ele se descobria menos atraído pelo homem que tanto trabalho havia lhe dado para que seu nome fosse limpo. Estava quase a ponto de compreender e dividir o ponto de vista que tanto o assombrara em Sunny Point.

– Vim aqui, sra. Clegg – ele disse – , apenas para ver se havia alguma coisa que eu pudesse fazer pela senhora em vista do acontecido.

Maureen Clegg o olhou um pouco confusa.

– Muito gentil de sua parte, tenho certeza – ela disse. – Mas o que o senhor poderia fazer? Estamos bem aqui. Joe está ganhando um bom dinheiro e eu tenho o meu emprego. Trabalho como vendedora no cinema, lá no Picture-drome.

– Sim, eu sei.

– Vamos comprar uma tevê no mês que vem – seguiu a garota com orgulho.

– Fico muito contente – disse Arthur Calgary –, mais feliz ainda por dizer que todo esse negócio infeliz não marcou sua vida com sombras permanentes.

Parecia-lhe cada vez mais difícil escolher as palavras certas para falar com essa garota que fora mulher de Jacko. Tudo o que ele dizia soava pomposo, artificial. Por que ele não podia simplesmente falar de um modo natural com ela?

– Temia que tudo isso fosse um grande sofrimento para a senhora.

Ela o encarou, seus olhos azuis e bem abertos eram incapazes de entender uma vírgula do que ele dissera.

– Na época foi horrível – ela disse. – O falatório da vizinhança, os bisbilhoteiros, embora eu precise dizer que a polícia foi muito gentil, levando em consideração o ocorrido. Falaram comigo com muita educação e foram muito legais em todo o resto.

Ele se perguntava se ela sentira qualquer coisa pelo falecido. Perguntou-lhe de maneira abrupta:

– A senhora achava que ele tinha cometido o crime?

– O senhor quer dizer que tinha matado a mãe?

– Exato.

– Bem, claro... bem... bem... sim, acho que sim, de certa maneira. Claro, ele tinha *dito* que não, mas não dava para acreditar em nada do que Jackie dizia, além de estar na cara que ele poderia ter cometido o crime. Veja bem, ele podia se tornar bastante agressivo se alguém se pusesse no seu caminho. Sabia que ele estava metido em alguma encrenca. Não me falava sobre isso, me dizia desaforos se eu insistisse no assunto. Mas, ao sair aquele dia, ele me disse que tudo ia ficar bem. A mãe, ele me disse, ia dar um jeito. Ela teria que dar um jeito. Assim não tinha razões para desconfiar dele.

– Pelo que sei, ele nunca tinha comentado com a família sobre o casamento de vocês. A senhora não os conhecia?

Ela não aparentava ressentimento, antes pelo contrário, pensava que o comportamento do marido havia sido perfeitamente natural.

– Creio que deve ter sido um grande choque para a senhora saber da prisão dele?

– Claro, é natural. Como ele *poderia* ter cometido tal crime?, perguntei a mim mesma, mas então, a realidade imperou. Ele sempre ficava fora de controle quando alguma coisa o incomodava.

Calgary se inclinou para a frente.

– Vamos colocar as coisas dessa maneira. Não lhe parece nada surpreendente que o seu marido fosse capaz de golpear a mãe na cabeça com um atiçador e roubar uma grande quantia de dinheiro dela?

– Bem, sr... Calgary, se o senhor puder me desculpar, essa é uma maneira cruel de colocar as coisas. Não suponho que ele quisesse acertar ela com tanta força. Não suponho que ele quisesse matá-la. Ela somente se recusou a lhe dar o dinheiro, ele pegou o atiçador e a ameaçou e, quando ela se recusou, ele perdeu o controle e lhe deu uma pancada. Não acho que ele quisesse ver a mãe morta. Foi um momento de azar. Veja bem, ele precisava desesperadamente do dinheiro. Ia acabar preso se não conseguisse a quantia.

– Então... a senhora não o culpa?

– Bem, claro que eu culpo... não gosto desse tipo de comportamento violento. E ainda mais a própria mãe! Não, não acho que foi uma coisa bonita de se fazer. Comecei a pensar em como Joe estava certo em me dizer que eu devia me afastar por completo de Jackie. Mas o senhor sabe como as coisas funcionam. É sempre tão difícil para uma garota se decidir. Joe, o senhor vê, foi sempre do tipo decidido. Já o conhecia de um longo tempo. Jackie era diferente. Ele havia recebido educação e tudo o mais. Parecia um cara bem-sucedido, sabe, sempre cheio de dinheiro. E, claro, ele tinha aquele jeito com as mulheres de que já falei. Podia conquistar qualquer uma. Acabou me conquistando direitinho. "Você vai se arrepender, minha garota", era o que dizia o Joe. Pensava que não passava de dor de cotovelo, sabe, do monstro de olhos verdes, se o senhor me entende. Mas, no final, Joe provou estar certo.

Calgary olhou para ela. Perguntava-se se ela ainda não conseguira entender por inteiro as implicações de sua história.

– Certo em que sentido? – ele perguntou.

– Bem, conseguindo me tirar da confusão em que eu estava metida. Quero dizer, sempre fomos gente de respeito. Mamãe nos criou com muito esmero. Sempre tivemos coisas boas, nada a reprovar. E lá estava a polícia levando meu marido preso! Na frente de todos os vizinhos. Saiu manchete em todos os jornais. No *Notícias do Mundo* e em todos os outros. E depois disso uma chuva de repórteres, sempre querendo fazer alguma pergunta. Aquilo me colocou numa posição horrorosa.

– Mas minha querida garota – disse Calgary –, será que ainda não percebeu que não foi ele o autor do crime?

Por um momento o rosto bonito e formoso adquiriu um aspecto desconcertado.

– Claro! Já ia me esquecendo. Mas de qualquer maneira... bem, quero dizer, ele foi até lá, fez uma enorme confusão e ameaçou a mãe. Se ele não tivesse feito isso não teria sido preso, não é verdade?

– Não – disse Calgary –, não. É a mais pura verdade.

Possivelmente, pensou, essa garota, bonitinha e tola, era mais realista do que ele.

– Oh, foi um negócio terrível – prosseguiu Maureen. – Não sabia *o que* fazer. E então mamãe disse que o melhor era eu ir ver os parentes dele. Eles tinham que fazer algo por mim, ela disse. Afinal de contas, ela disse, você tinha seus direitos e o melhor era mostrar a eles com quem estavam lidando. Então fui até lá. Foi aquela senhora estrangeira, uma auxiliar, quem me abriu a porta e, de início, não consegui fazer ela entender o que eu queria. Era como se ela não conseguisse acreditar em mim. "É impossível", ela não parava de dizer. "É impossível", seguia ela. "É realmente impossível que Jacko tenha se casado com alguém como *você*." Aquilo me magoou um pouco. "Bem, nós somos casados", eu disse, "e nada dessa coisa de cartório. Na igreja." Foi do jeito que minha mãe queria! E ela disse: "Não é verdade. Não acredito nisso." E então o sr. Argyle se aproximou e *ele* foi tão gentil. Disse para eu não me preocupar demais, que tudo o que fosse possível seria feito para defender Jackie. Perguntou-me como estava a minha situação financeira – e passou a me mandar uma mesada semanal. Continua mandando, até agora. Joe não gosta que eu receba o dinheiro, mas eu digo a ele: "Não seja bobo. Eles têm grana de sobra, não é mesmo?" Mandou-me inclusive um belo cheque de presente, quando eu e Joe nos casamos. E disse que estava muito contente e que esperava que esse casamento fosse mais feliz do que o anterior. Sim, ele é um sujeito muito bacana, o sr. Argyle.

Ela voltou a cabeça assim que a porta se abriu.

– Ah, aí está o Joe.

Joe era um jovem de lábios finos e cabelos loiros. Recebeu as explicações de Maureen e a apresentação com um leve franzir de cenho.

– Espero que esse assunto já esteja resolvido de nossa parte – ele disse, em tom desaprovador. – Desculpe-me por dizer isso, senhor. Mas nada pode vir de bom de ficar remexendo no passado. É o que eu penso. Maureen é azarada, é só o que há a dizer...

– Sim – disse Calgary –, posso entender o seu ponto de vista.

– Claro – disse Joe Clegg –, ela jamais deveria ter se envolvido com um camarada como aquele. *Eu* sabia que ele não prestava. Vários boatos sobre ele já circulavam. Estivera duas vezes em frente a um oficial de condicional. Uma vez que chegam nesse ponto, ninguém mais os detêm. Primeiro aplicam golpes ou rapam as economias de mulheres ingênuas e depois acabam cometendo um assassinato.

– Mas neste caso – disse Calgary – não houve nenhum assassinato.

– Se é o que o senhor diz – disse Clegg sem qualquer convicção.

– Jack Argyle tinha um álibi perfeito para a hora em que o crime foi cometido. Estava no meu carro, depois de receber uma carona. Deixei-o em Drymouth. Como pode ver, sr. Clegg, não poderia ser ele o autor do crime.

– Possivelmente não, senhor – disse Clegg. – O senhor vá me desculpar, mas, de qualquer modo, é uma lástima ficar revirando as coisas do passado. Afinal, ele já está morto, não faz mais diferença para ele. E logo a vizinhança estará comentando outra vez a respeito e dizendo bobagens.

Calgary se levantou.

– Bem, talvez do ponto de vista de vocês essa seja uma maneira de olhar para as coisas. Mas há algo chamado justiça, sr. Clegg.

– Sempre me pareceu – disse Clegg – que um julgamento na Inglaterra era o mais justo possível.

– O sistema mais avançado do mundo também pode falhar – disse Calgary. – A justiça está, afinal, nas mãos dos homens, e os homens são falíveis.

Depois que os havia deixado e seguia pela rua, imerso em pensamentos, Calgary sentiu-se ainda mais perturbado do que poderia imaginar. "Não teria sido melhor", disse a si mesmo, "que a minha memória daquele dia não tivesse jamais vindo à tona? Afinal, como esse camarada presunçoso e de lábios apertados mesmo disse, o garoto está morto. Compareceu perante um juiz que não comete erros. Se vai ser lembrado como um assassino ou meramente como um ladrãozinho qualquer, não fará qualquer diferença para ele agora."

Então uma súbita onda de ódio se ergueu em seu peito. "Mas deve fazer diferença para alguém!", pensou. "*Alguém* deveria ficar feliz. Por que isso não acontece? Essa garota, bem, posso entendê-la. Deve ter se apaixonado por Jacko, mas jamais o amou. Talvez seja incapaz de amar outra pessoa. Mas e os outros? O pai. A irmã, a ama... Deveriam ter ficado satisfeitos. Deveriam ter dedicado ao menos um segundo de seus pensamentos em honra à sua memória antes de começarem a pensar em salvar as próprias peles... Sim, alguém deveria ter se importado com ele."

II

– A srta. Argyle? Ali, na segunda mesa.

Por um momento, Calgary ficou a observá-la.

Asseada, pequena, muito silenciosa e eficiente. Usava um vestido azul-marinho, com colarinho e punhos brancos. Seu cabelo, de um negro azulado, estava muito bem arrumado num coque preso à nuca. Sua pele era escura, mais escura do que jamais poderia ser a de uma inglesa. Seus ossos também eram menores. Ela era a criança mestiça que a sra. Argyle havia trazido para a família.

Os olhos que se ergueram e o encontraram eram castanhos, um pouco opacos. Eram olhos que não diziam nada.

Sua voz era baixa e simpática.

– Posso ajudá-lo?

– Falo com a srta. Argyle? Srta. Christina Argyle?

– Sim.

– Meu nome é Calgary, Arthur Calgary. Talvez tenha ouvido falar de mim...

– Sim. Ouvi falar. Meu pai me escreveu.

– Gostaria muito de conversar com a senhorita.

Ela olhou de relance para o relógio.

– A biblioteca fecha em meia hora. Se o senhor puder esperar até lá.

– Certamente. A senhorita poderia me acompanhar para um chá em algum lugar?

– Obrigada.

Ela desviou sua atenção para um homem que chegara às costas dele.

– Sim. Em que posso ajudá-lo?

Arthur Calgary se afastou. Deu uma volta pelo lugar, examinando os conteúdos das estantes, observando Tina Argyle a todo o momento. Ela permanecia imutável, calma, competente, imperturbável. A meia hora passou devagar para ele, até que uma campainha soou, e ela lhe fez um sinal.

– Encontro-o lá fora em alguns minutos.

Ela não o deixou esperando. Não vestia chapéu, somente um casaco preto de tecido grosso. Perguntou a ele para onde iam.

– Não conheço Redmyn muito bem – ele explicou.

– Há uma casa de chá perto da Catedral. Não é lá grande coisa, mas por essa razão está sempre mais vazia que as outras.

Pouco depois estavam sentados em uma mesa pequena, e uma garçonete, entediada e enxuta, já lhes tomara os pedidos sem um sinal sequer de entusiasmo.

– Não será o melhor chá que o senhor já tomou na vida – disse Tina se desculpando –, mas pensei que, talvez, o senhor quisesse um pouco mais de privacidade.

– Isso mesmo. Devo explicar as minhas razões para procurá-la. Veja bem, já encontrei os outros membros da sua família, incluindo, pode-se dizer, a esposa, melhor, a viúva do seu irmão Jacko. A senhorita é a única pessoa da família que ainda não tinha encontrado. Ah, sim, e há aquela sua irmã que é casada.

– Sente que é necessário ver todos nós?

Aquilo foi dito em um tom bastante polido, mas havia um certo desinteresse em sua voz que fez com que Calgary sentisse um leve desconforto.

– Quase que por uma formalidade social – ele concordou com secura. – E não se trata também de simples curiosidade. (Não seria?) Quero apenas lhe expressar, pessoalmente, a todos vocês, meus mais profundos sentimentos por ter fracassado em estabelecer a inocência do seu irmão na época do julgamento.

– Entendo...

– Isso se a senhorita gostava dele. Sentia algum afeto por Jacko?

Ela considerou a questão por um momento, então disse:

– Não. Eu não sentia afeto por ele.

– O interessante é que todos me dizem sempre que ele era muito encantador.

Ela falou com franqueza, mas sem demonstrar emoção:

– Não gostava dele. Era alguém em quem eu não confiava.

– A senhorita nunca teve, perdoe-me a pergunta, nenhuma dúvida de que ele havia matado a sua mãe?

– Nunca me ocorreu que pudesse haver outra explicação para o assassinato.

A garçonete trouxe os chás. O pão e a manteiga estavam envelhecidos, a geleia era feita de alguma fruta não identificável, os bolos eram extravagantes e pouco apetitosos. O chá estava fraco.

Ele bebeu um gole e disse:

– Me parece, ou ao menos fui levado a acreditar nisso, que a informação que eu trouxe, que livra o seu irmão da acusação de homicídio, talvez traga repercussões pouco agradáveis. Parece que está trazendo novas angústias para todos vocês.

– Isso porque o caso será reaberto?

– Sim. A senhorita já pensou nisso?

– Meu pai pensa que esse será um passo inevitável.

– Sinto muito. Do fundo do coração.

– Por que o senhor está pedindo desculpas, dr. Calgary?

– Detesto ser a causa de uma nova leva de problemas para vocês.

– Mas o senhor ficaria satisfeito se tivesse permanecido em silêncio?

– A senhorita fala do ponto de vista da justiça?

– Sim. O senhor não?

– Claro. A justiça me parecia a coisa mais importante. Agora, porém, começo a me perguntar se não existem outras coisas mais importantes.

– Como o quê?

Os pensamentos dele recaíram sobre Hester.

– Coisas como... a inocência, talvez.

A opacidade dos olhos dela aumentou ainda mais.

– No que está pensando, senhorita Argyle?

Manteve-se em silêncio por mais alguns instantes, depois disse:

– Naquelas palavras da Carta Magna: "Não negaremos justiça a nenhuma vontade humana".

– Entendo – ele disse. – Eis a sua resposta...

Capítulo 7

O dr. MacMaster era um senhor de idade, com sobrancelhas vastas, olhos cinzentos e astutos e um queixo pugnaz. Inclinou-se para frente em sua poltrona gasta e estudou seu visitante com cautela. Descobriu que gostava do que via.

Da parte de Calgary também havia um sentimento de simpatia. Praticamente pela primeira vez, desde que retornara à Inglaterra, tinha a sensação de falar com alguém que considerava seus sentimentos e ponto de vista.

– É muita gentileza de sua parte me receber, dr. MacMaster – ele disse.

– Não tem de quê – disse o médico. – Desde minha aposentadoria que me entedio à morte. Meus jovens colegas dizem que devo ficar aqui sentado, cuidando do meu coração vacilante, como um idiota, mas não consigo me acostumar naturalmente à ideia. Não tem jeito. Escuto o rádio, mas é só blá-blá-blá, e vez ou outra minha governanta me convence a assistir televisão. Sempre fui um homem ocupado, acostumado a um ritmo alucinante. Não sou o tipo que nasceu para ficar sentado e faceiro. Ler cansa meus olhos. De modo que não peça desculpas por tomar meu tempo.

– A primeira coisa que gostaria que o senhor entendesse – disse Calgary –, é por que continuo me preocupando com essa questão. De um ponto de vista lógico, suponho, já fiz o que tinha vindo fazer, revelar o fato pouco palatável de minha concussão e perda de memória, recuperando, assim, a reputação do rapaz. Depois disso tudo, a única coisa saudável e racional a fazer era me afastar e tentar esquecer tudo. Não lhe parece?

– Depende – disse o dr. MacMaster. – Alguma coisa o preocupa? – perguntou, aproveitando a pausa.

– Sim – disse Calgary. – Tudo me preocupa. Veja bem, as novidades que eu trouxe não foram recebidas da maneira que imaginei.

– Ah, bem – disse o dr. MacMaster –, até aí, nada de estranho. Acontece todo dia. Ensaiamos e ensaiamos alguma coisa em nossas mentes, não importa o quê, uma consulta a outro médico, uma proposta de casamento a uma jovem senhora, uma conversa com o seu filho antes de levá-lo para a escola, mas na hora mesmo em que é preciso falar, nada sai como o planejado. O senhor pensou em tudo; todas as coisas que iria dizer e todas as coisas que o *senhor* esperava como resposta. E, claro, a cada momento tudo sai diferente. As respostas nunca são aquelas anteriormente imaginadas. Suponho que seja esta a fonte de seu desconforto?

– Sim – disse Calgary.

– O que o senhor esperava? Queria que todos viessem lhe agradecer?

– Eu esperava – considerou o que ia dizer por um instante – algo diferente. Que me culpassem? Talvez. Que ficassem ressentidos? Não seria surpresa. Mas que também ficassem gratos.

MacMaster grunhiu.

– E nada de agradecimentos, assim como também muito pouco ressentimento, não é verdade?

– Quase isso – confessou Calgary.

– Isso se deve ao fato de que o senhor não conhecia as circunstâncias até chegar aqui. Por quê, exatamente, veio me procurar?

Calgary disse devagar:

– Porque gostaria de entender melhor essa família. Sei apenas os fatos conhecidos. Uma mulher maravilhosa e altruísta, fazendo o seu melhor para criar suas crianças adotadas, uma mulher com espírito coletivo, uma boa samaritana. Contra ela, o que se chama, pelo que entendi, de um garoto-problema, uma ovelha desgarrada. Um jovem delinquente. É tudo o que sei. Nada mais. Não sei nada de verdade sobre a sra. Argyle.

– O senhor está totalmente certo – disse MacMaster. – Está colocando o dedo na ferida. Se o senhor pensar bem, há sempre algo interessante em qualquer assassinato. Como era a pessoa que foi assassinada? Todo mundo sempre se ocupa inquirindo como é a mente do criminoso. O senhor andou pensando, é bem provável, que a sra. Argyle não era o tipo de mulher que teria motivo para ser morta.

– Creio que todos pensem assim.

– Do ponto de vista ético – disse MacMaster –, o senhor tem toda razão. Mas sabe – ele coçou o nariz –, não há um pensamento chinês que diz que a beneficência deveria ser considerada antes um pecado do que uma virtude? Alguma coisa acontecia por lá. A beneficência tem um efeito sobre as pessoas. Acaba por amarrá-las. Todos sabemos como é a natureza humana. Faça uma boa ação a um camarada e você se sentirá generoso em relação a ele. Mas quanto ao camarada que recebeu essa boa ação, sentirá ele generosidade por você? Será que gostará de você de verdade? Deveria, claro, mas será que é o que acontece?

Depois de uma pausa, o médico seguiu:

– Bem, cá estamos. A sra. Argyle era o que o senhor poderia chamar de uma mãe maravilhosa. Mas ela exagerou nas boas ações. Não há qualquer dúvida disso. Foi o que sempre quis. Ou ao menos o que tentou fazer.

– Eles não eram seus filhos de verdade – apontou Calgary.

– Não – disse MacMaster. – Imagino que foi onde os problemas começaram. Basta olhar para uma gata que pariu sua prole. Lá estão os gatinhos; ela os protege com toda paixão, arranhará qualquer um que se aproxime deles. E então, duas semanas depois, ela reassume sua vida normal. Sai, caça um ou outro rato, já não dá tanta bola aos filhotes. Ainda os protegerá, caso alguém os ataque, mas já não se dedica a eles de modo obsessivo, o tempo todo. Brincará um pouquinho com eles, quando um deles morder forte demais lhes dará um safanão e mostrará a todos que quer ficar um pouco sozinha. Ela está retornando, entende, à sua natureza comum. E à medida que os gatinhos vão crescendo, ela cuida cada vez menos deles, e seus pensamentos passam mais e mais a serem ocupados pelos gatões da vizinhança. Isso é o que se pode chamar de padrão de normalidade da vida de uma fêmea. Vi muitas garotas e mulheres, com fortes instintos maternais, ansiosas por arrumar marido, mas principalmente, embora muitas não o percebam, compelidas pela urgência de serem mães. E então vêm os bebês; elas ficam felizes e satisfeitas. A vida volta ao comum. Interessam-se por seus maridos, pelos assuntos locais, pelas fofocas que circulam por aí, e, claro, por seus filhos. Mas tudo se dá de maneira proporcional. O instinto maternal, num sentido puramente físico, se satisfez.

"– Acontece que no caso da sra. Argyle o instinto maternal era muito forte, mas a satisfação física de ter uma criança ou várias nunca veio, o que fez com que sua obsessão maternal jamais arrefecesse. Ela queria muitas crianças, mais e mais crianças. Não conseguia se dar por satisfeita. Sua mente, noite e dia, estava fixa por inteiro naquelas crianças. Seu marido já não tinha para ela qualquer importância. Não passava de uma agradável abstração no cenário. Ela só tinha olhos para as crianças. O que comiam, o que vestiam, de que brincavam, tudo o que tivesse a ver com elas. Tais cuidados ultrapassaram em muito o que seria razoável. O que ela não lhes deu, aquilo de que necessitavam, era um pouco da boa, simples e honesta negligência. As crianças não podiam simplesmente ir brincar no jardim como fazem as crianças comuns do interior. Não, tinham que ter toda espécie de bugiganga, coisas artificiais para escalar, pedrinhas para servir de degrau, uma casa nas árvores, areia trazida para fazer uma pequena praia junto ao rio. Sua comida era toda planejada. Aquelas crianças tinham os vegetais todos preparadinhos, até os cinco anos, *e* o leite que bebiam era esterilizado, a água testada em sua pureza, as calorias e as vitaminas, o peso de cada um, tudo era calculado! Veja bem, não estou sendo antiético ao lhe contar isso, pois a sra. Argyle nunca foi minha paciente. Quando precisava de um médico sempre procurava um na Harley Street. Não que fosse de se consultar. Era uma mulher muito robusta e saudável.

"– Mas eu era o médico local que era chamado para ver as crianças, embora ela estivesse inclinada a pensar que eu tratava seus filhos de modo muito casual. Eu lhe dizia para deixar as crianças comerem algumas amoras dos arbustos. Que não faria mal nenhum que deixasse que elas ficassem com os pés molhados de vez em quando, que se resfriassem, e não havia nada de mais se uma criança tinha uma febrezinha de 37°C. Que não havia razão para alarme antes de passar de 38°C. Aquelas crianças eram mimadas e alimentadas de colherinha, paparicadas e amadas além da conta, de um modo que não poderia fazer bem."

– O senhor quer dizer – disse Calgary – que isso não poderia fazer nenhum bem ao Jacko?

– Bem, não estava pensando só no Jacko. Jacko, desde o início, me pareceu problemático. Hoje em dia chamam isso de "garoto-problema". Não passa de mais um rótulo. Os Argyle deram o seu melhor por ele; fizeram tudo o que podia ser feito. Vi uns quantos Jackos ao longo da vida. Depois que crescem, quando o garoto já está além de qualquer salvação, os pais dizem: "Se ao menos tivéssemos sido duros com ele quando ainda era jovem", ou então dizem: "Fomos duros demais, se tivéssemos sido mais gentis". Cá comigo, penso que isso não faz a menor diferença. Há aqueles que dão errado porque nasceram num lar infeliz e sentem, em essência, carência de afeto. E há aqueles que dão errado porque diante do mínimo desvio vão para o lado ruim. Creio que podemos incluir Jacko dentro dessa última categoria.

– Então o senhor não ficou surpreso – disse Calgary – quando ele foi preso acusado de homicídio?

– Para ser franco, fiquei. Não porque a ideia de assassinar alguém fosse particularmente repugnante ao Jacko. Ele era o tipo de jovem que não sentia nenhum peso na consciência. Mas o *tipo* de crime que ele havia cometido me pegou de surpresa. Ah, eu sabia que ele tinha um temperamento violento e tudo mais. Quando era criança, costumava se jogar contra outras crianças, ou então as acertava com algum brinquedo pesado ou um pedaço de madeira. Mas costumavam ser crianças menores do que ele, e havia em seus atos menos um ódio cego e mais aquele desejo de machucar o outro ou pegar alguma coisa do outro para si. O tipo de assassinato que eu esperava que Jacko cometesse, se ele viesse a cometer um, era aquele em que um grupo de rapazes invade algum lugar. Então, quando a polícia vem atrás deles, os Jackos dizem: "Acerta ele na cabeça, cara. Dá o que ele merece. Passa fogo nele". Eles têm desejo de matar, estão prontos para incitar um crime, mas não são capazes de matar alguém com as próprias mãos. Era o que eu deveria ter dito então. Agora parece que – acrescentou o médico – eu estava certo.

Calgary baixou os olhos em direção ao tapete, um tapete surrado, em que já não se podia mais reconhecer os antigos padrões.

– Eu não sabia – ele disse – o que iria enfrentar. Não tinha a mais vaga ideia do que o meu gesto representaria para os outros. Não pude ver que isso afetaria... que afeta...

O médico concordava gentil com a cabeça.

– Sim – ele disse. – Assim estão as coisas, não é mesmo? É quase como se o senhor tivesse que confrontá-los com a verdade da sua notícia.

– Me parece – disse Calgary – que essa é a verdadeira razão que me trouxe até aqui. Não consigo enxergar em nenhum deles, diante dos fatos, um motivo real para terem matado a sra. Argyle.

– Não diante dos fatos apresentados – concordou o médico. – Mas se o senhor for um pouquinho além da superfície, bem, creio que há inúmeras razões para que algum deles tenha desejado matá-la.

– Mas por quê? – perguntou Calgary.

– Tem certeza de que isso é assunto seu?

– Acho que sim. Não consigo deixar de ter essa impressão.

– Talvez eu também me sentisse assim no seu lugar... Não sei. Bem, a verdade é que nenhum deles jamais teve uma real independência. Não ao menos enquanto sua mãe, vamos chamá-la assim por conveniência, estava viva. Ela os mantinha sob a barra da saia, sabe, todos eles.

– Em que sentido?

– Financeiramente, ela os mantinha bem nutridos. A entrada de dinheiro era alta. O montante era dividido entre eles de acordo com as disposições do fundo. Mas ainda que a sra. Argyle não fizesse parte da administração dos recursos, seus desejos, ao menos enquanto estava viva, tinham um peso.

Ficou um minuto em silêncio e depois continuou.

– É interessante ver como cada um deles, a sua maneira, tentou escapar. Como lutaram para não se adequar ao padrão que ela havia criado para eles. Porque ela havia estipulado um padrão, um padrão muito bom. Queria que tivessem uma boa casa, boa educação, uma boa mesada e um bom começo nas profissões que escolhera por eles. Queria tratá-los como se eles fossem filhos legítimos dela e de Leo Argyle, sem tirar nem pôr. Só havia um detalhe:

eles não eram filhos legítimos dos dois. Tinham instintos completamente diferentes, outros sentimentos, outras demandas e aptidões. O jovem Micky agora trabalha como vendedor de carros. Hester mais ou menos fugiu de casa para levar uma vida nos palcos. Ela se apaixonou por um tipo desprezível e, além disso, não tinha o mínimo talento para a dramaturgia. Teve que voltar para casa. Foi obrigada a admitir, algo que odeia fazer, que sua mãe estava certa. Mary Durrant insistiu em se casar com um homem durante a guerra, homem que sua mãe desaprovava. Era um jovem corajoso e inteligente, mas sem nenhum tino para os negócios. Então ele foi acometido de pólio. Foi levado em convalescença para Sunny Point. A sra. Argyle os pressionava para que se mudassem em definitivo para lá. O marido se mostrou bastante favorável à ideia. Mary Durrant foi terminantemente contra. Queria ter a própria casa e o marido só para si. Mas ela teria desistido e acatado a decisão da mãe, caso ela não tivesse sido morta.

"– Micky, o outro rapaz, sempre fora um jovem ressentido; nunca superou a amargura de ter sido abandonado por sua mãe verdadeira. Ressentia-se disso quando criança e nunca conseguiu superar o abandono. Penso que no fundo ele sempre odiou sua mãe adotiva.

"– E há a massagista sueca. Ela não gostava da sra. Argyle. Em compensação adorava as crianças, assim como Leo. Aceitou diversos benefícios da sra. Argyle e provavelmente tentou ser grata a ela, sem muito sucesso. Ainda assim, acho muito pouco provável que seus sentimentos de repulsa fossem suficientes para que ela pudesse golpear a cabeça de sua benfeitora com um atiçador. Afinal, *ela* podia ir embora quando quisesse. Quanto a Leo Argyle..."

– Sim. O que tem ele?

– Ele vai se casar de novo – disse o dr. MacMaster –, que tenha sorte. Uma jovem excelente. Bom coração, gentil, uma boa companhia, além de amá-lo com devoção. E há muito tempo. O que *ela* sentia em relação à sra. Argyle?

O senhor pode supor, assim como eu. Naturalmente, a morte da sra. Argyle simplificaria bastante as coisas. Leo Argyle não é o tipo de homem que teria um caso com a secretária enquanto dividia o mesmo teto com a esposa. Também não creio que ele fosse se separar da mulher.

Calgary falou devagar:

– Vi os dois; conversei com eles. Não consigo realmente acreditar que algum dos dois...

– Eu sei – disse MacMaster. – Não dá para acreditar, não é mesmo? Mas, apesar disso, alguém naquela casa cometeu o crime.

– O senhor acha isso mesmo?

– Não vejo como poderia pensar algo diferente. A polícia tem plena certeza de que ninguém invadiu a casa, e é provável que a polícia não esteja equivocada.

– Mas então qual deles é o assassino? – perguntou Calgary.

MacMaster encolheu os ombros.

– Não há como saber.

– O senhor não tem nem um palpite, a partir do que conhece deles?

– Mesmo que tivesse, eu não lhe revelaria – disse MacMaster. – Afinal, o que eu tenho para me embasar? A não ser que haja algum fator que eu não tenha percebido, nenhum deles, pelo que conheço, seria capaz de cometer o assassinato. E, apesar disso, não sou capaz de descartar nenhum deles do rol de suspeitos. Não – ele acrescentou devagar –, meu palpite é que jamais vamos descobrir. A polícia fará inquéritos e mais investigações. Farão o seu melhor, mas conseguir uma evidência depois de tanto tempo e com tão pouca coisa a que se apegar...

Ele balançou a cabeça.

– Não, não acho que um dia a verdade será conhecida. O senhor sabe, alguns casos são assim. A gente lê a respeito. Há cinquenta ou cem anos, casos em que uma entre três, ou quatro, ou cinco pessoas poderiam ter cometido o crime, casos que nunca chegaram a uma solução.

– O senhor acha que este será um deles?

– Bem... – disse o dr. MacMaster. – Sim, me parece que sim...

Lançou mais uma vez, sobre Calgary, um olhar astuto.

– E isso é que é, de fato, terrível, não é verdade? – ele perguntou.

– Terrível – disse Calgary –, por causa do inocente. Foi isso o que ela me disse.

– Quem? Quem lhe disse o quê?

– A garota... Hester. Ela disse que eu não entendia que o que importava era o inocente. Justamente o que o senhor estava me dizendo. Que jamais descobriremos...

– ...quem é inocente? – O médico completou a frase para ele. – Sim, se pudéssemos ao menos saber a verdade. Mesmo que isso não levasse a uma prisão, a um julgamento, a uma condenação. Apenas para *saber*. Porque de outro modo...

Ele fez uma pausa.

– Sim? – perguntou Calgary.

– Descubra o senhor mesmo – disse o dr. MacMaster. – Não, não preciso dizer isso, o senhor já descobriu.

E depois continuou:

– Isso me faz lembrar do caso Bravo, há cerca de cem anos, suponho, mas livros ainda estão sendo escritos sobre ele. É um caso perfeito. Todos eram suspeitos: a mulher, a sra. Cox, o dr. Gullly, até mesmo o próprio Charles Bravo poderia ter tomado veneno, apesar do veredicto do juiz. Várias teorias são plausíveis, mas o fato é que agora ninguém chegará à verdade. O que se sabe é que Florence Bravo foi abandonada pela família e morreu de bebedeira; a sra. Cox, condenada ao ostracismo, com seus três garotos, foi obrigada a viver até a velhice sob a suspeita de ser uma assassina aos olhos dos que a cercavam; e o dr. Gully, arruinado social e profissionalmente... – Alguém era culpado – seguiu o médico – e escapou à condenação. Mas os outros eram inocentes e acabaram condenados.

– É o que não pode acontecer aqui – disse Calgary. – Não pode!

Capítulo 8

I

Hester Argyle se observava no espelho. Havia um quê de vaidade em seu olhar. Era mais um questionamento ansioso que escondia a humildade de alguém que nunca tivera certeza a respeito de si mesma. Puxou os cabelos que lhe cobriam a testa, jogando-os todos para um lado, franzindo a testa diante do efeito. Então, assim que uma face se refletiu às suas costas, ela se sobressaltou, recuou e se voltou de modo apreensivo.

– Ah – disse Kirsten Lindstrom –, você se assustou!

– Como assim, Kirsty? Me assustei com o quê?

– Ora, você tem medo de mim. Você acha que eu posso chegar por trás de você sem ser percebida para, quem sabe, derrubá-la com um golpe.

– Ah, Kirsty, não diga bobagens. Eu jamais pensaria uma coisa dessas.

– Mas você pensou – disse a outra. – E você está certa em pensar nessas coisas. Em desconfiar das sombras, em se alarmar quando vê alguma coisa que não consegue entender. Porque há algo que devemos temer nessa casa. Agora nós sabemos disso.

– De qualquer maneira, querida Kirsty – disse Hester –, não tenho razão para ter medo de *você*.

– Como pode saber? – disse Kirsten Lindstrom. – Não faz pouco li no jornal sobre uma mulher que vivera com outra mulher por muitos anos, e então, certo dia, do nada, ela a mata. Por asfixia. Tenta arrancar seus olhos fora. E por quê? Ela diz à polícia, de um modo muito gentil, que às vezes tinha a impressão de ver o diabo encarnado no corpo da outra mulher. Ela havia visto o diabo olhar para ela através dos olhos da outra e então soube que precisava ser forte e corajosa e matar o diabo!

– Ah, bem, eu lembro *disso* – disse Hester. – Mas aquela mulher era louca.

– Ah – disse Kirsten. – Mas ela não tinha noção de que estava louca. E não parecia louca para aqueles que estavam à sua volta, porque ninguém sabia o que se passava na sua pobre e confusa cabeça. É por isso que eu lhe digo, você não tem como saber o que se passa na *minha* cabeça. Talvez *eu* seja louca. Talvez eu tenha olhado um dia para sua mãe e pensado que ela era uma espécie de anticristo e que era meu dever matá-la.

– Mas Kirsty, isso é um absurdo! É um completo absurdo!

Kirsten Lindstrom suspirou e se sentou.

– Sim – admitiu –, não faz nenhum sentido. Eu gostava muito da sua mãe. Ela sempre foi boa comigo. Mas o que quero lhe dizer, Hester, e o que você precisa entender e acreditar, é que você não pode dizer "Isso é um absurdo" para tudo e para todos. A verdade é que você não deve confiar em mim ou em qualquer outro.

Hester se voltou e encarou a outra de frente.

– Sei que você está falando sério – ela disse.

– Muito sério – disse Kirsten. – Devemos todos agir com seriedade e trazer as coisas à tona. Não fará nenhum bem fingirmos que nada está acontecendo. Aquele homem que veio até aqui, e como eu gostaria que ele não tivesse vindo, deixou bem claro que Jacko não era um assassino. Muito bem, se não foi ele quem cometeu o crime, outra pessoa o cometeu, e essa outra pessoa deve estar entre nós.

– Não, Kirsty, não. Poderia ter sido alguém que...

– Alguém que o quê?

– Bem, alguém que quisesse roubar alguma coisa, ou que tivesse alguma diferença com a mãe por conta de um evento no passado.

– Você acha que a sua mãe deixaria essa pessoa entrar?

– Poderia – disse Hester. – Você sabe como ela era. Se alguém aparecesse com uma história triste, se viesse lhe contar sobre uma criança que estivesse sendo rejeitada ou maltratada. Você não acha que a mãe deixaria essa pessoa entrar e que a levaria até a sala para escutar o que tinha vindo dizer?

– Me parece muito difícil – disse Kirsten. – Ao menos me parece difícil acreditar que sua mãe se sentaria à mesa e que deixaria a pessoa pegar um atiçador e golpeá-la atrás da cabeça. Não, ela estava tranquila, confiante, na sala, na companhia de alguém que ela conhecia.

– Queria que você acreditasse na minha possibilidade, Kirsty – lastimou Hester. – Ah, se você acreditasse, não teria que pensar nas coisas como você colocou. Você trouxe o crime para tão perto da gente, tão perto.

– Mas o crime *está* perto da gente, *está* aqui do lado. Não, por ora não falarei mais nada, mas vim lhe avisar que, embora você possa pensar que conhece alguém com a palma da mão, embora você possa pensar que pode confiar nas pessoas aqui, você não pode ter certeza. Então esteja com a guarda levantada. Esteja em guarda contra mim e Mary e também contra seu pai e Gwenda Vaughan.

– Mas como posso viver nesta casa suspeitando de todo mundo?

– Se quiser seguir meu conselho, é melhor que se mude daqui.

– Não posso fazer isso agora.

– Por que não? Por causa do seu jovem médico?

– Não sei do que você está falando, Kirsty.

As faces de Hester se incendiaram.

– Estou falando do dr. Craig. É um ótimo rapaz. Um bom médico, amável, consciencioso. Um belo partido. Mas, de todo modo, acho que seria melhor se você saísse daqui e se afastasse.

– Isso tudo é um absurdo – gritou Hester com fúria –, absurdo, absurdo, absurdo! Ah, como eu queria que o dr. Calgary jamais tivesse aparecido aqui.

– Eu também – disse Kirsten –, do fundo do coração.

II

Leo Argyle assinou a última das cartas que Gwenda Vaughan pusera na sua frente.

– Esta é a última? – perguntou.

– Sim.

– Até que não fomos tão mal hoje.

Depois de alguns minutos, tendo selado e ordenado as cartas, Gwenda perguntou:

– Será que não está na hora de você fazer aquela viagem ao exterior?

– Viagem ao exterior?

Leo Argyle soou um tanto vago. Gwenda disse:

– Sim. Você não lembra que ia a Roma e Siena?

– Sim, sim, é verdade.

– Você ia ver aqueles documentos dos arquivos, aqueles sobre os quais comentou o cardeal Massilini.

– Sim, eu me lembro.

– Gostaria que eu fizesse as reservas de avião ou prefere ir de trem?

Como se tivesse percorrido uma longa distância para chegar ali, Leo olhou para ela e sorriu com discrição.

– Você parece bastante ansiosa para se livrar de mim, Gwenda – ele disse.

– Oh, não, querido, claro que não.

Ela contornou rapidamente a mesa e se ajoelhou ao seu lado.

– Não quero nunca que você saia do meu lado, nunca. Mas me parece... ah, mas acho que seria melhor se você se afastasse daqui depois... depois...

– Depois da última semana? – disse Leo. – Depois da visita do dr. Calgary?

– Queria que ele não tivesse vindo até aqui – disse Gwenda. – Queria que as coisas tivessem ficado como estavam.

– Com Jacko condenado, de maneira injusta, por um crime que não cometeu?

– Mas que poderia ter cometido – disse Gwenda. – Poderia ter cometido o crime a qualquer momento, e é por pura casualidade, eu acho, que ele não cometeu o crime antes.

– É estranho – disse Leo, pensativo. – Nunca acreditei de verdade que tivesse sido ele. Quero dizer, claro, tive de ceder às evidências... mas me parecia tão improvável.

– Por quê? Ele sempre teve um temperamento horrível, não é mesmo?

– Sim, claro que sim. Ele atacava as outras crianças. Em geral as crianças menores. Acontece que jamais achei que ele atacaria a Rachel.

– Por que não?

– Porque ele tinha medo dela – disse Leo. – Ela emanava autoridade, você sabe disso. Jacko sentia a autoridade dela como todos nós sentíamos.

– Mas você não acha – disse Gwenda – que foi justamente por isso que... quero dizer...

Ela parou de falar.

Leo a olhou de forma inquiridora. Alguma coisa em seu olhar fez com que as faces dela corassem. Ela virou o rosto, se aproximou da lareira e se ajoelhou, estendendo as mãos em direção ao calor. "Sim", ela pensou, "Rachel era cheia de autoridade. Tão satisfeita consigo mesma, tão segura de si, como uma abelha-rainha controlando todos nós. Não seria isso o suficiente para fazer qualquer um aqui pegar um atiçador, qualquer um ter vontade de dar aquele golpe, de silenciá-la de uma vez por todas? Rachel estava sempre certa, Rachel sabia o que era melhor, Rachel sempre fazia tudo como queria."

Ela se levantou de forma abrupta.

– Leo – ela disse. – Será que a gente não podia se casar logo, em vez de esperar até março?

Leo olhou para ela. Ficou em silêncio por um instante, e depois disse:

– Não, Gwenda, não. Não acho que seja um bom plano.

– Por que não?

– Acho – disse Leo – que seria uma pena apressar as coisas.

– O que você quer dizer com isso?

Ela veio em sua direção. Ajoelhou-se novamente ao seu lado.

– Leo, o que você *quer* dizer com isso? Me diga.

Ele disse:

– Minha cara, só acho que a gente não deve, como eu disse, apressar as coisas.

– Mas *casaremos* em março, conforme *planejamos*?

– Espero que sim... Sim, espero que sim.

– Você fala como se não tivesse certeza disso... Leo, você não quer mais casar comigo?

– Oh, minha cara – suas mãos pousaram sobre os ombros dela –, claro que eu quero. Você é a coisa mais importante do mundo para mim.

– Bem, então? – disse Gwenda com impaciência.

– Não. – Ele se levantou. – Não, não é o momento. Devemos esperar. Precisamos ter certeza.

– Certeza do quê?

Ele não respondeu. Ela disse:

– Você não acha que eu... que eu...

Leo disse:

– Eu não acho nada...

A porta se abriu, e Kirsten Lindstrom entrou com uma bandeja que pôs sobre a mesa.

– Aqui está seu chá, sr. Argyle. Posso lhe trazer uma outra taça, Gwenda, ou você se juntará aos outros lá embaixo?

Gwenda disse:

– Vou descer para a sala de jantar. Levarei essas cartas. É preciso enviá-las.

Com as mãos um pouco trêmulas, pegou as cartas que Leo recém assinara e saiu da peça, carregando-as consigo. Kirsten Lindstrom observou-a sair, e então voltou a olhar para Leo.

– O que o senhor disse a ela? – ela perguntou. – O que o senhor fez para deixá-la assim chateada?

– Nada – disse Leo. Sua voz denotava cansaço. – Nada de mais.

Kirsten Lindstrom encolheu os ombros. Então, sem mais palavras, ela saiu. Contudo, sua crítica – velada e muda – pôde ser sentida. Leo suspirou, recostando-se na poltrona. Sentia-se muito cansado. Serviu o chá, mas não o bebeu. Em vez disso, ficou sentado, o olhar perdido no fundo da sala, a cabeça ocupada em relembrar o passado.

III

O clube que ele estivera interessado em frequentar no East End de Londres... Foi lá que ele viu Rachel Konstam pela primeira vez. Podia vê-la agora com clareza em sua mente. Uma garota de porte médio, de constituição sólida, vestindo – o que então lhe tinha parecido – roupas excessivamente caras, mas que ela trajava de um modo desajeitado. Uma garota de rosto redondo, sério, de bom coração, com uma vivacidade e uma ingenuidade que o haviam conquistado. Tanta coisa que precisava ser feita, tanta coisa que valia a pena fazer! Ela havia despejado suas palavras com impetuosidade, de modo um pouco incoerente, e seu coração se deixou comover por ela. Para ele, também, havia muito a ser feito, coisas que valiam a pena; embora seu natural senso de ironia o impedisse de acreditar por inteiro no sucesso de semelhantes esforços. Mas Rachel nunca tinha tido dúvidas. Se você fizer isso, se fizer aquilo, se tais e tais instituições forem acionadas, os resultados benéficos virão de maneira automática.

Ela nunca se havia deixado levar, ele agora percebia isso, pela natureza humana. Sempre vira as pessoas como casos, como problemas que precisavam ser resolvidos. Jamais havia enxergado em cada pessoa um ser diferente, que reagiria de modo diferente, que possuía suas idiossincrasias particulares. Ele lhe dissera então, pelo menos assim lembrava, para não alimentar tantas expectativas. Mas ela sempre tivera esperanças demais, embora tivesse negado sua acusação de imediato. Ela sempre tivera esperanças demais, o que sempre lhe trouxe desapontamento. Em pouco tempo, ele havia se apaixonado por ela e ficou agradavelmente surpreso ao descobrir que ela era filha de pais de grandes posses.

Ambos haviam planejado sua vida juntos sobre uma base de pensamentos elevadíssimos e não em rigoroso acordo com a simples existência. Mas agora ele podia ver com clareza que tinha sido essa a principal razão que o fizera se apaixonar por ela. Havia sido o calor de seu coração. Apenas que, e aí se estabeleceu o aspecto trágico, esse coração acalorado não batia por ele. Fora apaixonada por ele, isso é certo. Mas o que ela realmente queria dele e da vida era ter filhos. E os filhos não vieram.

Consultaram médicos de alta reputação, médicos mal-afamados, até mesmo curandeiros, e ao final se chegou a um veredicto que ela foi obrigada a aceitar. Jamais poderia ter filhos. Ele sentira muita pena dela, muita pena mesmo, e havia concordado de bom grado com a possibilidade sugerida por ela de adotarem uma criança. Já estavam em contato com orfanatos, quando, na ocasião de uma visita a Nova York, seu carro deu uma trombada numa criança que saíra correndo de um barraco, na parte mais pobre da cidade.

Rachel saltara do carro e se ajoelhara no meio da rua, ao lado da criança que estava apenas escoriada, mas não ferida: uma garota linda, de cabelos loiros e olhos azuis. Rachel insistiu para levarem-na ao hospital a fim de certificar-se de que não havia contusões. Ela conversara com os responsáveis: uma tia desleixada e seu marido, evidentemente um bêbado. Estava claro que não tinham nenhum sentimento pela menina que morava com eles desde que seus pais tinham morrido. Rachel sugerira que a garota poderia passar com eles alguns dias, ao que a mulher concordou com alegria.

– Não podemos cuidar dela direito por aqui – ela havia dito.

Assim Mary fora levada para a suíte deles no hotel. A criança havia obviamente gostado da cama macia e do luxuoso banheiro. Rachel lhe comprara roupas novas. Então chegou o momento em que a criança disse:

– Não quero ir pra casa. Quero ficar aqui com vocês.

Rachel olhou para ele, tomada de uma súbita paixão, ardente e deliciosa. Ela lhe disse, assim que ficaram a sós:

– Vamos ficar com ela. Será fácil de arranjar. Vamos adotá-la. Ela será nossa filha. Aquela mulher vai ficar mais do que satisfeita em se livrar dela.

Ele concordou com extrema facilidade. A garota parecia tranquila, bem comportada, dócil. Não tinha, isso era óbvio, quaisquer sentimentos pelos tios com quem vivia. Se isso faria Rachel feliz, deviam seguir em frente. Advogados foram consultados, papéis assinados e dali para a frente Mary O'Shaughnessy passou a ser Mary Argyle, retornando com eles de navio para a Europa. Ele tinha pensado então que por fim a pobre Rachel seria feliz. E ela ficou feliz. Feliz de um modo fervoroso, quase febril, idolatrando Mary, dando todos os tipos de brinquedos mais caros. E Mary aceitava tudo com placidez, com doçura. E ainda assim, pensou Leo, havia sempre algo que o perturbava um pouco. A aquiescência fácil da criança.

Sua total falta de sentimentos por seu antigo lar e pelas pessoas que haviam cuidado dela. O afeto verdadeiro, ele esperava, viria mais tarde. Não conseguia, mesmo agora, ver qualquer sinal desse afeto. A aceitação dos benefícios, a complacência, o aproveitamento de tudo o que fora oferecido. Mas amor pela mãe que recém a adotara? Não, isso nunca tinha acontecido.

Foi dessa época em diante, pensou Leo, que ele começou a se ocupar das coisas que compunham a personalidade de Rachel Argyle. Era uma mulher que nascera para ser mãe, não esposa. Agora, com a aquisição de Mary, era como se seus instintos maternais não tivessem sido completados, mas sim estimulados. Uma criança não lhe seria o suficiente.

Todos os negócios dela, dali para a frente, passaram a estar relacionados a crianças. Seus interesses eram orfanatos, fundos para crianças aleijadas, casos de crianças especiais, paralíticas, com problemas ortopédicos, sempre algo a ver com crianças. Era admirável. Ele sentia que era algo realmente admirável, mas aquilo passara a ser o centro da vida da mulher. Pouco a pouco, ele começou a mergulhar em suas próprias atividades. Começou a estudar economia mais a sério, um assunto que sempre o interessara. Recolhia-se, cada vez mais, à sua biblioteca. Envolveu-se em pesquisas, na escritura de pequenas e bem-elaboradas monografias. Sua esposa, sempre ocupada, ativa, feliz, comandava a casa e conduzia suas atividades. Ele era cortês e aquiescente. Ele a encorajava. "É um belo projeto, minha cara", "Sim, sim, eu certamente tocaria este projeto adiante". Vez ou outra, uma palavra de cautela se fazia ouvir: "Você precisa, me parece, examinar bem a posição antes de se comprometer. Você não pode se deixar levar pela emoção."

Ela continuava a consultá-lo, mas naquele momento, algumas vezes, não passava de pura superficialidade. Com o passar do tempo, tornou-se mais e mais autoritária.

Sabia o que era certo, o quer era o melhor. Escondeu, por cortesia, suas críticas e suas ocasionais admoestações.

Rachel, ele pensou, não precisava mais da ajuda dele, não necessitava de seu amor. Estava ocupada, feliz, cheia de energia.

Por trás da dor que ele não podia deixar de sentir, havia também, por estranho que parecesse, um sentimento de pena por ela. Era como se ele soubesse que o caminho que ela trilhava a pudesse levar a um destino perigoso.

Quando a guerra estourou, em 1939, as atividades da sra. Argyle foram imediatamente redobradas. Assim que teve a ideia de abrir uma creche para as crianças dos bairros pobres de Londres, entrou em contato com pessoas influentes na capital. O Ministério da Saúde se mostrou bastante disposto a cooperar, e ela foi em busca de uma casa adequada para tal empreendimento. Uma casa recém-construída, supermoderna, em uma parte remota da Inglaterra que parecia estar livre dos bombardeios. Lá ela poderia acomodar até dezoito crianças com idades de dois e sete anos. As crianças vieram não somente de lares pobres, mas também de outros ainda mais desafortunados. Eram órfãos, ou crianças ilegítimas, cujas mães não tinham interesse em levá-los consigo durante os processos de evacuação. Crianças vindas de lares onde haviam sido maltratadas ou negligenciadas. Três ou quatro das crianças eram aleijadas. Para os tratamentos ortopédicos, ela contratara uma equipe de trabalhadoras domésticas, entre elas uma massagista sueca e duas enfermeiras treinadas. A coisa toda era realizada não apenas de maneira confortável, mas também num alto padrão de luxo. Uma vez ele tinha tentado fazer com que ela enxergasse.

– Você não pode se esquecer, Rachel, que essas crianças terão que voltar para o lugar de onde você as recolheu. Não deve acostumá-las a tanta coisa.

Ela o repelira efusivamente:

– Nada é demais para essas pobres criaturinhas. Nada!

Ele contestara:

– Sim, mas lembre-se, elas terão que *voltar*.

Mas ela deixara de lado a objeção.

– Pode ser que não seja necessário. Veremos... Só o futuro dirá.

As exigências da guerra logo trouxeram mudanças. As enfermeiras, inquietas pelo fato de estarem cuidando de crianças perfeitamente saudáveis enquanto havia tanto trabalho real a ser feito, tinham que ser substituídas com frequência. No fim, restaram apenas uma velha enfermeira e Kirsten Lindstrom. A ajudante doméstica também desaparecera, e Kirsten Lindstrom teve de assumir essas funções, o que fez com grande devoção e desapego pessoal.

E Rachel Argyle se mostrava ocupada e feliz. Havia momentos, lembrava Leo, de ocasional confusão. O dia em que Rachel, intrigada com o fato de que um garotinho, Micky, aos poucos ia perdendo peso, o apetite desaparecendo, chamou o médico. O doutor não descobriu nada de errado e sugeriu à sra. Argyle que o garoto talvez estivesse com saudades de casa. Rapidamente ela rebateu a ideia.

– Isso é impossível! O senhor não faz ideia de como era o lar de onde ele veio. Ele apanhava, era maltratado. A vida dele devia ser um inferno.

– Ainda assim – disse o dr. MacMaster –, ainda assim eu não ficaria surpreso se fosse isso. O negócio é fazer o garoto falar.

E um dia Micky falou. Soluçando em sua cama, ele gritou, afastando Rachel com os punhos:

– Quero ir para casa. Quero voltar para nossa mãe e nosso Ernie.

Rachel se mostrou contrariada, quase incrédula.

– Ele não pode *querer* a mãe. Ela não dá a mínima para ele. Ela sempre batia nele quando estava bêbada.

E ele então havia dito, com gentileza:

– Mas você está indo contra a natureza, Rachel. Ela é a mae dele, e ele a ama.

– Não se pode chamar aquilo de mãe!

– Ele é sangue do sangue dela. É isso o que ele sente. E ninguém pode substituir isso.

E ela teria respondido:

– Mas a esta altura, certamente é a *mim* que ele tem que ver como sua mãe.

Pobre Rachel, pensou Leo. Pobre Rachel, que podia comprar tantas coisas... Não coisas egoístas, para si mesma, que podia dar àquelas crianças enjeitadas uma casa, amor e cuidados. Tudo isso ela podia comprar para eles, mas não o amor por ela.

Então a guerra terminou. As crianças começaram a retornar para Londres, requisitadas por seus pais e parentes. Mas nem todas elas. Algumas delas permaneceram sem que ninguém as quisesse e foi então que Rachel disse:

– Sabe, Leo, é como se fossem nossos filhos agora. Chegou a oportunidade de termos uma família de verdade. Quatro ou cinco dessas crianças podem ficar conosco. Vamos adotá-las, dar tudo do bom e do melhor para que *sejam* nossos filhos de verdade.

Ele sentiu um vago desconforto, sem que soubesse bem por quê. Não que ele tivesse objeção às crianças, mas sentira, de modo instintivo, a falsidade daquilo tudo. A pretensão de que se podia construir uma família assim facilmente, por meios artificiais.

– Você não acha – ele perguntou – que isso é arriscado?

Ao que ela respondeu:

– Arriscado? E daí se for arriscado? Vale a pena tentar.

Sim, ele supôs então que valia a pena tentar, com a diferença de que ele não tinha a mesma certeza que a animava. Àquela altura ele havia se isolado tanto de tudo, mergulhado em suas próprias questões, que não teve poder de objetar o projeto. Repetiu, então, a fórmula que tantas vezes já repetira:

– Faça como achar melhor, Rachel.

Depois disso, ela se encheu de triunfo, de felicidade, começou a fazer planos, consultar advogados, a tomar conta das coisas à sua tradicional maneira prática. E então ela havia adquirido uma família. Mary, a filha mais velha, trazida de Nova York; Micky, o garoto com saudades de casa, que chorara até dormir por tantas noites, ansioso para voltar para seu buraco, junto à mãe temperamental e negligente; Tina, a graciosa mestiça cuja mãe era prostituta e cujo pai fora um pescador na Índia Oriental; Hester, cuja jovem mãe irlandesa engravidara ilegitimamente e queria começar vida nova; e Jacko, o sedutor garotinho com cara de macaco, cujos traquejos divertiam a todos, que sempre conseguia dar um jeito de escapar do castigo, dotado de uma dose extra de charme, capaz de adoçar mesmo a disciplinadora miss Lindstrom. Jacko, cujo pai cumpria sentença e cuja mãe fugira com outro homem.

Sim, Leo Argyle tinha certeza de que não era em vão o trabalho de cuidar daquelas crianças, dar-lhes os benefícios de um lar, além de amor paterno e materno. Rachel, pensou, tinha o direito de se sentir triunfante. Acontece que as coisas não saíram exatamente como o planejado... Porque aquelas crianças não eram os filhos que os dois poderiam ter tido. Nas veias de nenhum deles corria o sangue de Rachel, aquele sangue de uma trabalhadora incansável, um sangue cheio de ambição, que mesmo o menos respeitável dos membros de sua família possuía e que lhes garantira um lugar na sociedade, nada daquela vaga delicadeza e integridade que ele lembrava de ter visto em seu pai e nos seus avós. Nada do brilho intelectual de seus avós do outro lado.

Toda a influência que o meio poderia exercer sobre suas formações foi exercida. Isso era algo muito importante, mas não podia dar conta de tudo. Em primeiro lugar, havia aquelas sementes de fraqueza que os haviam feito parar naquela creche, e, sob pressão, aquelas sementes podiam florescer. Isso era exemplificado à perfeição por Jacko. Jacko, o charmoso e ágil Jacko, com seus maravilhosos gracejos, com sua sedução, com a facilidade que tinha em enrolar todo mundo, um tipo que era, em essência, um delinquente. Logo na infância já foi pego roubando, mentindo; todas as coisas que o ligavam às suas origens e que poderiam, segundo Rachel, ser corrigidas. Mas o fato é que nunca foram.

Suas notas na escola eram ruins. Mandaram-no embora da faculdade e desde então ele havia se engajado em uma longa e dolorosa série de incidentes durante os quais Leo e Rachel, fazendo o que estava a seu alcance, tentaram assegurar seu amor e sua confiança no filho, arrumando-lhe um emprego em que pudesse usar seus talentos e no qual, com um pouco de aplicação, poderia fazer sucesso. Talvez, pensou Leo, eles tivessem sido muito moles com ele. Mas não. Moles ou severos, no caso de Jacko parecia-lhe que o fim teria sido o mesmo. O que ele queria era lei. Se não pudesse consegui-lo por meios legítimos, estava fortemente inclinado a fazer o que fosse preciso. Não era esperto o suficiente para ter sucesso no crime, mesmo em crimes de baixa monta. E então chegou aquele último dia, em que ele voltou para casa arruinado, com medo de ir preso, exigindo furiosamente o dinheiro que lhe era de direito, de forma ameaçadora. Saíra aos gritos, anunciando que voltaria mais tarde atrás de uma quantia maior, ou *então*...

E então... Rachel morreu. Como o passado lhe parecia remoto! Todos aqueles longos anos de guerra com os rapazes e as garotas crescendo. E quanto a ele mesmo? Cada vez mais distante, descarnado. Era como se a robusta energia e a força vital que era Rachel tivesse se alimentado dele, deixando-o combalido e exausto, e precisando, ah, tão desesperadamente, de calor e amor.

Mesmo agora ele mal conseguia lembrar de quando se dera conta pela primeira vez de como essas coisas estavam próximas dele. Ao alcance da mão... Não oferecidas a ele, mas ali.

Gwenda... A secretária perfeita e solícita, trabalhando para ele, sempre à mão, gentil, prestativa. Havia alguma coisa nela que o fazia lembrar de como era Rachel quando os dois se conheceram. O mesmo calor, o mesmo entusiasmo, o mesmo coração generoso. Apenas que no caso de Gwenda, o calor, o coração generoso, o entusiasmo, tudo se dirigia para *ele*. Não para os hipotéticos filhos que teriam um dia, mas para ele. Era como esquentar a mão junto ao fogo... Mãos que haviam se congelado e endurecido pelo desuso. Quando tinha sido a primeira vez que percebera o interesse dela por ele? Era difícil dizer. Não se tratou de uma revelação súbita.

Mas de repente, num certo dia, percebeu que a amava.

E enquanto Rachel estivesse viva, os dois jamais poderiam se casar.

Leo suspirou, sentou-se ereto na poltrona e bebeu o chá que estava completamente frio.

Capítulo 9

Calgary recém partira quando o dr. MacMaster recebeu um segundo visitante. Este, no entanto, era bem conhecido e foi recebido com afeto.

– Ah, Don, que bom ver você! Vamos, me diga o que passa em sua cabeça. Há algo aí dentro. Sempre sei quando isso acontece, pois sua testa fica enrugada de um jeito peculiar.

O sr. Donald Craig lhe sorriu com pesar. Era um jovem de boa aparência, que levava o trabalho e a si mesmo muito a sério. O velho médico aposentado tinha grande afeição por seu sucessor, embora desejasse algumas vezes que fosse mais fácil para Donald Craig entender uma brincadeira.

Craig recusou a oferta de um drinque e foi direto ao ponto:

– Estou muito preocupado, Mac.

– Espero que não seja outra vez uma deficiência de vitaminas – disse o dr. MacMaster. Do seu ponto de vista, deficiência de vitaminas era uma boa piada. Certa vez, isso fizera um cirurgião veterinário mostrar para o jovem Craig que o gato que pertencia a um de seus pacientes infantis sofria de um caso avançado de infecção cutânea.

– Não tem nada a ver com meus pacientes – disse Donald Craig. – São questões pessoais.

O rosto de MacMaster mudou de imediato.

– Me desculpe, garoto. Sinto muito. Recebeu más notícias?

O jovem balançou a cabeça.

– Não se trata disso. É que... veja bem, Mac, preciso falar com alguém sobre isso e você conhece todos eles, já está aqui há muitos anos, sabe tudo sobre eles. E eu também preciso saber. Preciso saber em que pé as coisas estão, o que terei de enfrentar.

As sobrancelhas vastas de MacMaster se ergueram devagar em direção à testa.

– Vamos ao problema – ele disse.

– São os Argyle. Você sabe, suponho que todos já saibam, que Hester Argyle e eu...

O velho médico assentiu com a cabeça.

– Um bom entendimento – ele disse em tom de aprovação. – Era o termo que usávamos antigamente, e ainda me parece um ótimo termo.

– Estou muito apaixonado por ela – disse Donald – e me parece, ah, tenho certeza, de que ela sente o mesmo. E agora está acontecendo tudo isso.

Um ar de iluminação cobriu o rosto do velho médico.

– Ah, sim! O livre-indulto de Jacko Argyle – ele disse. – Um livre-indulto que chegou tarde demais para ele.

– Sim. Isso tudo me faz sentir, e sei que isso é algo totalmente errado de se sentir, mas não consigo evitar, que teria sido melhor se essa evidência nunca tivesse vindo à tona.

– Bem, você não é o único que parece sentir isso – disse MacMaster. – Até onde sei, é um sentimento compartilhado por todos, do chefe Constable ao homem que retornou da Antártica para trazer a evidência, passando pela família Argyle, é claro. A propósito, esse homem esteve aqui hoje à tarde.

Donald Craig olhou-o com espanto.

– Esteve? Ele disse alguma coisa?

– O que você esperava que ele dissesse?

– Ele tem alguma ideia de quem...

O dr. MacMaster negou com a cabeça, lentamente.

– Não – ele disse. – Ele não tem ideia. E como poderia, tendo saído de uma amnésia e conhecido todos eles pela primeira vez? Parece que – prosseguiu – ninguém tem a mínima ideia.

– Não. Suponho que ninguém saiba.

– Então o que o está preocupando, Don?

Donald Craig respirou profundamente.

– Hester me ligou naquela noite em que esse camarada, o Calgary, esteve lá na casa dela. Nós dois íamos a Drymouth depois da cirurgia para uma palestra sobre os criminosos na obra de Shakespeare.

– Parece bastante adequado – disse MacMaster.

– E então ela ligou. Disse que não iria mais. Disse que recebera notícias particularmente perturbadoras.

– Ah, as notícias trazidas pelo dr. Calgary.

– Sim. Sim, embora ela não o tivesse mencionado na ocasião. Mas ela se mostrou bastante chateada. Sua voz tinha um tom... não sei explicar direito o que era.

– É o sangue irlandês – disse MacMaster.

– Parecia ao mesmo tempo chocada e aterrorizada. Ah, não sei como lhe explicar.

– Bem, do que você suspeita? – perguntou o médico. – Ela não tem nem vinte anos ainda, certo?

– Mas *por que* ela estava tão chateada? Vou lhe dizer uma coisa, Mac, ela estava apavorada com alguma coisa.

– Hmmm. Bem, sim, isso seria possível, acho – disse MacMaster.

– Você acha que... o que você acha?

– Vamos direto ao ponto – frisou MacMaster. – O que importa é o que você está pensando.

O jovem falou com amargura:

– Acho que, se eu não fosse um médico, nem pensaria nessas coisas. Ela será minha garota e minha garota não pode ter feito nada errado. Mas como as coisas se apresentam...

– Sim... prossiga. É melhor você se abrir comigo.

– Veja bem, sei algo que está se passando na cabeça de Hester. Ela... ela sofre de insegurança crônica.

– É possível – disse MacMaster. – É como se diz isso hoje em dia.

– Ainda não teve tempo para se formar totalmente. Ela estava sofrendo, na época do assassinato, de um sentimento, bastante natural para uma adolescente, de ressentimento de autoridade, uma tentativa de escapar do excesso de amor que a sufocava, um processo responsável por muitos danos nos dias atuais. Queria se rebelar, escapar. Ela mesma me contou tudo isso. Ela fugiu e se juntou a uma companhia de teatro itinerante. Diante das circunstâncias, creio que a mãe se comportou de modo bastante razoável. Ela sugeria a Hester que fosse para Londres e que entrasse para a RADA*, a fim de estudar teatro decentemente, se fosse sua vontade. Mas não era isso o que Hester queria. Essa fuga para ser atriz nada mais era do que um sinal. Ela não queria atuar de verdade, sair em turnê, seguir a profissão com seriedade. Só queria provar que poderia se virar sozinha. Seja como for, os Argyle não tentaram coagi-la. Deram-lhe uma permissão bastante digna.

– O que foi muito inteligente da parte deles – disse MacMaster.

– E então ela teve esse casinho tolo com um dos membros da companhia, um cara de meia-idade. Por fim, ela mesma se deu conta de que ele não prestava. A sra. Argyle entrou em cena e lidou com ele, e Hester voltou para casa.

– Depois de ter aprendido a lição, como se dizia na minha juventude – disse MacMaster. – Mas é claro que ninguém nunca gostou de aprender a lição. Hester não foi exceção.

Donald Craig continuou, com ansiedade:

– Ela estava cheia de um ressentimento pleno, ainda que contido; tudo ficou ainda pior porque no fundo ela

* Real Academia de Artes Dramáticas. (N.T.)

sabia, se não abertamente, que sua mãe tinha acertado em cheio: que ela não era uma boa atriz, que o homem a quem dedicara seu afeto não o merecia. E que, de todo modo, ela nunca gostara mesmo dele. "Mamãe sabe tudo." Não há nada que irrite mais um jovem.

– Sim – disse MacMaster. – Esse era um dos problemas da pobre sra. Argyle, embora ela nunca tenha enxergado seus atos desse ponto de vista. O problema é que quase sempre ela *estava* certa, *sabia* mesmo das coisas. Se ela fosse uma dessas mulheres que vivem endividadas, que perdem chaves, trens, que fazem coisas estúpidas e que precisam que as outras pessoas as ajudem, sua família inteira teria gostado muito mais dela. Uma verdade triste e cruel, mas assim é a vida. E ela não era uma mulher suficientemente esperta para se fingir de morta. Era muito feliz em ser como era. Encantada com seu poder de julgamento, com sua autoconfiança. É muito difícil ter de enfrentar uma pessoa assim quando se é jovem.

– Eu sei – disse Donald Craig. – Tinha percebido isso tudo. E é por ter percebido isso tudo que sinto que... que me questiono se não...

Ele parou.

MacMaster disse com suavidade:

– É melhor que eu diga por você, não é, Don? Você teme que tenha sido Hester quem ouviu a discussão entre sua mãe e Jacko, que tenha se inflamado ao escutá-la, e quem, talvez, numa espécie de rebelião contra a autoridade, contra a presunção e a onisciência maternas, invadiu a sala, pegou o atiçador e a matou. É esse o seu maior temor, estou certo?

O jovem concordou com a cabeça, imerso em desalento.

– Na verdade não acredito nisso, mas... mas sinto que... sinto que isso *poderia* ter acontecido. Não creio que Hester tenha amadurecido o suficiente, que seja uma pessoa estável. Ela parece mais jovem do que a idade que tem, insegura de si mesma, sujeita a ter distúrbios repentinos. Olho para as pessoas da casa e não sinto que nenhuma delas seria capaz de ter cometido o crime, até chegar a Hester. E então... então já não tenho mais certeza.

– Entendo – disse MacMaster. – Sim, entendo.

– Não a culpo por nada – disse depressa Don Craig. – Não creio que a pobre menina realmente soubesse o que estava fazendo. Não consigo chamar isso de assassinato. Foi apenas um ato de rebeldia emocional, uma insurreição, a expressão da ânsia por liberdade, fruto da convicção de que ela jamais seria livre enquanto sua mãe estivesse por perto.

– Bem, ao menos a última parte do que você disse é verdade – disse MacMaster. – É o único motivo que parece haver, e um motivo bastante peculiar. Convenhamos que não é um motivo que tenha força ao olhar da lei. Desejo de liberdade. Desejo de se libertar de uma personalidade dominadora. Só por não haver interesses financeiros, heranças, envolvidos na morte da sra. Argyle, a lei considera que não há um motivo. Mas mesmo o controle financeiro, posso imaginar, era exercido com mão de ferro pela sra. Argyle através da influência que ela mantinha sobre os administradores do fundo. Ah, sim, sua morte deixaria todos mais livres. Não apenas Hester, meu garoto. Com sua morte, Leo está livre para se casar com outra mulher. Mary, para cuidar do marido do jeito que ela quiser; Micky, para tocar a própria vida a seu modo. Mesmo a pobrezinha da Tina, que passa os dias sentada lá na biblioteca, podia desejar mais liberdade.

– Vim aqui falar com você para ver quais eram seus pensamentos sobre tudo isso. Precisava saber se para você a minha hipótese... se ela pode ser verdadeira.

– Sobre Hester?

– Sim.

– Acho que *pode* ser verdadeira – disse MacMaster com vagar. – Não sei se é.

– Você acha que *poderia* ter acontecido conforme eu disse?

– Sim. Me parece que o que você imaginou não é lá nenhum delírio, que está dentro do campo das probabilidades. Mas não oferece qualquer certeza, Donald.

O jovem suspirou com um estremecimento.

– Mas é *preciso* ter certeza, Mac. Só isso me parece necessário no momento. Eu preciso *saber*. Se Hester confessar o crime, se vier me confessar, então tudo estará certo. Casaremos o quanto antes. Eu cuidarei dela.

– Que o inspetor Huish não o escute – disse MacMaster com secura.

– Sou um cumpridor das leis – disse Donald –, mas você sabe muito bem, Mac, como eles tratam essas evidências psicológicas nos tribunais. A meu ver, tudo não passou de um terrível acidente, não um caso de assassinato a sangue frio, ou mesmo a sangue quente, se pensarmos no episódio.

– Você está apaixonado pela garota – disse MacMaster.

– Estou lhe contando isso em caráter confidencial.

– Já entendi – disse MacMaster.

– E tudo o que estou dizendo é que se Hester me confessasse, assim que eu soubesse de tudo, viveríamos juntos, dividiríamos o problema. Mas ela precisa me contar. Não poderei viver ao seu lado sem saber.

– Ou seja: você está dizendo que não está preparado para se casar com ela se essa possibilidade não deixar de lançar sombra às coisas?

– Você se casaria se estivesse no meu lugar?

– Não sei. Nos meus idos dias, se acontecesse comigo e eu estivesse apaixonado pela garota, é bem provável que eu estivesse convencido de sua inocência.

– Não é bem a questão de ser inocente ou culpada o que me importa. Tudo o que eu quero é *saber*.

– E se ela de fato matou a mãe? Você está preparado para casar com ela e viver feliz para sempre, como dizem?

– Sim.

– Não acredito nisso! – disso MacMaster. – Você passaria o tempo todo se perguntando se o gosto amargo no seu café é somente café, pensando que o atiçador junto à lareira é pesado e grande demais. E então ela perceberia seus pensamentos. Não, isso não iria funcionar...

Capítulo 10

– Tenho certeza, Marshall, de que o senhor apreciará as minhas razões ao convidá-lo para vir até aqui participar da conferência.

– Sim, certamente – disse o sr. Marshall. – O fato é que se o senhor não tivesse feito a proposta, sr. Argyle, eu mesmo teria me oferecido para comparecer. A notícia está em todos os jornais desta manhã e não há dúvidas de que isso levará a um interesse renovado sobre o caso por parte da imprensa.

– Já estão ligando para cá atrás de declarações e entrevistas – disse Mary Durrant.

– Bem, acho que isso já deveria ser esperado, me parece. Devo aconselhá-la a assumir a posição de não ter nada a declarar. Que naturalmente você se mostra muito grata pelo interesse, mas prefere não discutir o assunto.

– O inspetor Huish, que era o encarregado do caso na época, pediu para vir até aqui conversar com todos nós – disse Leo.

– Sim, sim, temo que haverá uma certa repercussão com a reabertura do caso, embora não consiga realmente imaginar que a polícia espere chegar a um resultado tangível. Afinal, dois anos se passaram, e qualquer coisa que as pessoas pudessem lembrar na ocasião – falo das pessoas da vila –, já há muito terá sido esquecido. Uma lástima, se formos pensar bem, mas fazer o quê?

– A coisa toda me parece muito clara – disse Mary Durrant. – A casa estava devidamente trancada, o que impediria a ação de ladrões, mas qualquer um que tivesse apelado à mamãe, trazendo uma dificuldade especial, ou fingido se passar por um amigo teria sido admitido por ela na casa. Isso, me parece, deve ter sido o que aconteceu. Meu pai acha que ouviu a campainha soar logo depois das sete.

Marshall voltou sua cabeça com um ar de questionamento para Leo.

– Sim, creio ter ouvido a campainha – disse Leo. – É óbvio que já não consigo me lembrar com clareza, mas na época lembro da impressão de a ter escutado. Estava pronto para descer, então pensei ter ouvido a porta ser aberta e fechada. Não havia som de vozes ou de alguém fazendo pressão para entrar, com um comportamento que fosse abusivo. Foi isso que lembro de ter ouvido.

– Muito bem – disse o sr. Marshall. – Sim, penso que não há dúvidas de que deve ter sido isso o que aconteceu. Infelizmente, sabemos que é cada vez maior o número de pessoas que conseguem ser admitidas numa casa utilizando uma história triste e plausível, e que, uma vez que tenham entrado, são capazes de golpear com um porrete ou algo assim o dono da casa, levando todo o dinheiro que puderem encontrar. Sim, me parece que, diante das novas evidências, devemos assumir que foi o que aconteceu.

Ele falava num tom bastante persuasivo. Enquanto isso, seus olhos percorriam a pequena assembleia que se formara ao seu redor, analisando cada uma das pessoas ali com cuidado, catalogando-as em sua mente meticulosa. Mary Durrant, boa aparência, desprovida de imaginação, tranquila, quase desatenta, aparentemente segura de si mesma. Atrás dela, em sua cadeira de rodas, o marido. Um sujeito inteligente, Philip Durrant, pensou Marshall. Um homem que teria sido capaz de grandes feitos, ter ido longe, não fosse sua total incapacidade para os negócios. Ele não estava, pensou Marshall, recebendo aquilo tudo com a mesma tranquilidade que a esposa. Seus olhos se mostravam alertas e pensativos. Ele havia percebido, mais do que ninguém, as implicações de toda a questão. Claro, era possível, contudo, que Mary Durrant não estivesse tão calma quanto aparentava. Tanto na sua época de menina quanto agora, como mulher, sempre tinha sido capaz de esconder seus sentimentos.

Assim que Philip Durrant se moveu de leve na cadeira, os olhos brilhantes e inteligentes, com um certo ar zombeteiro, fixos no advogado, Mary voltou depressa a cabeça em sua direção. A completa adoração contida no olhar que votou ao marido quase assustou o advogado. Sabia de antemão, evidentemente, que Mary Durrant era uma esposa dedicada, mas ele havia até então a considerado uma criatura calma, pouco dada a paixões, incapaz de grandes afeições ou de grandes antipatias. Surpreendeu-se com essa súbita revelação. Então era assim que ela se sentia em relação ao marido? Quanto a Philip, parecia sentir desconforto. Apreensivo – definiu Marshall para si – com o futuro. Como era de se esperar.

Do lado oposto ao do advogado, sentava-se Micky. Jovem, bonito, amargo. Por que tanta amargura?, pensou Marshall de passagem. Não recebera sempre tudo de mão beijada? Por que fazia questão de exibir esse olhar de alguém que estava perpetuamente de mal com o mundo? Sentada a seu lado estava Tina, que mais parecia um gato negro e elegante. A pele muito escura, a voz macia, grande olhos negros e uma graça sinuosa em seus movimentos. Tranquila, mas não estaria ocultando alguma emoção por trás da tranquilidade? Marshall sabia, na verdade, muito pouco a respeito de Tina. Ela havia assumido o trabalho de bibliotecária, que lhe sugerira a sra. Argyle, na Biblioteca do Condado. Tinha um apartamento em Redmyn e vinha para os finais de semana. Em aparência, um membro dócil e satisfeito da família. Mas quem poderia dizer? De qualquer modo, ela não poderia ter cometido o crime, não estava presente na noite do assassinato. Se bem que, para todos os fins, Redmyn fica a quarenta quilômetros dali. Ainda assim, Tina e Micky, presumidamente, não tinham estado em Sunny Point.

Marshall olhou de relance para Kirsten Lindstrom, que o encarava com seu leve ar beligerante. Por que não supor, pensou, que fosse *ela* quem tivesse tido um surto e atacado sua patroa? Nada se torna de fato surpreendente depois de anos trabalhando com o Direito. Eles tinham um jargão moderno para isso: solteirona reprimida. Invejosa, ciumenta, alimentando mágoas reais ou fictícias. Ah, sim, eles tinham um termo para aquilo. E como aquilo seria conveniente, pensou o sr. Marshall de maneira inadequada. Sim, muito conveniente. Uma estrangeira. Não alguém da família. Mas poderia Kirsten Lindstrom, de maneira deliberada, ter armado contra Jacko? Teria ouvido a discussão e se aproveitado disso? Isso já era bem mais difícil de acreditar. Porque Kirsten Lindstrom adorava o Jacko. Sempre se dedicara com devoção a essa criança. Não, não podia acreditar que tivesse sido ela. Era uma pena, porque... mas não era bom que deixasse seus pensamentos seguirem essa linha.

Seu olhar seguiu para Leo e Gwenda Vaughan. Seu casamento ainda não havia sido anunciado, e não havia nada de errado nisso. Uma sábia decisão. Ele o havia aconselhado inclusive a fazer isso. Claro que se tratava de um segredo conhecido na localidade, sem dúvida também pela polícia. Do ponto de vista das autoridades, seria um bom tipo de resposta. Inumeráveis precedentes. Marido, mulher e a amante. Apesar disso, de um modo ou de outro, Marshall não podia acreditar que Leo Argyle fosse capaz de atacar a esposa. Não, ele não tinha como acreditar nisso. Afinal, conhecia Leo Argyle havia um bom número de anos e tinha sobre ele o mais alto conceito. Um intelectual. Um homem de grandes simpatias, um leitor acurado e um olhar filosófico e distante sobre a vida. Não o tipo de homem capaz de matar a mulher com um atiçador. Claro, depois de uma certa idade, quando um homem se apaixona... mesmo assim: não! Isso era coisa de imprensa sensacionalista. Uma leitura aparentemente divertida para um domingo nas ilhas britânicas! Mas, em verdade, não se podia imaginar que Leo...

E quanto à mulher? Não sabia muito a respeito de Gwenda Vaughan. Observou seus lábios grossos e a figura madura. Era certo que ela estava apaixonada por Leo Argyle. Ah, sim, provavelmente há um bom tempo. E quanto a um divórcio, se perguntou. O que pensaria a sra. Argyle a respeito de um divórcio? Não tinha como ter a mais vaga ideia, mas não lhe parecia que Leo Argyle fosse capaz de pedi-lo; era um tipo antiquado. Não imaginava que Gwenda Vaughan fosse amante de Leo Argyle, o que aumentaria a possibilidade de Gwenda Vaughan ter reconhecido uma chance de eliminar a sra. Argyle com a certeza de que nenhuma suspeita recairia sobre ela. Fez uma pausa antes de dar sequência a seus pensamentos. Teria ela sacrificado Jacko sem qualquer receio? Tinha a impressão de que ela nunca tivera muita afeição por Jacko. Seu charme não tinha apelo sobre ela. E mulheres – isso o sr. Marshall sabia muito bem – eram cruéis. De maneira que não se podia excluir Gwenda Vaughan. Era bastante improvável que passado todo esse tempo a polícia pudesse encontrar alguma evidência. Ele não via que tipo de evidência poderia ser encontrada contra ela. Estivera na casa naquele dia, na companhia de Leo, na biblioteca, despedira-se dele e descera as escadas. Não havia ninguém que pudesse afirmar se ela entrara ou não na antessala da sra. Argyle, se pegara aquele atiçador e caminhara, sem levantar suspeitas na mulher, até a sua escrivaninha. E então depois, tendo a sra. Argyle sido golpeada sem emitir um gemido, tudo o que Gwenda Vaughan teria a fazer era largar o atiçador e sair pela porta da frente, seguindo para casa, como lhe era de costume. Não via qualquer possibilidade de a polícia ou quem quer que fosse descobrir se havia sido isso o que ela fizera.

Seus olhos seguiram na direção de Hester. Uma garota bonita. Não, não apenas bonita, na verdade, ela era linda. Linda num sentido um pouco estranho e desconfortável. Gostaria de ter conhecido seus pais. Havia alguma coisa de selvagem nela. Sim, era quase possível usar a palavra "desesperada" para se referir a ela. Mas o que será que lhe dava esse ar desesperado? Ela havia fugido de um modo tolo para ser atriz e se envolvera num caso tolo com um homem imprestável; então ela recuperara a razão, voltara para casa com a sra. Argyle e parecia ter se assentado. Ao mesmo tempo, não se podia chegar a uma conclusão sobre Hester, pois não havia como entender o funcionamento de sua mente. Não tinha como adivinhar o que um estranho momento de desespero poderia fazer com ela. Mas isso nem a polícia saberia.

De fato, pensou o sr. Marshall, era muito improvável que a polícia, mesmo que chegasse a estar convicta de quem era o responsável, pudesse tomar alguma atitude prática. Assim, em geral, a posição era satisfatória. Satisfatória? Sentiu um pequeno sobressalto ao considerar a palavra. Mas era mesmo? Será que uma resposta defectiva era a melhor conclusão para a história toda? Será que os Argyle sabiam da verdade, perguntou-se. Decidiu-se por uma resposta negativa. Eles não sabiam. Exceto, claro, uma pessoa entre eles que, podia-se presumir, sabia perfeitamente bem... Não, eles não sabiam, mas de quem será que suspeitavam? Bem, se ainda não estava suspeitando de ninguém, logo estariam, porque mesmo sem saber é inevitável conjeturar, rever na mente o ocorrido naquela noite... Desconfortável. Sim, sim, uma posição bem desconfortável.

Todos esses pensamentos não lhe tomaram muito tempo. O sr. Marshall saiu de seu pequeno devaneio a tempo de perceber que Micky o olhava fixo, com um certo ar de deboche nos olhos.

– Então esse é o seu veredicto, sr. Marshall? – disse Micky. – Alguém vindo de fora, um invasor desconhecido, um vilão que mata e rouba e depois dá o fora?

– Parece – disse o sr. Marshall – que é a versão que teremos de aceitar.

Micky se reclinou na cadeira e gargalhou.

– Essa é a sua versão, e nós vamos mantê-la, é isso?

– Bem, me parece que sim, ao menos é esse o meu conselho.

Havia um tom distinguível de advertência na voz do sr. Marshall.

Micky assentiu com a cabeça.

– Entendo – ele disse. – Esse é o seu conselho. Sim. Sim, ouso dizer que o senhor tem toda a razão. Mas o senhor não acredita mesmo nisso, não é verdade?

O sr. Marshall lançou um olhar gelado em sua direção. Este era o problema de pessoas que não tinham o senso legal de discrição: insistiam em dizer coisas que era melhor calarem.

– No que diz respeito ao caso – ele disse –, essa é minha opinião.

O tom determinado em sua voz continha um ar de reprovação. Micky olhou ao redor da mesa.

– E qual é a nossa opinião? – ele perguntou, de modo geral. – Diga, Tina, amor da minha vida, aí ensimesmada, não tem nenhuma ideia melhor do que essa? Alguma versão não autorizada? E você, Mary? Também não disse muita coisa.

– É claro que eu concordo com o sr. Marshall – disse Mary com rispidez. – Que outra solução poderia haver?

– Philip não concorda com você – disse Micky.

Mary voltou a cabeça de modo brusco na direção do marido. Philip Durrant disse em voz baixa:

– É melhor controlar essa sua língua, Micky. Nada de bom pode vir de tagarelices num lugar pequeno. E aqui estamos num lugar pequeno.

– Então ninguém tem opinião nenhuma, é isso? – disse Micky. – Tudo bem. Que seja. Mas vamos todos pensar um pouquinho na situação quando formos para nossas camas. Será aconselhável, vejam bem. Afinal, todos vão querer saber onde estão os outros. Será que você não sabe uma coisinha ou outra, Kirsty? Normalmente você sabe. Até onde me lembro, você sempre sabia o que estava acontecendo, embora, isso eu possa lhe dizer, você nunca revelava.

Kirsten Lindstrom disse, não sem dignidade:

– Acho, Micky, que você devia cuidar dessa sua língua. O sr. Marshall tem razão. Falar assim é pouco sábio.

– Acho que devemos abrir uma votação – disse Micky. – Ou então cada um escreve um nome num pedaço de papel e nós colocamos dentro de um chapéu. Isso seria interessante, não seria? Ver quem teve mais votos.

Dessa vez a voz de Kirsten Lindstrom soou alta.

– Fique quieto – ela disse. Não há espaço aqui para aquele menino bobo e malcriado que você costumava ser. Está na hora de crescer.

– Só disse que devíamos pensar a respeito – disse Micky, recolhendo-se.

– Todos nós pensaremos a respeito – disse Kirsten Lindstrom.

E sua voz não escondia a amargura.

Capítulo 11

I

A noite desceu sobre Sunny Point.

Protegidas por suas paredes, sete pessoas tentaram descansar, mas nenhuma delas dormiu bem...

II

Philip Durrant, desde sua doença e da perda de sua atividade corporal, tinha encontrado mais e mais conforto na atividade mental. Homem que sempre fora muito inteligente, ele agora se dera conta das possibilidades que se lhe abriam através do uso da inteligência. Às vezes se surpreendia por adivinhar as reações daqueles que o cercavam por meio de estímulos controlados. O que ele dizia ou fazia não era uma reação natural, mas sim algo calculado, motivado simples e somente para observar a resposta a esse estímulo. Era uma espécie de jogo de que participava; sempre que obtinha uma resposta antecipada, marcava um ponto para si mesmo.

Como resultado de seu passatempo, descobriu-se, talvez pela primeira vez na vida, um agudo observador das diferenças e das realidades da personalidade humana.

A personalidade humana nunca o havia interessado dessa maneira anteriormente. As pessoas que o cercavam ou o agradavam ou o desagradavam, divertiam-no ou entediavam-no. Ele sempre fora um homem de ação, não um homem cerebral. Sua imaginação, que era considerável, havia sido exercida no sentido de tramar alguma maneira de fazer dinheiro. Todos esses esquemas tinham uma boa elaboração, mas a total falta de tino para os negócios sempre acabava pondo tudo a perder. As pessoas, como tais, tinham sido consideradas por ele, até então, peões num tabuleiro. Agora, desde que sua doença o afastara da vida ativa, ele se viu obrigado a considerar a íntima natureza de cada pessoa.

Tal mudança começara no hospital, quando a adorável vida das enfermeiras, as hostilidades secretas e os penosos rancores da vida naquele ambiente atraíram sua atenção à força, já que não tinha mais nada com o que se ocupar. E logo aquilo se tornara um costume para ele. Pessoas: toda uma nova vida que se descortinava aos seus olhos. Apenas pessoas. Pessoas para estudar, para desvelar os segredos, para seu placar. Decidir consigo mesmo que reação tomariam e conferir se estava certo. Realmente, aquilo podia ser muito interessante...

Nessa mesma noite, sentado na biblioteca, ele percebera quão pouco ele conhecia, de verdade, a família da mulher. Como eles eram de fato? Como eram por dentro, isto é, não sua aparência exterior, que ele já conhecia bem o suficiente?

Era estranho pensar em como, na verdade, conhecia pouco as pessoas. Incluindo aí sua própria mulher.

Ele havia olhado de modo pensativo para a mulher. Quanto sabia sobre Mary de verdade?

Apaixonara-se por ela porque gostava de sua boa aparência e de seu jeito calmo e sério. Também, ela possuía dinheiro, e isso era uma coisa que importava para ele. Teria pensado duas vezes antes de se casar com uma garota pobre. Tudo havia se adequado com perfeição, e ele se casara com ela e a provocava e a chamava de Polly e se divertia com o olhar confuso que ela lhe lançava quando não conseguia entender suas brincadeiras. Mas o quê, *de fato*, ele sabia a respeito dela? Ou o que ela pensava e sentia? Sabia, por certo, que ela o amava com apaixonada devoção. E ao pensar nessa devoção, agitou-se, um pouco desconfortável, movendo os ombros como se quisesse se livrar de um peso. A devoção em si não era problema quando se podia escapar dela por nove ou dez horas por dia. Era um bom motivo para retornar para casa. Mas agora ele se sentia sufocar – atenção extrema, cuidados excessivos. Chegava quase a desejar um pouco da boa e velha negligência... Todo mundo precisa, de fato, encontrar maneiras de escapar. Maneiras mentais, já que não havia outras possíveis. Era preciso escapar para o reino da fantasia ou da especulação.

Especulação. Como, por exemplo, quem tinha assassinado sua sogra. Nunca sentira simpatia por ela, e o sentimento era recíproco. Ela fora contra o casamento dele com Mary (será que ela vislumbrava algum pretendente em específico? – imaginou), mas era algo que não podia evitar. Ele e Mary começaram uma vida feliz e independente – e então as coisas começaram a desandar. Primeiro a companhia da América do Sul, e depois a Bicycle Accessories Ltda, ambas boas ideias, mas o aspecto financeiro das duas havia sido equivocadamente julgado. E depois aquela ferrovia na Argentina, que se revelou um completo desastre. Tudo graças ao mais puro azar, que ele, de alguma maneira, atribuía à sra. Argyle. Ela nunca quisera que ele tivesse sucesso. E então veio a doença. Parecera que a única solução era irem morar em Sunny Point, onde seriam bem recebidos. Pessoalmente, ele não teria se importado. Um homem que era um aleijado, apenas meio-homem, que importava onde estivesse? Mas Mary não tinha gostado nada da ideia.

Bem, o plano de viver em caráter permanente em Sunny Point não vingou. A sra. Argyle tinha sido morta. Os administradores do fundo aumentaram a participação de Mary e, com esses recursos, eles voltaram a viver por conta própria.

Não sentira qualquer sofrimento em particular com a morte da sra. Argyle. Mais agradável teria sido, é claro, que tivesse morrido de pneumonia ou algo assim na cama. Assassinato era um negócio desagradável, com toda sua notoriedade e manchetes berrantes no jornal. Ainda assim, já que se tratava de um assassinato, havia sido um dos mais satisfatórios – o perpetrador com um parafuso a menos, que poderia se encaixar de maneira decente dentro de boa parte do jargão psicológico. Não um irmão de Mary. Uma dessas "crianças adotadas" de má genética, que, com muita frequência, saem dos trilhos. Mas as coisas agora não estavam tão bem assim. Amanhã o inspetor Huish viria fazer um inquérito com sua voz suave de homem do West County. Talvez seja preciso pensar nas respostas...

Mary penteava seus longos cabelos loiros em frente ao espelho. Alguma coisa em seu pacífico alheamento o irritava.

Ele disse:

– Tem a sua história na ponta da língua para amanhã, Polly?

Ela o encarou com olhos abismados.

– O inspetor Huish logo estará aqui. Ele perguntará outra vez quais foram os seus movimentos naquela noite de 9 de novembro.

– Ah, sim. Já faz tanto tempo agora. É difícil alguém lembrar de alguma coisa.

– Mas *ele* se lembra, Polly. Esse é o ponto. *Ele* se lembra. Está tudo registrado em algum caderninho bacana da polícia.

– É mesmo? Será que eles guardam essas coisas?

– Devem guardar provavelmente cópias triplas por uns dez anos! Bem, seus movimentos foram muito simples, Polly. Pois não houve qualquer movimento. Você ficou aqui comigo neste quarto. E se eu fosse você, não mencionaria o fato de que você o deixou entre as sete e as sete e meia.

– Mas foi apenas para ir ao banheiro. Afinal de contas – disse Mary, tentando parecer razoável –, todos precisam ir ao banheiro.

– Naquela época você não mencionou esse fato para ele. Lembro bem disso.

– Acho que me esqueci.

– Talvez tenha sido um instinto de autopreservação... Seja como for, lembro de ter protegido o álibi. Estávamos aqui juntos, jogando carta das seis e meia em diante, até Kirsty dar o alarme. Essa é nossa história e vamos mantê-la.

– Muito bem, querido – sua concordância foi plácida e desinteressada.

Ele pensou: "Será que ela não tem imaginação? Será que não consegue antever que temos aqui uma situação complicada?"

Ele se inclinou para a frente.

– É interessante, sabe... *Você* não está interessada em saber quem a matou? Todos sabemos, e Micky estava certo quanto a isso, que foi um de nós. Você não está interessada em saber quem?

– Não fui nem eu nem foi você – disse Mary.

– E é só isso que lhe interessa? Polly, você é incrível!

Ela corou de leve.

– Não vejo o que pode haver de estranho nisso.

– Claro, dá para ver que você não acha estranho... Bem, eu sou diferente. Estou curioso.

– Acho que jamais descobriremos. Não acho que a polícia vá descobrir algum dia.

– Talvez não. É certo que eles têm muito pouco a que se apegar. Mas nós estamos numa posição um tanto diferente da ocupada pela polícia.

– O que você quer dizer com isso, Philip?

– Bem, nós temos algumas informações internas. Sabemos um pouquinho do que acontece por aqui. Ou ao menos você deveria ter. Você cresceu entre eles. Vamos ver o seu ponto de vista. Quem *você* acha que é o assassino?

– Não faço a menor ideia, Philip.

– Então dê um palpite.

Mary falou com aspereza:

– Prefiro não saber quem foi. Prefiro nem pensar no assunto.

– A saída do avestruz – disse o marido.

– Honestamente, não vejo qual é o ponto de ficar adivinhando. É muito melhor não saber. Então tudo continuará igual entre nós.

– Ah, não, não é possível – disse Philip. – É aí que você se engana, minha garota. A carne já está apodrecendo.

– O que você quer dizer com isso?

– Bem, veja o caso de Hester e de seu jovem doutor, o zeloso dr. Donald. Um ótimo sujeito, sério, preocupado. Ele não acha que ela cometeu o crime, mas, ao mesmo tempo, não pode ter certeza de que ela não o cometeu! E então ele a olha, tomado de ansiedade, quando se dá conta de que ela não está olhando. Mas ela percebe assim mesmo. E assim estão as coisas! Talvez ela *tenha* cometido o crime, você pode imaginar isso melhor do que eu, mas se não foi ela, o que diabos ela pode fazer em relação ao seu jovem médico? Seguir dizendo: "Por favor, não fui eu"? Mas isso é o que ela já diz.

– Falando sério, Philip. Acho que você está imaginando coisas.

– E *você* não consegue imaginar nada, Polly. Veja o caso do pobre e velho Leo. Podem se ouvir as badaladas dos sinos do casamento com Gwenda cada vez mais ao longe. A garota está terrivelmente chateada com isso. Será que você não percebeu?

– Não vejo por que papai quer se casar de novo com essa idade.

– Para ele isso não é problema! Mas ao mesmo tempo, ele não quer levantar suspeitas de que ele e Gwenda tivessem um cão, o que lhes daria um motivo de primeira para cometer o assassinato. Que pepino!

– É incrível pensar por um momento que papai matou mamãe! – disse Mary. – Essas coisas não acontecem.

– Sim, elas acontecem. Leia os jornais.

– Não entre o nosso tipo de gente.

– O crime não é esnobe, Polly. E então há o Micky. Alguma coisa já o está incomodando. Ele é um rapaz estranho e amargo. Tina parece estar tranquila, despreocupada, intocada. Mas ela sabe blefar muito bem. E há ainda a velha Kirsty...

Uma leve animação tomou conta do rosto de Mary.

– Aí *talvez* possa haver uma solução!

– Kirsty?

– Sim. Afinal, ela é uma estrangeira. E acredito que ela teve fortes dores de cabeça nos últimos anos... Parece muito mais provável que tenha sido ela do que qualquer um de nós.

– Pobre coitada – disse Philip. – Será que não percebe que é justamente isso o que ela está dizendo para si mesma? Que todos nós concordamos que foi ela? Por conveniência. Porque ela não faz parte da família. Não percebeu que hoje à noite ela estava dura de preocupação? E ela está na mesma posição que Hester. O que ela pode fazer ou dizer? Dizer a todos nós: "Eu *não* matei minha amiga e patroa"? Que peso poderia ter essa declaração? Acho que ela está na pior situação de todos... Porque está sozinha. Deve estar repassando na cabeça cada palavra que disse, cada olhar raivoso que dedicou à sua mãe, pensando que isso será lembrado e usado contra ela. Desamparada para provar sua inocência.

– Gostaria que você se acalmasse, Phil. Afinal, o que *podemos* fazer a respeito?

– Apenas tentar descobrir a verdade.

– Mas como isso é possível?

– Deve haver algumas possibilidades. Gostaria de tentar.

Mary pareceu desconfortável.

– Que tipo de possibilidades?

– Ah, dizer algumas coisas, ver como as pessoas reagem, arranjar matéria para pensar – fazendo uma pausa, a cabeça em atividade –, descobrir algo que pudesse mexer com aquele que fosse o culpado, e não com os inocentes...

Mais uma vez ele ficou em silêncio, revolvendo as ideias na cabeça. Então ergueu os olhos e disse:

– Você não quer ajudar os inocentes, Mary?

– Não.

A palavra saiu como uma explosão. Ela se aproximou dele e se ajoelhou ao lado da cadeira.

– Não quero que você se envolva com isso, Phil. Não comece a dizer coisas por aí, espalhando armadilhas. Deixe o assunto de lado. Ah, pelo amor de Deus, deixe o assunto de *lado*!

As sobrancelhas de Philip se ergueram.

– Está bem – ele disse. E deixou a mão pousar sobre a cabeleira dourada e macia.

III

Michael Argyle estava deitado, mas não conseguia dormir, mirando a escuridão.

Sua mente não parava de girar, como um esquilo numa gaiola, revisitando o passado. Por que será que não conseguia deixar aquilo de lado? Por que precisava arrastar o passado consigo ao longo da vida? Por que aquilo lhe importava, afinal? Por que ele tinha de lembrar com tanta nitidez o quarto alegre e cheirando a mofo de seu casebre na periferia de Londres, de quando era o "nosso Micky"? A atmosfera vibrante em sua casualidade! O fervor das ruas! Fazer arruaça com os outros garotos! A mãe com sua cabeleira dourada (de tintura barata, pensou, com seu conhecimento adulto), suas súbitas fúrias quando ela o colocava de bunda para cima para tomar umas lambadas (o gim, claro!) e a selvagem alegria em que ela mergulhava quando estava de bom humor. Maravilhosos jantares de peixe com batata frita, as músicas que ela cantava – baladas sentimentais. Às vezes eles iam ao cinema. Havia sempre os tios, é claro – ou pelo menos assim ele devia chamá-los. Seu pai havia abandonado o lar antes que pudesse lembrar dele... Mas a mãe não deixava que o tio do dia botasse as mãos nele. "Deixe o nosso Micky em paz", ela dizia.

E então veio a excitação dos anos de guerra. A expectativa pelas bombas de Hitler, as sirenes abortivas. Os lamentos dos chorões. A ida até os abrigos subterrâneos para passar a noite. A diversão daquilo tudo! A rua toda estava lá, com seus sanduíches e suas garrafas de soda. E os trens que quase não paravam a noite inteira. Aquilo sim é que era vida, vida de verdade! No coração das coisas!

E então ele viera parar ali... no interior. Um lugar para zumbis, onde nada acontecia!

– Você vai voltar pra casa, amorzinho, quando tudo terminar – sua mãe havia dito, mas como se aquilo não fosse sincero de fato. Ela não parecia se importar com seu destino. E por que ela não voltou para buscá-lo? Muitas crianças da rua tinham sido evacuadas junto com suas mães. Mas sua mãe não quisera ir. Seguia para o Norte (com o tio da vez, tio Harry!) para trabalhar numa fábrica de munições.

Ele deveria ter percebido tudo, apesar do adeus cheio de afeto que ela lhe dera. Ela não se importava com ele de verdade... Gim, pensou, era apenas essa a razão de sua existência, o gim e os tios...

E então ele havia estado aqui, capturado, como um prisioneiro, a comida insossa, refeições sem espírito de família; ter de ir para cama, inacreditavelmente, às seis da tarde, depois de uma janta ridícula de leite e biscoitos (leite e biscoitos!), ficar acordado, chorando, a cabeça enfiada debaixo dos lençóis, chorando por sua mãe e seu lar perdidos.

Tinha sido aquela mulher! Ela o havia apanhado e não iria devolvê-lo. Cheia de conversa fiada. Fazendo-o sempre brincar de coisas estúpidas, querendo algo dele. Algo que ele estava determinado a não dar a ela. Esquecer de tudo. Ele esperaria. Seria paciente! E um dia – e que glorioso dia – ele iria para *casa*. E de casa para as ruas, ele junto com a molecada, e os gloriosos ônibus vermelhos, e o metrô, e o peixe com batata frita, e o tráfego e os gatos da área – sua mente não cansava de repassar o catálogo de delícias. Ele só tinha que esperar. A guerra não poderia durar para sempre. Ele estava preso naquele lugar idiota enquanto bombas caíam sobre Londres, metade da cidade em chamas: que beleza! Que incêndio não deveria dar, e as pessoas morrendo, e as casas desabando.

Viu tudo em sua mente, num glorioso filme em tecnicolor.

Esquecer-se de tudo. Quando a guerra acabasse, ele voltaria para a mãe. Ela ficaria surpresa ao ver o quanto ele havia crescido.

IV

No escuro, Micky Argyle expeliu o ar em um longo silvo.

A guerra *tinha* acabado. Eles haviam derrotado Hitler e Musso... Algumas das crianças estavam voltando. Logo seria sua vez... E então *Ela* retornara de Londres e havia dito que ele ficaria em Sunny Point e que ele seria o seu garotinho...

Ele perguntara:

– Onde está minha mamãe? Uma bomba pegou ela?

Se ela tivesse sido morta num bombardeio, bem, aquilo não teria sido tão terrível. Acontecia com as mães da rapaziada.

Mas a sra. Argyle disse "Não", ela não fora morta. Tinha, no entanto, muito trabalho a fazer e não podia se dar ao luxo de cuidar de uma criança, esse tipo de coisa e tal; conversa fiada, um monte de asneiras... A mãe não o amava, não o queria de volta, ele tinha que ficar aqui, para sempre...

Depois disso, ele ficava de tocaia, tentando ouvir alguma coisa, até que por fim ouviu algo, apenas um fragmento da conversa entre a sra. Argyle e o marido. "Ficou bem faceira ao se livrar dele, completamente indiferente", além de mais alguma coisa sobre cem libras. Então ele soube: sua mãe o havia vendido por cem libras...

A humilhação, a dor, ele jamais poderia superar... E *Ela* o havia comprado! Ele a via, vagamente, como uma espécie de encarnação do poder, alguém que ele, em suas escassas forças, não podia enfrentar. Mas ele cresceria, um dia seria forte, um homem. E então ele acabaria com ela...

Sentiu-se melhor após tomar essa resolução.

Mais tarde, quando começou a frequentar a escola, as coisas não ficaram tão ruins. Mas ele odiava os feriados – por causa dela. Arrumando tudo direitinho, planejando, dando-lhe todo tipo de presentes. Parecendo confusa por ele não demonstrar o seu afeto. Odiava ser beijado por ela... Tempos depois, sentia prazer em estragar os planos estúpidos que ela traçava para ele. Ir trabalhar num banco! Numa companhia petrolífera! Ele, não. Arranjaria um trabalho por conta própria.

Foi quando já estava na faculdade que tentou localizar sua mãe de verdade. Descobriu que ela morrera havia alguns anos, num acidente de carro com um homem que dirigia completamente embriagado...

Então por que não esquecer tudo? Por que não aproveitar o momento e tocar a vida em frente? Ele não sabia a resposta.

E agora... o que iria acontecer? *Ela* estava morta, não era verdade? E pensar que ela o comprou por miseráveis cem libras. E pensar que ela podia comprar tudo, casas, carros e crianças, posto que não podia engravidar. E pensar que ela era Deus em pessoa!

Bem, ela não era. Uma pancada na cabeça com um atiçador bastou para transformá-la num cadáver igual a qualquer outro! (Como o cadáver loiro numa batida de carro na Great North Road...)

Ela estava morta, não estava? Então para que se preocupar?

O que havia de errado com ele? Seria o fato de que ele não poderia mais odiá-la, uma vez que estava morta?

Então isso era a morte...

Sentia-se perdido sem poder cultivar seu ódio: perdido e assustado.

Capítulo 12

I

Em seu quarto imaculado, Kirsten Lindstrom prendeu os cabelos de um loiro quase grisalho em duas tranças inconvenientes e se preparou para dormir.

Estava preocupada e temerosa.

Os policiais não gostavam de estrangeiros. Ela estava na Inglaterra havia tanto tempo que nem se sentia mais uma estrangeira. Mas a polícia não tinha como sabê-lo.

Aquele dr. Calgary... Por que ele tinha de ir até lá e fazer aquilo com ela?

A justiça já havia sido feita. Pensou em Jacko e repetiu para si mesma que a justiça fora feita.

Pensou nele com os olhos que o tinham visto quando ele ainda era um garotinho.

Sempre, sim, sempre, um mentiroso e um vigarista! Mas tão charmoso, tão sedutor. Era impossível não perdoá-lo. Sempre alguém tentava livrá-lo do castigo.

Ele mentia tão bem! Essa era a terrível verdade. Mentia tão bem que se podia acreditar nele, que era impossível não acreditar nele. O perverso e cruel Jacko.

Dr. Calgary podia até pensar que sabia o que estava falando. Lugares e tempos e álibis! Jacko poderia arranjar essas coisas facilmente. Ninguém conhecia Jacko a fundo como *ela*.

Será que alguém lhe daria crédito se ela dissesse com exatidão como era Jacko? E agora, amanhã, o que iria acontecer? A polícia viria. E todos tão infelizes, tão cheios de suspeitas. Olhando uns para os outros... Incertos sobre em que acreditar.

E ela os amava tanto... tanto. Conhecia cada um deles mais do que qualquer outra pessoa no mundo. Mais, inclusive, do que a própria sra. Argyle. Porque a sra. Argyle se deixara cegar por sua intensa possessividade maternal. Eles eram os seus filhos – vira-os sempre como suas propriedades. Mas Kirsten os encarava como indivíduos, como eles mesmos, com todos os seus defeitos e suas virtudes. Se ela tivesse tido seus próprios filhos, poderia ter sentido essa possessão de que falam – ela imaginava. Mas ela não era o que se poderia chamar de uma mulher com instinto maternal. Sua principal fonte de amor teria sido o marido que nunca teve.

Tinha dificuldades em entender mulheres como a sra. Argyle. Enlouquecidas por crianças que nem eram fruto de seus ventres e tratando os maridos como se eles nem estivessem ali! E no caso da patroa, ele era um bom homem, gentil; difícil encontrar alguém melhor. Negligenciado, deixado à míngua. E a sra. Argyle absorta demais para perceber o que acontecia embaixo de seu nariz. Aquela secretária... uma garota de boa aparência, cheia de feminilidade. Bem, ainda não era tarde demais para Leo... ou já seria? Agora, com o crime erguendo a cabeça da cova em que fora enterrado, poderiam os dois chegar a ficar juntos?

Kirsten suspirou com infelicidade. O que aconteceria a todos eles? A Micky, que havia desenvolvido aquele rancor profundo, quase patológico contra sua mãe adotiva? A Hester, tão insegura de si mesma, tão selvagem? Hester, que estivera a ponto de encontrar paz e segurança com seu jovem médico, bom e impassível? A Leo e Gwenda, que tinham tido um motivo, e, sejamos sinceros, oportunidade, como eles bem sabem? Com Tina, aquela pequena criatura, lisa, com jeito de gata? Com Mary, egoísta e insensível, que até o dia do casamento não sentira afeição por ninguém?

Certa vez, pensou Kirsten, ela sentira uma grande afeição por sua patroa, e também uma grande admiração. Não conseguia se lembrar exatamente quando deixara de gostar dela, quando tinha começado a julgá-la e a achá-la incompleta. Tão segura de si mesma, benevolente, tirânica: uma espécie de versão ambulante do dito "MAMÃE SABE TUDO". E nem sequer era mãe! Se *ela* uma vez tivesse dado à luz uma criança, isso teria feito com que ela fosse mais humilde.

Mas por que seguir pensando em Rachel Argyle? Rachel Argyle estava morta.

Tinha era que pensar em si mesma... e nos outros.

E no que aconteceria amanhã.

II

Mary Durrant acordou com um sobressalto.

Ela estivera sonhando, sonhando que era criança, vivendo ainda em Nova York.

Que estranho. Havia anos não pensava naquela época.

Era um tanto surpreendente que pudesse lembrar de tudo com exatidão. Quantos anos teria? Cinco? Seis?

Ela havia sonhado que a levavam do hotel de volta para os blocos pobres em que a família morava. Os Argyle estavam zarpando para a Inglaterra e não iriam levá-la junto. Raiva e ódio encheram seu coração por alguns instantes até que ela percebesse que tudo não passava de um sonho.

Que maravilha tinha sido aquilo. Entrar no carro, subir no elevador os dezoito andares do hotel. A enorme suíte, o banheiro maravilhoso; a revelação das coisas incríveis que havia no mundo – se você fosse rico! Se ela pudesse ficar ali, se pudesse manter aquilo tudo... para sempre...

De fato, não houvera dificuldade alguma. Tudo o que fora preciso foi uma demonstração de afeto; o que nunca fora muito fácil para ela, pois não era predisposta ao afeto, mas conseguiu superar a situação. E lá estava ela, estabelecida na vida! Um pai e uma mãe ricos, roupas, carros, navios, aviões, empregados à sua disposição, bonecas caras e brinquedos. Um sonho de fadas que se torna realidade...

Uma pena que tivesse de dividir tudo isso com todas aquelas outras crianças. Houve a guerra, claro. Ou isso teria acontecido de qualquer maneira? Aquele insaciável amor materno! Uma coisa realmente antinatural. Tão *animalesca.*

Sentira sempre um leve desprezo por sua mãe adotiva. Tinha sido no mínimo estúpida ao escolher as crianças para adotar. As desprivilegiadas! Com tendências criminosas, como Jacko. Instáveis, como Hester. Selvagens, como Micky. E Tina, uma mestiça! Não era de surpreender que todos tivessem se saído tão mal. Embora não conseguisse culpá-los por se rebelarem. Ela mesma havia se rebelado. Lembrou-se de seu encontro com Philip, um jovem e elegante piloto. E da desaprovação da mãe. "Esses casamentos feitos às pressas. Espere até a guerra acabar." Mas ela não queria esperar. Tinha uma determinação poderosa, incutida por seu pai e sua mãe. Eles haviam se casado, e a guerra terminara logo depois.

Ela então quisera ter Philip só para si, quisera escapar da sombra da mãe. Era o destino que a havia derrotado, não a mãe. Primeiro a derrocada dos planos financeiros de Phil e na sequência o terrível golpe: a poliomielite, do tipo que levava à paralisia. Assim que Philip pôde deixar o hospital, haviam ido a Sunny Point. Parecia inevitável que acabassem se estabelecendo aqui. O próprio Philip pensava nisso como algo inevitável. Havia gastado todo o seu dinheiro, e a parte dela do fundo não era lá muito grande. Ela havia requisitado uma quantia maior, mas a resposta tinha sido a de que talvez, por enquanto, o mais sábio fosse os dois viverem em Sunny Point. Mas ela queria Philip só para si, sem tirar nem pôr, não queria que ele se tornasse a última das "crianças" de Rachel Argyle. Ela não queria ter filhos: queria apenas Philip.

Mas Philip parecia bastante satisfeito com a ideia de morar em Sunny Point.

– Será mais fácil para você – ele disse. – E a movimentação das pessoas sempre será uma distração. Além disso, sempre achei o seu pai uma excelente companhia.

Por que ele não poderia apenas querê-la do modo como ela o queria, só para si? Por que necessitava outras companhias? Seu pai, Hester?

E Mary havia sentido uma onda vã de raiva percorrer todo seu corpo. Sua mãe, como sempre, veria as coisas acontecerem do modo que ela queria.

Mas não dessa vez... ela havia morrido.

E agora tudo seria revirado mais uma vez. Por quê? Ah, por quê?

E por que Philip se sentia tão envolvido com a investigação? Fazendo perguntas, tentando descobrir as coisas, metendo seu nariz onde não era chamado?

Preparando armadilhas...

Que *tipo* de armadilhas?

III

Leo Argyle viu a luz da manhã encher devagar a peça com uma tonalidade acinzentada.

Ele havia pensado em tudo com extremo cuidado.

Parecia-lhe muito claro o que haveriam de enfrentar, ele e Gwenda.

Pôs-se a pensar em todas as coisas que o inspetor Huish poderia investigar. Rachel entrando na peça e lhes falando sobre Jacko, sobre sua selvageria e suas ameaças. Gwenda, revelando tato, havia saído da peça, enquanto ele tentava reconfortar Rachel, dizendo que ela estava certa em se manter firme, que as ajudas no passado não tinham produzido nenhum bem, que, para o bem ou para o mal, ele precisava aguentar os resultados de suas ações. E isso fez com que ela se acalmasse.

E então Gwenda retornou para a peça, recolheu as cartas para pôr no correio e perguntou se havia alguma coisa a mais para fazer, a voz querendo dizer mais do que as palavras expressavam. E ele lhe havia agradecido e dito que não. E ela se despedira e se retirara, passando pelo corredor, descendo as escadas, passando pela peça em que Rachel estava à mesa e depois em direção à saída, sem que ninguém pudesse confirmar seu itinerário...

E ele mesmo estivera sentado sozinho na biblioteca, e não havia ninguém que pudesse confirmar se ele saíra dali em direção até onde estava Rachel.

Assim estavam as coisas: era como se os dois houvessem tido a oportunidade de cometer o crime.

E tinham um motivo, porque já então ele amava Gwenda, e ela o amava.

E não havia ninguém, nunca, que pudesse provar tanto a culpa quanto a inocência de nenhum deles.

IV

Cerca de quinhentos metros dali, Gwenda permanecia deitada e de olhos abertos, insone.

Suas mãos se retorciam; ela pensava no quanto tinha odiado Rachel Argyle.

E agora, na escuridão, Rachel Argyle dizia:

– Você pensou que poderia ter meu marido quando eu estivesse morta. Mas não pode... não pode. Ele nunca será seu.

V

Hester sonhava. Sonhava que estava com Donald Craig e que ele a havia levado, de repente, para a beira de um abismo. Ela gritara de medo e então, do outro lado da fenda, avistou Arthur Calgary, a mão esticada para ela.

Gritou na direção dele, de maneira reprovadora.

– Por que o senhor fez isso comigo?

Ao que ele respondeu:

– Mas eu vim aqui para *ajudá-la*...

Ela despertou.

VI

Deitada, imóvel, na pequena cama do quarto de hóspedes, Tina respirava leve e regularmente, mas o sono não vinha.

Pensava na sra. Argyle sem sentir gratidão nem ressentimento, apenas com amor. Graças à sra. Argyle ela tivera comida e bebida e um lar caloroso e brinquedos e conforto. Ela amara a sra. Argyle. Lamentava sua morte...

Mas as coisas não eram tão simples assim.

Não se importava quando o culpado era Jacko...

Mas e agora?

Capítulo 13

O inspetor Huish passou os olhos por todos eles, de forma tranquila e educada. Seu tom, ao falar, era persuasivo e apologético.

– Sei que deve ser muito doloroso para todos vocês – ele disse – ter de voltar a esse assunto outra vez. Mas, em verdade, não temos muita escolha. Vocês viram a notícia, certo? Está em todos os jornais matutinos.

– Um livre-indulto – disse Leo.

– A fraseologia costuma exasperar as pessoas – disse Huish. – Um anacronismo, como tantos outros dentro da terminologia legal. Mas seu significado é bastante claro.

– Significa que vocês cometeram um erro – disse Leo.

– Sim – Huish reconheceu aquilo com simplicidade. – Claro: sem a evidência que nos trouxe o dr. Calgary, não havia como evitar a condenação.

Leo disse com frieza:

– Meu filho lhes disse, quando vocês o prenderam, que ele havia pegado uma carona naquela noite.

– Oh, sim. Foi o que ele nos disse. E fizemos o nosso melhor para checar sua versão, mas não conseguimos encontrar qualquer confirmação para a história. Posso entender, sr. Argyle, que o senhor se sinta excessivamente amargurado em relação a tudo isso. Não vim pedir desculpas nem lamentar o nosso erro. Tudo o que podemos fazer como policiais é coletar as evidências. As evidências seguem para o promotor e então ele decide o que fazer. Neste caso, ele decidiu por seguir em frente. Se possível, gostaria que vocês deixassem de lado a amargura e que se concentrassem nos fatos e nos horários outra vez.

– Que diferença isso faz agora? – Hester perguntou com aspereza. – Quem quer que tenha cometido o crime já está a quilômetros de distância, e o senhor jamais vai encontrá-lo.

O inspetor Huish se voltou para olhá-la.

– Pode ser que sim... pode ser que não – ele disse suavemente. – A senhorita ficaria surpresa com a frequência com que prendemos nossos criminosos, às vezes depois de muitos anos. Conseguimos isso com paciência, paciência e perseverança.

Hester virou a cabeça para o outro lado, e Gwenda sofreu um leve tremor, como se uma corrente de vento tivesse cruzado por ela. Sua imaginação vivaz sentia a ameaça escondida atrás daquelas palavras amenas.

– Agora, se me permitem – disse Huish. Olhou com expectativa para Leo. – Começaremos com o senhor, sr. Argyle.

– O que exatamente o senhor quer saber? Deve ter ainda o meu depoimento original, não? É provável que já não possa ser tão acurado agora. Os horários exatos dos acontecimentos costumam desaparecer da memória.

– Ah, sim, temos consciência disso. Mas sempre há a chance de que algum pequeno fato venha à luz, alguma coisa que tenha sido esquecida naquela época.

– Será que isso é possível – perguntou Philip –, que alguém possa se lembrar melhor de coisas do passado depois do lapso de dois anos?

– Sim, é uma possibilidade – disse Huish, voltando a cabeça para olhar Philip com algum interesse.

"Um camarada inteligente", pensou. "Gostaria de saber se ele tem algumas ideias particulares sobre tudo isso..."

– Pois bem, sr. Argyle, que tal retomarmos a sequência dos eventos? O senhor tomou chá?

– Sim. O chá foi servido na sala de jantar às cinco, como de costume. Estávamos todos lá, exceto o sr. e a sra.

Durrant. A sra. Durrant levou seu chá e o do marido para sua própria antessala.

– Eu estava então mais aleijado do que agora – disse Philip. – Eu recém saíra do hospital.

– Muito bem – Huish se voltou para Leo. – Quem eram todos vocês?

– Minha mulher e eu, minha filha Hester, a srta. Vaughan e miss Lindstrom.

– E então? Conte-me com suas próprias palavras.

– Depois do chá voltei até aqui com a srta. Vaughan. Trabalhávamos num capítulo de meu livro sobre a economia medieval, que eu estava revisando. Minha esposa foi até sua antessala e escritório, que fica no primeiro andar. Ela era, como o senhor sabe, uma mulher muito ocupada. Estudava alguns planos para um novo parque infantil que ela pretendia dar de presente ao condado.

– O senhor ouviu o seu filho Jacko chegar?

– Não. Quer dizer, não sabia que era ele. Escutei, nós dois escutamos, a campainha da frente. Não sabíamos quem era.

– Quem o senhor pensou que fosse, sr. Argyle?

Leo pareceu um pouco surpreso.

– Eu estava imerso no século XV naquele momento, não no XX. Não pensei em nada. Poderia ser qualquer um. Minha mulher e miss Lindstrom e Hester e possivelmente um de nossos empregados diaristas poderiam estar por ali. Ninguém – disse Leo com simplicidade – jamais esperaria que *eu* atendesse a porta.

– E depois disso?

– Mais nada. Até que minha mulher apareceu, um bom tempo depois.

– Quanto tempo depois?

Leo franziu o cenho.

– Já não tenho como saber com precisão. Devo ter passado ao senhor a minha estimativa na investigação anterior. Meia hora, não, mais, talvez 45 minutos.

– Terminamos o chá logo depois das cinco e meia – disse Gwenda. – Creio que devia faltar uns vinte minutos para as sete quando a sra. Argyle entrou na biblioteca.

– E o que ela disse?

Leo suspirou. Falou com desgosto.

– Foram tantas vezes a mesma conversa. Ela disse que Jacko havia estado com ela, que ele estava em dificuldades, que ele fora violento e abusado, exigira dinheiro e dissera que se não lhe dessem algum naquele momento ele acabaria preso. Que ela se recusara a lhe dar um penny que fosse. Estava preocupada em saber se havia agido corretamente ou não.

– Sr. Argyle, posso lhe fazer uma pergunta? Por quê, quando o garoto fazia essas exigências de dinheiro, a sua mulher não lhe chamava? Por que só lhe contava tudo depois? Isso não parecia estranho ao senhor?

– Não, não parecia.

– Ao menos para mim esse seria o modo natural de agir. Vocês dois não se davam bem?

– Ah, não. É que simplesmente minha mulher estava acostumada a lidar sozinha com essas decisões práticas. Quase sempre me consultava de antemão sobre o que eu pensava e depois era comum que viesse discutir comigo as decisões que havia tomado. Quanto a essa questão em particular, nós já faláramos com seriedade sobre o problema de Jacko, o que fazer para chegar à melhor solução. Vendo as coisas à luz de hoje, percebo que fomos muito desafortunados nas nossas tentativas de lidar com o garoto. Ela pagava consideráveis somas de dinheiro para protegê-lo das consequências de suas ações. Fez isso muitas vezes. Decidimos então que, se houvesse uma outra vez, o melhor para Jacko era que aprendesse a se virar sozinho, do modo mais difícil.

– Mesmo assim, ela se mostrou chateada?

– Sim. Ela estava chateada. Se ele tivesse sido menos violento e ameaçador, acho que ela teria cedido e o ajudado mais uma vez, mas sua atitude somente reforçou a resolução da mãe.

– Foi quando Jacko deixou a casa?

– Ah, sim.

– O senhor sabe disso porque percebeu, ou foi a sra. Argyle quem lhe contou?

– Ela me contou. Ela disse que ele havia saído, jurando voltar de forma ameaçadora, e que era melhor ela arrumar o dinheiro para ele.

– O senhor estava, e isso é importante, estava alarmado com a possibilidade do retorno do rapaz?

– Claro que não. Estávamos bastante acostumados ao que se poderia chamar de bazófia do Jacko.

– Nunca chegou a cogitar que ele pudesse retornar e atacar sua esposa?

– Não. Disse isso ao senhor na ocasião. Eu estava assombrado.

– E parece que o senhor estava certo – disse Huish com suavidade. – Não foi ele quem a atacou. A que horas a sra. Argyle o deixou exatamente?

– Disso eu me lembro. Repassamos isso várias vezes. Logo antes das sete, talvez uns sete minutos antes das sete.

Huish se voltou na direção de Gwenda Vaughan.

– A senhorita confirma a informação?

– Sim.

– E a conversa ocorreu como o sr. Argyle acaba de relatar? Não tem nada a acrescentar? Nada que ele tenha esquecido?

– Não pude ouvir tudo. Depois que a sra. Argyle nos falou sobre as exigências de Jacko, achei que o melhor era sair, para evitar que os dois se sentissem desconfortáveis em falar livremente em minha presença. Saí por ali – disse ela, apontando para a porta nos fundos da biblioteca – e entrei na pequena salinha onde uso a máquina de escrever. Quando ouvi que a sra. Argyle já havia partido, retornei.

– E isso foi aos sete minutos para as sete?

– Logo antes de cinco para as sete, sim.

– E depois disso, srta. Vaughan?

– Perguntei ao sr. Argyle se ele queria continuar o trabalho, mas ele me disse que sua cadeia de pensamentos se havia interrompido. Perguntei se havia mais alguma coisa que eu pudesse fazer, ao que ele disse que não. Então ajeitei as minhas coisas e fui embora.

– A que horas?

– Sete e cinco.

– Desceu as escadas e saiu pela porta?

– Sim.

– A antessala da sra. Argyle ficava logo à esquerda da porta da frente?

– Sim.

– A porta estava aberta?

– Não estava fechada, tinha uma fresta.

– A senhorita não entrou ou lhe disse boa-noite?

– Não.

– Não costumava se despedir?

– Não. Seria uma tolice distraí-la do que estava fazendo apenas para dar boa-noite.

– Se a senhorita tivesse entrado, talvez tivesse descoberto o corpo dela jazendo ali, morto.

Gwenda deu de ombros.

– Suponho que sim... Mas imagino, todos nós imaginamos então, que ela foi morta mais tarde. Jacko mal teria tido tempo de...

Ela se calou.

– A senhorita continua seguindo a linha de pensamento que leva Jacko a ser o assassino. Mas agora as coisas mudaram. De forma que ela já *poderia* estar morta então, não é verdade?

– Suponho que sim.

– A senhorita deixou a casa e seguiu direto para a sua?

– Sim. Minha senhoria falou comigo na hora em que cheguei.

– Muito bem. E a senhorita não encontrou ninguém no caminho, perto da casa?

– Acho que não... não – Gwenda franziu o cenho. – Não consigo lembrar... Fazia frio, estava escuro e essa estrada é um beco sem saída. Não creio que pudesse cruzar com ninguém antes de chegar a Red Lion. Havia várias pessoas por lá.

– Algum carro passou pela senhorita?

Gwenda pareceu surpresa.

– Ah, sim, me lembro de um carro. Espirrou barro na minha saia. Tive que limpar a lama quando cheguei em casa.

– Que tipo de carro?

– Não me lembro. Não percebi. Passou por mim junto à entrada para a nossa estrada. Poderia estar se dirigindo para qualquer uma das casas.

Huish se voltou para Leo.

– O senhor disse ter ouvido a campainha um pouco depois de sua esposa ter deixado a biblioteca?

– Sim... creio ter ouvido. Nunca tive certeza absoluta.

– A que horas foi isso?

– Não faço ideia. Não olhei.

– O senhor não chegou a pensar que podia ser o seu filho Jacko que tivesse voltado?

– Não pensei em nada. Eu tinha voltado ao trabalho.

– Mais uma coisa, sr. Argyle. O senhor fazia ideia de que seu filho era casado?

– De jeito nenhum.

– A mãe dele também não sabia? O senhor suspeita que ela pudesse saber e que não lhe tivesse contado?

– Tenho quase certeza de que ela não fazia a mais vaga ideia disso. Se soubesse teria vindo me falar na hora. Fiquei extremamente chocado quando a esposa dele apareceu no dia seguinte. Mal pude acreditar quando miss Lindstrom entrou na biblioteca e disse: "Há uma jovem lá embaixo: uma garota que diz ser a esposa de Jacko. Não pode ser *verdade*." Você estava terrivelmente chateada, não é, Kirsty?

– Não podia acreditar naquilo – disse Kirsten. – Fiz ela repetir duas vezes o que estava dizendo e então fui até o sr. Argyle. Parecia inacreditável.

– O senhor foi muito gentil com ela, pelo que sei – disse Huish para Leo.

– Fiz o que podia. Ela se casou de novo. Estou muito feliz. Seu marido parece ser um bom sujeito.

Huish concordou com a cabeça. Então se voltou para Hester.

– Agora, srta. Argyle, me diga mais uma vez o que fez naquele dia depois do chá.

– Não consigo mais lembrar – disse Hester, de mau humor. – E como poderia? Faz dois anos. Posso ter feito qualquer coisa.

– Na verdade, creio que a senhorita ajudou miss Lindstrom a lavar a louça.

– É isso mesmo – disse Kirsten. – E depois – ela acrescentou – você subiu para o seu quarto. Você ia sair mais tarde, lembra? Ia assistir a uma montagem amadora de *Esperando Godot*, na Drymouth Playhouse.

Hester continuava calada e pouco cooperativa.

– O senhor já tem isso por escrito – ela disse para Huish. – Por que repassar isso tudo?

– Porque nunca se sabe o que poderá ser útil. Muito bem, srta. Argyle, que horas a *senhorita* deixou a casa?

– Às sete... por aí.

– A senhorita escutou as altercações entre sua mãe e o seu irmão Jack?

– Não, não ouvi nada. Eu estava no andar de cima.

– Mas a senhorita via a sra. Argyle antes de sair de casa?

– Sim. Eu queria algum dinheiro. Eu estava de saída. Aí lembrei que tinha pouca gasolina no tanque do carro.

Precisava abastecer no caminho para Drymouth. Assim, quando já estava para sair, fui até mamãe e pedi a ela algum dinheiro, apenas algumas libras, que era o que eu precisava.

– E ela lhe deu o dinheiro?

– Kirsty me deu.

Huish pareceu um pouco surpreso.

– Não lembro de ter lido isso no seu depoimento original.

– Bem, mas foi o que aconteceu – disse Hester em tom de desafio. – Eu entrei e lhe disse que precisava de algum dinheiro, e Kirsten me ouviu do hall e me chamou para dizer que tinha algum e que daria para mim. Ela também estava prestes a sair. E então mamãe disse: "Isso, dê dinheiro a ela, Kirsty".

– Eu ia levar uns livros sobre arranjos florais até o Instituto da Mulher – disse Kirsten. – Sabia que a sra. Argyle estava ocupada e que não queria ser incomodada.

Hester disse num tom de voz agressivo:

– O que importa quem me deu o dinheiro? Vocês queriam saber quando tinha sido a última vez que eu vira mamãe com vida. Foi nessa ocasião. Ela estava sentada à mesa, despejando planos e mais planos. E eu disse que queria dinheiro, e então Kirsten disse que ia me dar. Eu peguei o dinheiro dela e entrei no quarto de mamãe de novo para lhe dar boa-noite, e ela me disse que aproveitasse a peça e que dirigisse com cuidado. Ela sempre dizia isso. E então eu desci até a garagem e tirei o carro.

– E miss Lindstrom?

– Ah, ela saiu logo depois de me dar o dinheiro.

Kirsten Lindstrom disse, rápida:

– Hester passou por mim de carro assim que cheguei ao final da rua. Ela deve ter saído quase imediatamente depois de mim. Ela subiu a colina em direção à estrada principal, e eu dobrei à esquerda para ir ao Village.

Hester abriu a boca como se fosse dizer alguma coisa, mas logo voltou atrás.

Huish refletiu. Estaria Kirsten Lindstrom tentando comprovar que Hester não teria tido tempo para cometer o crime? Não seria possível em vez de Hester ter se despedido tranquilamente da sra. Argyle, que tivesse uma querela – uma discussão, e que Hester a tivesse abatido?

Voltou-se para Kirsten devagar e disse:

– Agora, miss Lindstrom, vamos ouvir o que a senhora lembra sobre o ocorrido.

Ela estava nervosa. Suas mãos, entrelaçadas de um jeito desconfortável.

– Nós tomamos chá. Limpamos a mesa. Hester me ajudou. Depois ela foi para o andar de cima. Então Jacko chegou.

– A senhora o ouviu chegar?

– Sim, eu abri a porta para ele. Ele disse que tinha perdido a chave. Ele foi direto ver sua mãe. Disse a ela imediatamente: "Eu estou numa enrascada. Você tem que me tirar dessa." Eu não ouvi mais nada. Voltei para a cozinha. Tinha que preparar algumas coisas para o jantar.

– Você o ouviu sair?

– Sim, eu ouvi. Ele estava gritando. Eu saí da cozinha. Ele estava parado no hall de entrada, furioso, dizendo aos berros que ia voltar, e que era bom que a mãe dele estivesse com o dinheiro para lhe dar. Se não... Foi isso que ele disse: "Se não..." Foi uma ameaça.

– E então?

– Ele saiu batendo a porta. A sra. Argyle foi até o hall de entrada. Ela estava muito pálida e chateada. Ela me disse: "Você ouviu isso?" Eu disse: "Ele está encrencado?" Ela assentiu com a cabeça. Então subiu para a biblioteca, para ver o sr. Argylc. Eu coloquei a mesa para o jantar e então subi para vestir minhas roupas de sair. O Instituto da Mulher estava promovendo um concurso de arranjos florais no dia seguinte. Havia alguns livros sobre arranjos de flores que tínhamos prometido doar a eles.

– A senhora levou os livros até o instituto. A que horas voltou para a casa?

– Por volta das sete e meia. Tenho uma cópia da chave. Fui direto ao quarto da sra. Argyle para dar a ela a mensagem de agradecimento e um bilhete. Ela estava sentada à escrivaninha, a cabeça apoiada nas mãos. E lá estava o atiçador, atirado no chão, e as gavetas do móvel estavam abertas. Um ladrão havia entrado, eu pensei. Ela fora atacada. E eu estava certa. *Agora* vocês sabem que eu estava certa! *Foi* um ladrão – alguém de fora!

– Alguém para quem a própria sra. Argyle abriu a porta?

– Por que não? – disse Kirsten, desafiadora. – Ela era gentil, sempre muito gentil. E ela não tinha medo, de nada nem de ninguém. Além do mais, ela não estava sozinha em casa. Havia outras pessoas. Seu marido, Gwenda, Mary. Ela podia gritar.

– Mas não gritou – apontou Huish.

– Não. Porque essa pessoa deve ter contado uma história muito plausível. Ela sempre ouvia. E então, ela se sentou outra vez à escrivaninha, possivelmente para procurar seu talão de cheques, porque era ingênua, e o ladrão teve tempo de apanhar o atiçador e golpeá-la. Talvez ele nem tivesse a intenção de matá-la. Talvez quisesse apenas deixá-la inconsciente e procurar dinheiro e joias e ir embora.

– Ele não procurou muito, apenas abriu algumas gavetas.

– Talvez ele tenha ouvido barulhos na casa ou perdido a coragem. Ou talvez tenha visto que ela estava morta. E então partiu rapidamente, em pânico.

Ela se inclinou para frente.

Seus olhos estavam a um só tempo aterrorizados e suplicantes.

– *Tem* que ter sido assim... Só pode ser!

Sua insistência o deixou curioso. Seria receio por si mesma? Ela *poderia* ter matado sua patroa e depois puxado as gavetas para dar verossimilhança à ideia do assalto. A perícia médica não pôde determinar a hora exata do óbito; concluiu apenas que ocorreu entre sete e sete e meia da noite.

– Parece ter sido isso mesmo o que aconteceu – ele concordou, gentil. Ela deixou escapar um leve suspiro de alívio e se recostou de novo. Virou-se para os Durrants.

– Nenhum de vocês ouviu nada?

– Absolutamente nada.

– Eu levei uma bandeja com chá para o nosso quarto – disse Mary. – É um tanto afastado do resto da casa. Ficamos lá até ouvirmos alguém gritar. Tinha sido Kirsten. Ela havia acabado de encontrar mamãe morta.

– Vocês não deixaram o quarto por um instante sequer antes disso?

– Não – seus atentos e límpidos olhos encontraram os dele. – Estávamos jogando carta.

Phillip se perguntou por que se sentia levemente desconcertado. Polly estava fazendo exatamente o que ele a havia dito para fazer. Talvez fosse a perfeição de sua conduta: calma, ponderada, mostrando total convicção.

"Polly, querida, você é uma excelente mentirosa!", pensou.

– E eu, inspetor – ele disse –, estava na época, e ainda estou, incapacitado pela doença de sair dando voltas por aí.

– Mas o senhor já está bem melhor, não é mesmo, sr. Durrant? – disse o inspetor com alegria. – Em breve veremos o senhor caminhando de novo.

– É um longo processo.

Huish voltou-se para os outros dois membros da família, que até o momento permaneciam em absoluto silêncio. Micky estava sentado com os braços cruzados e tinha um leve sorriso de escárnio no rosto. Tina, pequena e graciosa, estava recostada em sua cadeira, os olhos se movendo ocasionalmente de um rosto a outro.

– Nenhum de vocês dois estava em casa, eu sei – ele disse. – Mas vocês poderiam refrescar minha memória a respeito do que estavam fazendo naquela noite?

– Sua memória precisa mesmo ser refrescada? – perguntou Micky com escárnio ainda mais evidente. – Eu ainda posso dizer a minha parte. Estava na rua testando um carro. Problema na embreagem. Fiz um teste longo e efetivo. De Drymouth até Minchin Hill, pela Moor Road e voltando pela Ipsley. Infelizmente carros são mudos, não podem testemunhar.

Tina tinha finalmente virado a cabeça. Estava olhando de maneira fixa para Micky. Seu rosto ainda estava inexpressivo.

– E a senhorita, srta. Argyle? Trabalha na biblioteca em Redmyn?

– Sim. Ela fecha às cinco e meia. Fiz umas comprinhas na High Street. Depois fui para casa. Tenho um apartamento, um pequeno apartamento, no Morecombe Mansions. Fiz meu próprio jantar e desfrutei uma noite tranquila ouvindo discos no gramofone.

– Você não saiu nem por um instante?

Houve uma pequena pausa antes da resposta:

– Não, não saí.

– Está certa disso, srta. Argyle?

– Sim, tenho certeza.

– Você tem um carro, não tem?

– Sim.

– Ela tem um carrinho – disse Micky – daqueles que mal cabem uma pessoa.

– Eu tenho um dos chamados *bubble*, sim – disse Tina, solene e contida.

– Onde o guarda?

– Na rua. Eu não tenho garagem. Tem uma ruela perto dos apartamentos. Muitas pessoas estacionam os carros por ali.

– E senhorita não tem... Nada a dizer que possa nos ajudar?

Nem mesmo Huish sabia ao certo por que estava sendo tão insistente.

– Não creio que haja nada que eu possa contar ao senhor.

Micky laçou-lhe um rápido olhar.

Huish suspirou.

– Pelo visto isso não lhe ajudou muito, inspetor – disse Leo.

– Nunca se sabe, sr. Argyle. O senhor se deu conta, eu suponho, de uma das coisas mais estranhas dessa história?

– Eu? Acho que não estou acompanhando o seu raciocínio.

– O dinheiro – disse Huish. – O dinheiro que a sra. Argyle retirou do banco, incluindo aquela nota de cinco libras em que estava escrito "sra. Bottleberry, Bangor Road, 17". Grande parte do caso consistia no fato de que aquela nota de cinco libras e outras mais estavam de posse de Jack Argyle quando ele foi detido. Ele jurou que pegara o dinheiro com a sra. Argyle, mas a sra. Argyle disse, categoricamente, tanto ao senhor quanto à srta. Vaughan, que não dera dinheiro algum a Jacko. Então, como ele conseguiu aquelas cinquenta libras? Ele não podia ter voltado até aqui, a declaração do dr. Calgary deixa isso muito claro. Logo, ele já devia estar com o dinheiro quando saiu da casa. Quem deu o dinheiro a ele? Foi o senhor?

Ele se virou diretamente para Kirsten Lindstrom, que ruborizou, tomada de indignação.

– Eu? Não, claro que não. Como eu poderia fazer isso?

– Onde estava guardado o dinheiro que a sra. Argyle havia retirado do banco?

– Ela costumava guardá-lo na gaveta da escrivaninha – disse Kirsten.

– A gaveta ficava trancada?

Kirsten refletiu.

– Era possível que ela trancasse a gaveta antes de ir para a cama.

Huish olhou para Hester.

– A senhorita pegou o dinheiro da gaveta e deu ao seu irmão?

– Eu nem sabia que ele estava em casa. E como eu poderia pegar o dinheiro sem que mamãe soubesse?

– A senhorita poderia ter pegado facilmente quando sua mãe subiu até a biblioteca para consultar seu pai – sugeriu Huish.

Ele se perguntou se ela iria perceber e evitar a armadilha.

Ela caiu.

– Mas Jacko já tinha saído a essa altura. Eu... – ela parou, consternada.

– Então a senhorita *sabe* que horas o seu irmão saiu – disse Huish.

Hester disse rápida e impetuosamente:

– Eu... Eu sei agora... Não sabia naquele momento. Eu estava no meu quarto, já disse. Não ouvi absolutamente nada. E, de qualquer maneira, eu nunca daria dinheiro ao Jacko.

– E eu vou lhe dizer uma coisa – disse Kirsten. Seu rosto estava vermelho e furioso. – Se eu tivesse dado dinheiro a Jacko, teria sido meu próprio dinheiro! Eu não teria roubado!

– Tenho certeza que não – disse Huish. – Mas a senhora vê onde isso nos leva. A sra. Argyle, apesar do que disse a *vocês* – ele olhou para Leo –, deve ter dado ela mesma o dinheiro a ele.

– Não posso acreditar. Por que ela não me contaria se tivesse feito isso?

– Ela não seria a primeira mãe a ser mais permissiva com o filho do que pudesse admitir.

– O senhor está errado, Huish. Minha mulher não procedia dessa maneira.

– Acho que procedeu dessa vez – disse Gwenda Vaughan. – De fato ela deve ter feito isso... Como disse o inspetor, é a única resposta possível.

– Afinal de contas – disse Huish num tom suave –, temos que olhar o caso de um ponto de vista diferente agora. Na ocasião da prisão, achávamos que Jack Argyle estava mentindo. Mas agora sabemos que ele disse a verdade sobre a carona que Calgary lhe deu, então, ao que tudo indica, ele estava dizendo a verdade também sobre o dinheiro. Ele disse que sua mãe havia dado o dinheiro a ele. Logo, ao que tudo indica, foi o que aconteceu.

Houve um silêncio. Um silêncio desconfortável.

Huish se levantou.

– Bem, eu agradeço. Creio que seja tarde demais para encontrar o rastro, mas nunca se sabe.

Leo levou-o até a porta. Quando retornou disse com um suspiro:

– Bem, isso está encerrado. Por enquanto.

– Para sempre – disse Kirsten. – Eles nunca vão descobrir.

– E o que ganhamos com isso? – gritou Hester.

– Minha querida – seu pai aproximou-se dela. – Acalme-se, minha pequena. Não fique tão nervosa. O tempo cura tudo.

– Algumas coisas ele não cura. O que nós vamos fazer? Oh! O que vamos *fazer*?

– Hester, venha comigo – Kirsten pôs a mão sobre seu ombro.

– Eu não quero ir com ninguém.

Hester saiu correndo dali. Um instante depois, ouviram a porta da frente bater.

Kirsten disse:

– Tudo isso não é bom para ela.

– E também não acho que seja mesmo verdade – disse Philip Durrant num tom pensativo.

– O que não é verdade? – perguntou Gwenda.

– Que nunca saberemos a verdade... Estou com uma sensação estranha.

Seu rosto de fauno, quase maldoso, abriu-se num sorriso misterioso.

– Por favor, Philip, tenha cuidado – disse Tina.

Ele olhou-a admirado.

– Pequena Tina. E o que você sabe a respeito de tudo isso?

– Espero – disse Tina, muito clara e decididamente – não saber nada.

Capítulo 14

I

– O senhor não conseguiu nada, não é? – disse o comandante de polícia.

– Nada definitivo, senhor – disse Huish. – Ainda assim, a visita não foi de todo uma perda de tempo.

– Conte-me tudo.

– Bem, nossos principais horários e locais continuam os mesmos. A sra. Argyle estava viva pouco antes das sete horas, falou com o marido e com Gwenda Vaughan, depois foi vista por Hester Argyle no andar de baixo. As pessoas não podem estar mancomunadas. Jacko Argyle agora está fora do páreo, então isso quer dizer que ela poderia ter sido assassinada pelo marido a qualquer instante entre sete e cinco e sete e meia; por Gwenda Vaughan às sete e cinco, hora em que deixou a casa; por Hester pouco antes disso; por Kirsten Lindstrom um pouco mais tarde, quando ela chegou em casa, digamos que um pouco antes das sete e meia. A paralisia de Durrant dá a ele um álibi, mas o álibi de sua mulher depende da palavra dele. Ela poderia ter descido as escadas e matado a mãe, se assim desejasse, a qualquer hora entre sete e sete e meia, se o marido estivesse preparado para lhe dar cobertura, embora eu não veja por que ela faria isso. Até onde posso enxergar, apenas duas pessoas teriam um real motivo para ter cometido o crime. Leo Argyle e Gwenda Vaughan.

– Acha que foi um deles... Ou os dois agiram juntos?

– Não acho que tenham sido cúmplices. Para mim, foi um ato impulsivo, e não premeditado. A sra. Argyle entra na biblioteca, conta aos dois sobre as ameaças e exigências de Jacko. Feito isso, Leo Argyle desce para falar com ela sobre Jacko, ou sobre algum outro assunto. A casa está silenciosa, ninguém por perto. Ele entra na sala. Lá está ela, de costas para ele, sentada à escrivaninha. E lá está o atiçador, talvez ainda no mesmo lugar onde Jacko o jogou depois de ameaçá-la com ele. Esses homens quietos, reprimidos, às vezes estouram. A mão coberta por um lenço, para não deixar impressões digitais, ele ergue o atiçador, golpeia a cabeça dela e está feito. Abre uma gaveta ou duas para sugerir uma busca por dinheiro. Depois volta para o andar de cima até alguém encontrá-la. Ou quem sabe Gwenda Vaughan, que, indo em direção à porta para ir embora, passa pela sala, dá uma olhada e aquele desejo se apodera dela. Jacko seria o bode expiatório perfeito, e o caminho para o casamento com Leo Argyle estaria livre.

O major Finney balançou a cabeça, pensativo.

– Sim, pode ser. E é claro que eles foram cautelosos em não anunciar a união cedo demais. Não até que Jacko, aquele pobre diabo, fosse condenado pelo crime. Sim, isso parece plausível. Crimes são muito monótonos. Marido e uma terceira pessoa, ou esposa e uma terceira pessoa, sempre a mesma e velha fórmula. Mas o que *nós* podemos fazer quanto a isso, hein, Huish? O que podemos fazer?

– Não sei, senhor – disse Huish com vagar –, o que podemos fazer a respeito disso. *Nós* podemos ter certeza, mas onde estão as provas? Nada para apresentar ao tribunal.

– Não... Não. Mas o senhor tem certeza, Huish? Está seguro disso no seu íntimo?

– Não tão certo quanto gostaria – disse com tristeza o inspetor Huish.

– Ah! Por que não?

– O tipo de homem que ele é... Refiro-me ao sr. Argyle.

– Não é do tipo que cometeria um assassinato?

– Não é bem isso. Não é a parte do assassinato. É o garoto. Eu não acho que ele incriminaria deliberadamente o garoto.

– Não se esqueça de que ele não era seu filho de verdade. É possível que ele não gostasse muito de Jacko, é possível até que sentisse ressentimento em relação a ele. Por conta do imenso afeto que a esposa dedicava ao garoto.

– Pode ser. Ainda assim, ele parece gostar de todos os filhos, gostar muito deles.

– É claro – disse Finney, pensativo. – Ele sabia que o garoto não seria enforcado... Isso pode fazer diferença.

– Ah, acho que o senhor levantou um ponto importante. Ele pode ter pensado que os dez anos na prisão, o tempo equivalente a uma sentença de prisão perpétua, poderiam fazer bem ao garoto.

– E quanto à mulher mais jovem, Gwenda Vaughan?

– Se foi ela – disse Huish –, não creio que teria consideração alguma por Jacko. As mulheres são impiedosas.

– De qualquer forma, você está razoavelmente satisfeito com essa versão de que foi um dos dois?

– Sim, razoavelmente satisfeito, sim.

– Mas não mais que isso? – o comandante de polícia atiçou-o.

– Não. Tem *alguma coisa* acontecendo. Influências ocultas, como o senhor diria.

– Explique-se, Huish.

– O que eu gostaria mesmo de saber é o que eles pensam de verdade. Uns sobre os outros, digo.

– Ah, muito bem, agora estou entendendo. O senhor se questiona se eles sabem quem foi?

– Sim. Não consigo me decidir sobre isso. Será que *todos* eles sabem? E todos concordaram em guardar segredo? Me parece que não. Eu acho que é possível que eles tenham ideias diferentes entre si. Há a sueca. Ela está uma pilha de nervos. Está no limite. Talvez seja porque ela tenha cometido o crime. Ela está naquela idade em que as mulheres perdem um pouco as estribeiras, de um jeito ou de outro. Talvez esteja temendo por si mesma, talvez por outra pessoa. Posso estar errado, mas tenho a impressão de que é por outra pessoa.

– Leo?

– Não, não acho que ela esteja preocupada com Leo. Eu acho que é com a mais jovem, Hester.

– Hester, hum? Acha que pode ter sido Hester?

– Não há um motivo assim tão explícito. Mas ela é um tipo irascível, talvez um pouco desequilibrada.

– E Lindstrom provavelmente sabe muito mais sobre a garota do que nós.

– Sim. E depois tem a moreninha, que trabalha na biblioteca.

– Ela não estava na casa naquela noite, certo?

– Não. Mas acho que ela sabe de alguma coisa. Talvez saiba quem foi.

– Imagina quem foi? Ou sabe?

– Ela está preocupada. Acho que não se trata apenas de um palpite.

Ele prosseguiu:

– E tem o outro rapaz, Micky. Ele também não estava lá, *mas* havia saído de carro, sozinho. Ele *diz* que estava testando o carro, indo em direção ao ancoradouro e a Minchin Hill. Temos apenas a palavra dele. Ele pode ter dirigido até a casa, matado a mãe e ido embora. Gwenda Vaughan disse algo que não estava no seu relato original. Ela disse que um carro havia passado por ela, logo na intersecção da estrada com a rua. Há quatorze casas naquela rua, o carro poderia estar indo para qualquer uma delas, e ninguém iria se lembrar depois de dois anos... Mas isso quer dizer que há uma possibilidade de que fosse o carro de Micky.

– Por que teria vontade de matar a mãe adotiva?

– Não há nenhuma razão que conheçamos... Mas isso não significa que não possa haver uma razão.

– Quem poderia saber?

– Todos poderiam saber – disse Huish. – Mas eles não nos diriam nada. Não se soubessem com clareza que estavam nos dizendo alguma coisa.

– Já entendi seu plano diabólico – disse o major Finney. – Em quem o senhor vai investir?

– Lindstrom, eu acho. Se eu conseguir baixar sua guarda. Também pretendo descobrir se ela não tinha algum assunto mal resolvido com a sra. Argyle.

– E tem também o camarada da cadeira de rodas – ele acrescentou. – Philip Durrant.

– O que tem ele?

– Bem, acho que está começando a formar alguns conceitos sobre a coisa toda. Não creio que vá compartilhá-los comigo, mas pode ser que eu consiga ter uma ideia de como a mente dele funciona. É um cara inteligente e bastante observador. Pode ter captado algumas coisas interessantes.

II

– Venha, Tina, vamos tomar um ar.

– Ar? – Tina olhou para Micky com desconfiança. – Mas está tão frio, Micky – seu corpo tremeu de leve.

– Acho que você detesta ar fresco, Tina. É por isso que aguenta ficar confinada naquela biblioteca o dia inteiro.

Tina sorriu.

– Não me importo de ficar confinada durante o inverno. A biblioteca é quentinha e aconchegante.

Micky olhou para ela.

– E você fica ali sentada, aconchegada como um gatinho encolhido na frente do fogo. Mas vai fazer bem a você dar uma saída. Vamos, Tina. Eu quero falar com você. Eu quero, ah, quero encher meus pulmões de ar, esquecer esse maldito assunto de polícia.

Tina se levantou da cadeira com um movimento lento e gracioso, parecido com o movimento que faria o gato com o qual Micky acabara de compará-la.

No hall de entrada ela pôs um casaco de tweed com gola de pele ao redor dos ombros, e eles saíram juntos.

– Você não vai nem pôr um casaco, Micky?

– Não, eu nunca sinto frio.

– Brrr – disse Tina num tom amável. – Como eu odeio esse país no inverno. Eu adoraria viajar para o exterior. Adoraria estar em um lugar onde o sol sempre brilhasse, e o ar fosse úmido e brando e cálido.

– Acabo de receber uma oferta de trabalho no Golfo Pérsico – disse Micky –, de uma companhia de petróleo, para cuidar do transporte motor.

– Você vai?

– Não, acho que não... O que há de bom nisso?

Eles caminharam até a parte de trás da casa e percorreram um caminho em ziguezague por entre as árvores que terminava na praia, à beira do rio. Na metade do caminho havia uma pequena casa de veraneio que ficava protegida do vento. Eles não se sentaram imediatamente, apenas pararam diante da casa, contemplando o rio ao fundo.

– É lindo aqui, não é mesmo? – disse Micky.

Tina olhou a vista, sem muito interesse.

– Sim – ela disse –, sim, acho que é.

– Mas você não sabe realmente, não é? – disse Micky, fitando-a com carinho. – Você não compreende a beleza, Tina, nunca compreendeu.

– Não me lembro – disse Tina –, em todos esses anos em que vivemos aqui, não lembro de você ter apreciado a beleza desse lugar. Você estava sempre se queixando, ansioso por voltar a Londres.

– Era diferente – disse Micky, de forma abrupta. – Eu não pertencia a esse lugar.

– Este é o problema, não é? – disse Tina. – Você não pertence a lugar nenhum.

– Eu não pertenço a lugar nenhum – disse Micky admirado. – Talvez isso seja verdade. Meu Deus, Tina, que ideia assustadora. Você se lembra daquela música antiga? Kirsten costumava cantá-la para nós. "Ó bela pomba, Ó doce pomba, Ó pomba do peito branco."* Lembra?

Tina balançou a cabeça.

– Talvez ela cantasse para você. Eu não lembro.

Micky continuou, meio falando, meio cantarolando.

– "Ó donzela amada, eu não estou aqui. Eu não tenho lugar, em parte alguma, não tenho mais morada, em terra ou no mar, apenas no teu coração"** – olhou para Tina. – Talvez isso seja verdade.

Tina pôs sua pequena mão sobre o braço dele.

– Venha, Micky, sente-se aqui. Assim ficamos abrigados do vento. Não é tão frio.

Enquanto ele a obedecia, ela continuou:

– Você tem que ser sempre assim, tão triste?

– Minha querida, você não é capaz de compreender isso.

– Compreendo sim – disse Tina. – Por que você não consegue se esquecer dela, Micky?

– Esquecer dela? De quem você está falando?

– Da sua mãe – disse Tina.

– Esquecê-la! – disse Micky com amargura. – Há alguma possibilidade de esquecer depois do que aconteceu esta manhã, depois daquelas perguntas? Se uma pessoa foi assassinada, eles não deixam você "se esquecer dela"!

– Não estou me referindo a ela – disse Tina. – Estou falando da sua mãe verdadeira.

– Por que eu pensaria nela? Não a vejo desde que tinha seis anos.

---

* No original: *O fair dove, O fond dove, O dove with the white white breast.* (N.T.)

** No original: *O maid most dear, I am not here. I have no place, no part, No dwelling more by sea nor shore, But only in thy heart.* (N.T.)

– Mas Micky, você costumava pensar nela. O tempo todo.

– Alguma vez eu contei isso a você?

– Às vezes é possível perceber essas coisas – disse Tina.

Micky se virou e olhou para ela.

– Você é uma criatura tão tranquila e afável, Tina. Como um pequeno gato preto. Eu quero acariciar seus pelos com minhas mãos. Boa gatinha! Gatinha linda! – ele acariciou-lhe a manga do casaco.

Tina, imóvel e com a postura ereta, sorriu para ele. Micky disse:

– *Você* não a odiava, não é, Tina? Eu e todos os outros a odiávamos.

– É cruel dizer isso – disse Tina. Ela sacudiu a cabeça e prosseguiu de maneira enérgica. – Veja tudo o que ela deu a vocês, a todos vocês. Um lar, carinho, afeto, boa comida, brinquedos, pessoas para cuidar de vocês e mantê-los seguros.

– Sim, sim – disse Micky, impaciente. – Tigelas de leite e muito carinho no seu pelo. Era tudo o que você queria, não era, gatinha?

– Eu era grata por isso – disse Tina. – Nenhum de vocês era grato.

– Você não entende, Tina, que uma pessoa não pode ser grata quando tem que ser? Às vezes é até pior, sentir a obrigação de ser grato. Eu não *queria* ser trazido para cá. Eu não *queria* um ambiente luxuoso. Eu não *queria* ser tirado do meu próprio lar.

– Você poderia ter sido bombardeado – Tina ressaltou. – Você poderia ter morrido.

– E qual seria o problema? Eu não me importaria de morrer. Teria morrido no meu lugar, junto com as minhas pessoas. Onde eu deveria estar. Aí está. Nós voltamos ao mesmo assunto. Não há nada pior do que não pertencer ao lugar onde se está. Mas você, gatinha, você só se importa com coisas materiais.

– Talvez isso seja verdade, em certo sentido – disse Tina. – Talvez seja por isso que eu não me sinta como vocês. Não tenho esse estranho ressentimento que todos vocês parecem ter. Principalmente você. Para mim foi fácil ser grata porque eu *não* queria ser *quem eu era. Não* queria estar onde eu estava. Eu queria fugir de mim mesma. Queria ser outra pessoa. Ela me transformou em Christina Argyle com um lar e com afeto. Segura. A salvo. Eu amava mamãe porque ela me deu todas essas coisas.

– E a sua mãe verdadeira? Você nunca pensa nela?

– Por que deveria pensar? Eu mal me lembro dela. Eu tinha apenas três anos quando vim para cá. Eu estava sempre com medo, apavorada, quando estava com ela. Todas aquelas brigas pavorosas com marinheiros. E ela mesma, eu creio, agora que já tenho idade para lembrar direito, devia estar bêbada na maior parte do tempo – Tina falava de maneira desinteressada, imparcial. – Não, eu não penso nela, nem tenho lembranças. A sra. Argyle era minha mãe. Este é o meu lar.

– Foi tão fácil para você, Tina – disse Micky.

– E por que acha que é tão difícil para você? Porque você torna as coisas difíceis! Não era a sra. Argyle que você odiava, Micky, era a sua própria mãe. Sim, eu sei que o que estou dizendo é verdade. E se você matou a sra. Argyle, como é possível que você tenha feito, era a sua própria mãe que você queria matar.

– Tina! De que diabos você está falando?

– E agora – continuou Tina, falando com calma – você não tem mais ninguém para odiar. E isso faz você se sentir bastante solitário, não é? Mas você tem que aprender a viver sem ódio, Micky. Pode ser difícil, mas é possível.

– Eu não sei do que você está falando. Por que você disse que é possível que eu tenha matado ela? O que você quis dizer com isso? Você sabe muito bem que eu estava bem longe daqui naquele dia. Estava testando o carro de um cliente pela Moor Road, junto ao ancoradouro, perto de Minchin Hill.

– Estava mesmo? – disse Tina.

Ela se levantou e foi até o mirante, de onde se podia enxergar o rio ao fundo.

– O que você está insinuando, Tina? – Micky parou atrás dela.

Tina apontou para a praia.

– Quem são aquelas pessoas lá adiante?

Micky deu uma olhada rápida e desinteressada.

– Hester e seu médico, eu acho – ele disse. – Mas Tina, o que você quis dizer com aquilo? Pelo amor de Deus, não fique tão na beirada.

– Por quê, você quer me empurrar? Você poderia. Eu sou bem pequena.

Micky disse com a voz rouca:

– Por que você disse que eu poderia ter estado aqui naquela noite?

Tina não respondeu. Ela virou de costas e começou a caminhar em direção a casa.

– Tina!

Com sua voz tranquila e suave, Tina disse:

– Estou preocupada, Micky. Estou muito preocupada com Hester e Don Craig.

– Esqueça Hester e seu namorado.

– Eu me preocupo com eles, sim. Acho que Hester está muito infeliz.

– Nós não estamos falando deles.

– *Eu* estou falando sobre eles. Me importo com eles.

– Você sempre acreditou, Tina, que eu estava aqui na noite em que mamãe foi assassinada?

Tina não respondeu.

– Na época você não disse nada.

– Por que deveria dizer? Não havia necessidade. Quer dizer, era tão óbvio que Jacko a havia matado.

– E agora é igualmente óbvio que não foi Jacko quem a matou.

Tina balançou a cabeça, concordando.

– E então? – perguntou Micky. – E então?

Ela não respondeu, apenas continuou andando pelo caminho que levava até a casa.

III

Perto do cabo, na pequena praia, Hester remexia a areia com a ponta do sapato.

– Não creio que haja nada mais para falar – ela disse.

– Você tem que falar sobre isso – disse Don Craig.

– Eu não vejo por quê... Falar sobre algo nunca adianta, nunca ajuda em nada.

– Você pode apenas me dizer o que aconteceu esta manhã.

– Nada – disse Hester.

– Como assim, nada? A polícia veio aqui, não veio?

– Ah, sim, eles vieram.

– E então, eles interrogaram vocês?

– Sim – disse Hester –, eles nos interrogaram.

– O que perguntaram?

– As perguntas de sempre – disse Hester. – As mesmas de antes. Onde nós estávamos naquela noite, o que fazíamos, quando vimos mamãe viva pela última vez. Sério, Don, eu não quero mais falar sobre isso. Está encerrado.

– Mas não está encerrado, querida. Essa é a questão.

– Não entendo por que *você* tem que criar caso – disse Hester. – *Você* não está metido nisso.

– Querida, eu quero ajudar você. Será que não entende?

– Bem, falar sobre isso não me ajuda em nada. Eu só quero esquecer. Se você me ajudasse a esquecer, seria diferente.

– Hester, meu bem, não é bom fugir das coisas. Você tem que enfrentá-las.

– Estou enfrentando, para usar as suas palavras, desde de manhã.

– Hester, eu amo você. Você sabe disso, não é?

– Acho que sim – disse Hester.

– Como "acho que sim"?

– Você fica falando sem parar sobre esse assunto.

– Mas eu tenho que fazer isso.

– Eu não vejo por quê. *Você* não é da polícia.

– Quem foi a última pessoa a ver sua mãe viva?

– Fui eu – disse Hester.

– Eu sei. Isso foi pouco antes das sete, não foi, pouco antes de você sair para me encontrar.

– Pouco antes de eu sair para ir à Drymouth, até a Playhouse – disse Hester.

– Bem, eu estava na Playhouse, não estava?

– Sim, é claro que estava.

– Você não sabia naquela época, sabia, Hester, que eu amava você?

– Eu não tinha certeza – disse Hester. – Eu nem mesmo sabia naquela época que estava começando a me apaixonar por você.

– Você não tinha nenhuma razão, nenhuma razão plausível para acabar com a vida da sua mãe?

– Não, não de fato – disse Hester.

– O que você quer dizer com "não de fato"?

– Muitas vezes pensava em matá-la – disse Hester num tom de voz moderado. – Eu costumava dizer: "Eu quero que ela morra, eu quero que ela morra". Às vezes – ela acrescentou –, costumava sonhar que a matava.

– De que maneira você a matava no seu sonho?

Por um instante, Don Craig deixou de ser o amante e passou a ser o médico jovem e curioso.

– Às vezes eu dava um tiro nela – disse Hester com animação – e às vezes eu a golpeava na cabeça.

O dr. Craig suspirou.

– Foi apenas um sonho – disse Hester. – Normalmente eu sou *muito* violenta em sonhos.

– Ouça, Hester – segurou a mão dela entre as suas. – Você tem que me dizer a verdade. Você tem que confiar em mim.

– Não entendo o que você está querendo dizer – disse Hester.

– A verdade, Hester. Eu quero a *verdade*. Eu amo você e vou ficar do seu lado. Se... Se você a matou, eu... Acho que posso descobrir as razões. Não acho que seria exatamente culpa sua. Você entende? Eu jamais envolveria a polícia no assunto. Ficaria entre mim e você. Ninguém mais vai sofrer. O caso vai ser arquivado por falta de provas. Mas eu preciso *saber* – enfatizando com força a última palavra.

Hester olhava para ele. Seus olhos estavam distantes, quase sem foco.

– O que você quer que eu diga? – ela disse.

– Quero que você me diga a verdade.

– Você acha que já sabe a verdade, não é? Você acha que... Que eu a matei.

– Hester, querida, não me olhe deste jeito – ele a pegou pelos ombros e a sacudiu com gentileza. – Eu sou médico. Conheço as razões que existem por trás dessas coisas. Sei que nem sempre as pessoas podem ser responsabilizadas por seus atos. Eu sei quem você é, doce e amável e essencialmente boa. Vou ajudá-la. Vou cuidar de você. Nós vamos nos casar e seremos felizes. Você não precisa se sentir perdida, rejeitada, encolerizada. As coisas que nós fazemos muitas vezes emergem de razões que a maioria das pessoas desconhece.

– Foi mais ou menos isso que todos disseram sobre Jacko, não foi? – disse Hester.

– Esqueça Jacko. É em você que estou pensando. Eu amo tanto você, Hester, mas eu preciso saber a verdade.

– A verdade? – disse Hester.

Um sorriso muito lento e zombeteiro curvou os cantos de sua boca.

– Por favor, querida.

Hester virou a cabeça e olhou para cima.

– Gwenda está me chamando. Deve ser hora do almoço.

– Hester!

– Você acreditaria em mim se eu dissesse que não fui eu?

– É claro que eu... Eu acreditaria em você.

– Eu acho que não acreditaria – disse Hester.

Ela se virou de modo ríspido, correndo em direção a casa.

– Ah, maldição – disse Donald Craig. – Ah, *maldição*!

Capítulo 15

– Mas eu não quero ir para casa, ainda não – disse Philip Durrant. Falou com um tom melancólico e impaciente.

– Mas Philip, não há razão para ficarmos mais tempo aqui. Quero dizer, nós tivemos que vir para discutir o assunto com o sr. Marshall e depois esperar os interrogatórios da polícia. Mas não há nada mais que nos impeça de voltar para casa agora mesmo.

– Acho que seu pai está bem contente com a nossa visita – disse Philip –, ele gosta de ter alguém com quem jogar xadrez nos fins de tarde. Acredite, ele é um conhecedor do xadrez. Eu pensava que era bom, mas nunca consigo batê-lo.

– Papai pode encontrar outra pessoa para jogar xadrez com ele – disse Mary prontamente.

– Quem? Alguém do Instituto da Mulher?

– E além do mais, temos que ir para casa – disse Mary. – Amanhã é o dia da sra. Carden fazer os arranjos de latão.

– Polly, a típica dona de casa! – disse Philip rindo. – De qualquer forma, a sra. Sei-lá-quem pode fazer os arranjos sem você, não pode? Ou, se ela não puder, mande um telegrama dizendo para deixá-los no modelador por mais uma semana.

– Você não entende nada, Philip, sobre essas tarefas domésticas. Não sabe como são difíceis.

– Não acho que nenhuma dessas tarefas seja difícil, a não ser que você as dificulte. E além do mais, *eu* quero ficar mais tempo.

– Oh, Philip – disse Mary exasperada –, odeio tanto esse lugar.

– Mas por quê?

– É tão lúgubre, tão deprimente e... E tudo o que aconteceu aqui. O assassinato e tudo mais.

– Ah, Polly, por favor, não vá me dizer que você fica nervosa com esse tipo de coisa. Tenho certeza de que você poderia tirar de letra o assassinato. Admita, você quer ir para casa porque quer cuidar dos arranjos de latão e tirar o pó e se certificar de que não há nenhuma traça no seu casaco de pele.

– Casacos de pele jamais têm traças no inverno – disse Mary.

– Bem, você entendeu o que eu quis dizer, Polly. Mas veja, na minha opinião, é muito mais interessante ficar aqui.

– Mais interessante do que estar em sua própria casa? – havia na voz de Mary um tom ao mesmo tempo de surpresa e mágoa.

Philip olhou-a com rapidez.

– Desculpe-me, querida. Não me expressei bem. Nada pode ser melhor do que a nossa própria casa, e você a fez realmente agradável. Confortável, limpa, encantadora. Veja bem, seria muito diferente se eu... Se eu ainda fosse o de antes. Quero dizer, teria muitas coisas para fazer o dia todo. Teria vários projetos. E seria perfeito voltar para a nossa casa e ficar com você, conversando sobre tudo o que aconteceu durante o dia. Mas agora é diferente.

– Ah, eu sei que é diferente *neste* sentido – disse Mary. – Não pense que eu me esqueço disso por um instante sequer, Phil. Eu me importo com isso. Me importo muito.

– Sim – disse Philip, falando quase por entre os dentes. – Sim, você se importa demais, Mary. Você se importa tanto que às vezes faz com que eu me importe mais. Tudo o que eu quero é me distrair, e não – ele ergueu a mão –, não me diga que posso me distrair com quebra-cabeças e todas aquelas bugigangas de terapia ocupacional, ou vendo pessoas para fazer tratamentos, ou lendo livros intermináveis. Às vezes anseio tanto por alguma coisa real a que possa me apegar! E aqui, nessa casa, essa coisa *existe.*

– Philip – Mary respirou fundo –, você *ainda* está insistindo nessa... Nessa sua ideia?

– Brincar de detetive? – disse Philip. – Assassino, assassino, quem é o assassino? Sim, Polly, é isso mesmo. Estou louco para saber quem foi.

– Mas por quê? E como vai descobrir? Se alguém invadiu a casa ou se a porta estava aberta...

– Você ainda está insistindo na teoria de que foi um desconhecido? – perguntou Philip. – Não vai colar, você sabe. Deu para ver no rosto do bom e velho Marshall. Mas na verdade, ele estava apenas *nos* ajudando a enfrentar os fatos. Ninguém acredita nessa bela tese. Porque simplesmente não é verdade.

– Então, veja, se não é verdade – Mary o interrompeu –, se não é verdade... Se foi, como você está dizendo, um de nós, eu prefiro não saber. Por que temos que saber? Nós não estamos... Não estamos muito melhor sem essa informação?

Philip Durrant fitou-a interrogativamente.

– Enterrando a cabeça na areia, Polly? Você não tem uma curiosidade natural?

– Estou dizendo que não quero saber! Eu acho tudo isso horrível. Eu quero esquecer, não quero pensar nisso.

– Você não gostava o suficiente da sua mãe para querer saber quem a matou?

– De que serviria saber quem foi? Por dois anos nós ficamos satisfeitos com a versão de que Jacko a tinha matado.

– Sim – disse Philip –, é fascinante que tenhamos ficado satisfeitos.

Sua esposa olhou-o com dúvida.

– Eu não sei, eu realmente não sei o que você está querendo dizer, Philip.

– Você não vê, Polly, que em certo sentido isso é um desafio para mim? Um desafio à minha inteligência? Não estou dizendo que senti muito a morte da sua mãe, nem que gostava particularmente dela. Não gostava. Ela havia feito de tudo para impedir que você se casasse comigo, mas eu não guardei rancor em relação a isso, porque consegui ganhar você mesmo assim. Não consegui, meu bem? Não, não é um desejo de vingança, nem mesmo um compromisso com a verdade. Eu acho que é... Sim, essencialmente curiosidade, embora talvez haja algo ainda mais interessante do que isso.

– É o tipo de coisa com a qual você não deve se meter – disse Mary. – Nada de bom pode vir dessa história. Oh, Philip, por favor, por favor, *não faça isso.* Vamos para casa, vamos esquecer o assunto.

– Bem – disse Philip –, você pode muito bem me carregar para onde quiser, não é? Mas eu quero ficar aqui. Você não gostaria que eu fizesse o que *eu* quero fazer de vez em quando?

– Eu quero que você tenha tudo o que quiser – disse Mary.

– Você não quer isso de verdade, querida. Você só quer cuidar de mim como se eu fosse um bebê e dizer o que é melhor para mim todo o dia e de todas as maneiras possíveis – ele riu.

Mary disse, fitando-o com um olhar confuso:

– Eu nunca sei quando você está falando sério.

– À parte a curiosidade – disse Philip –, alguém tem que descobrir a verdade nisso tudo.

– Por quê? A quem isso vai beneficiar? Mandar outra pessoa para a prisão. Me parece uma ideia terrível.

– Você não está entendendo bem – disse Philip. – Eu não disse que ia entregar a pessoa que cometeu o crime à polícia, caso descubra quem foi. Eu acho que não faria isso.

Tudo depende, é claro, das circunstâncias. Provavelmente não adiantaria nada eu entregar a pessoa à polícia porque ainda acho que não haverá evidências suficientes.

– Se não há evidências – disse Mary –, então como você vai descobrir qualquer coisa?

– Ora – disse Philip –, existem várias formas de descobrir as coisas, de sabê-las com certeza e de uma vez por todas. E eu acho que isso está se fazendo bastante necessário. As coisas não estão nada bem nesta casa e muito em breve elas vão piorar ainda mais.

– O que você quer dizer com isso?

– Você não percebeu nada, Polly? Seu pai e Gwenda Vaughan?

– O que há com eles? Por que meu pai iria querer se casar de novo na idade em que está?

– Posso entender isso – disse Philip. – Afinal de contas, seu pai passou por maus bocados no primeiro casamento. Agora ele tem uma chance de ser realmente feliz. Uma felicidade outonal, por assim dizer, mas é possível. Ou, melhor dizendo, era possível. As coisas entre os dois não estão muito boas neste momento.

– Pois é, toda essa história – disse Mary devagar.

– Exatamente – disse Philip. – Toda essa história. Está afastando os dois mais e mais a cada dia. E pode haver duas razões para isso. Suspeita ou culpa.

– Suspeita de quem?

– Bem, digamos que um suspeita do outro. Ou há suspeita de um lado e sentimento de culpa do outro, ou vice-versa ou como você preferir.

– Pare, Philip, você está me confundindo.

De repente, um ligeiro traço de entusiasmo surgiu nos gestos de Mary.

– Então você acha que foi Gwenda? – ela disse. – Talvez você tenha razão. Oh, que bênção seria se tivesse sido Gwenda.

– Pobre Gwenda. Você diz isso porque ela é a única que não faz parte da família?

– Sim – disse Mary. – Assim não teria sido nenhum de *nós*.

– Isso é tudo o que importa para você, não é? Como isso *nos* afeta.

– É claro – disse Mary.

– É claro, é claro – disse Philip com irritação. – O seu problema, Polly, é que você não tem um pingo de imaginação. Você não consegue se colocar no lugar de ninguém.

– E por que deveria? – perguntou Mary.

– Sim, e por que deveria? – disse Philip. – Para ser sincero, eu diria que é um bom passatempo. Mas eu posso me colocar no lugar do seu pai, ou no lugar de Gwenda, e se eles forem inocentes deve ser horrível estar no lugar deles. Deve ser horrível para Gwenda passar, de repente, a ser tratada com frieza. Saber em seu íntimo que ela não poderá se casar com o homem que ama. E se coloque agora no lugar do seu pai. Ele sabe, não pode negar, que a mulher por quem está apaixonado teve oportunidade de cometer o crime e tinha motivo para tal. Ele *espera* que não tenha sido ela, ele *acha* que não foi ela, mas ele não tem *certeza*. E nunca terá certeza.

– Na idade dele... – começou Mary.

– Oh, na idade dele, na idade dele – disse Philip, impaciente. – Você não percebe que é ainda pior para um homem da idade dele? É o último amor de sua vida. É improvável que ele tenha outro. É complicado. E vendo por outro ângulo – continuou –, vamos supor que Leo saia das sombras do mundinho que criou para si mesmo e no qual conseguiu viver durante tanto tempo. Vamos supor que tenha sido ele que matou sua esposa. Nós podemos até sentir pena do pobre diabo, não é? Não – prosseguiu, pensativo – que eu consiga imaginar sequer por um instante que ele tenha feito uma coisa dessas.

Mas não tenho dúvidas de que a polícia considera essa possibilidade. Agora, Polly, dê-me suas opiniões. Quem você acha que foi?

– Como é que eu vou saber? – disse Mary.

– Bem, talvez você não tenha como saber, mas pode ter ao menos uma boa ideia, se pensar.

– Eu já disse a você que me recuso a pensar nesse assunto.

– E por que será... Será apenas desgosto? Ou será, talvez, porque você *já* saiba? Talvez, em sua mente calma e impassível, você saiba com certeza... Tanta certeza que não quer nem pensar no assunto, que não quer nem contar para *mim*. É Hester que você tem em mente?

– Por que diabos Hester iria querer matar mamãe?

– Não há nenhuma razão de fato, não é? – disse Philip, num tom pensativo. – Mas você sabe, você já leu sobre essas coisas. Um filho ou filha, bem cuidado, mimado, e então algum dia uma coisinha boba acontece. A querida mãe se recusa a bancar o cinema ou a comprar um novo par de sapatos ou diz, quando você está saindo com o namorado, que você tem de voltar antes das dez. Pode não ser nada muito importante, mas parece pôr fogo num rastro de pólvora que já estava alinhavado, e então o adolescente em questão tem um surto repentino e pega um martelo ou um machado, ou talvez um atiçador, e o resto você já sabe. É sempre difícil explicar, mas acontece. É o estopim, depois de tanto tempo de revolta reprimida. Esse é um padrão de comportamento em que Hester poderia se encaixar. O problema com Hester é que ninguém sabe o que se passa naquela cabecinha adorável. Ela é fraca, é claro, e ela odeia ser fraca. E sua mãe era o tipo de pessoa que a fazia ter consciência de sua fraqueza. Sim – disse Philip, inclinando o corpo para frente com entusiasmo –, acho que eu poderia elaborar uma ótima justificativa para Hester.

– Ah, será que dá para você parar de falar sobre isso? – exclamou Mary.

– Eu posso parar de falar – disse Philip. – Falar não vai me levar a lugar nenhum. Ou vai? Afinal de contas, é preciso chegar a uma conclusão sobre o padrão do crime e aplicar esse padrão a cada uma das pessoas envolvidas. E quando as coisas estiverem bem encaixadas e soubermos exatamente como teria sido, *só então* devemos começar a deitar nossas pequenas armadilhas e ver se eles caem.

– Havia apenas quatro pessoas na casa – disse Mary. – Você fala como se houvesse meia dúzia ou mais. Concordo com você que papai jamais teria feito isso, e é absurdo pensar que Hester poderia ter de fato alguma razão para fazer uma coisa assim. Sobram Kirsty e Gwenda.

– Qual delas você prefere? – perguntou Philip, com um ar um pouco debochado.

– Não consigo imaginar Kirsty fazendo uma coisa dessas – disse Mary. – Ela sempre foi tão calma e paciente. Era mesmo muito devotada à mamãe. É *possível* que ela tenha enlouquecido de repente. Essas coisas acontecem. Mas ela nunca *pareceu* louca.

– Não – disse Philip pensativo. – Eu diria que Kirsty é uma mulher muito normal, o tipo de mulher que teria gostado da vida de uma mulher normal. De certa forma ela é como Gwenda, só que Gwenda é bonita e atraente, e a pobre Kirsty é mais sem graça do que um pedaço de pão dormido. Não creio que nenhum homem jamais a tenha olhado com desejo. Mas ela gostaria que tivessem olhado. Ela gostaria de ter se apaixonado e se casado. Deve ser terrível ter nascido mulher e ser feia e sem graça, especialmente se isso não é compensado por nenhum talento ou inteligência fora do comum. A verdade é que ela ficou aqui tempo demais. Ela deveria ter ido embora depois da guerra, ter seguido sua carreira como massagista. Ela poderia ter fisgado algum cliente idoso e abastado.

– Você é como todos os homens – disse Mary. – Você acha que todas as mulheres só pensam em se casar.

Philip sorriu ironicamente.

– Eu ainda acho que é a primeira opção de todas as mulheres – ele disse. – Falando nisso, a Tina não tem namorado?

– Não que eu saiba – disse Mary. – Mas ela não fala muito sobre sua vida.

– Não, ela é bastante tímida, não é mesmo? Não é o que se chamaria de bonita, mas é muito graciosa. Gostaria de saber o quanto ela sabe sobre essa história.

– Acho que ela não sabe nada – disse Mary.

– Você acha que não? – disse Philip. – Eu acho que ela sabe.

– Ah, você está imaginando coisas – disse Mary.

– Isso não é imaginação. Você sabe o que a garota disse? Ela disse que esperava que não soubesse nada. É uma maneira curiosa de colocar as coisas. Eu aposto que ela sabe *sim* de alguma coisa.

– Que tipo de coisa?

– Talvez haja algo que se encaixe em alguma parte da história, mas ela mesma não saiba onde. Eu espero conseguir arrancar isso dela.

– Philip!

– Não adianta, Polly. Eu tenho uma missão nesta vida. Convenci a mim mesmo de que é de interesse público que eu descubra a verdade. Agora, por onde devo começar? Acho que vou trabalhar em Kirsty primeiro. Sob vários aspectos, ela é uma criatura pouco complexa.

– Eu queria... Ah, como eu queria que você desistisse dessa ideia louca e fosse para casa comigo – disse Mary. – Nós éramos tão felizes. Tudo estava indo tão bem... – sua voz foi morrendo e ela virou o rosto.

– Polly! – Philip estava preocupado. – Você realmente se incomoda tanto com isso? Não me dei conta que você estava tão chateada.

Mary virou-se de modo repentino, os olhos cheios de esperança.

– Então você vai para casa comigo, vai esquecer tudo isso?

– Eu não conseguiria esquecer tudo – disse Philip. – Eu continuaria me preocupando e pensando e quebrando a cabeça. Vamos ficar aqui até o final da semana, Mary, e então, bem, então veremos.

Capítulo 16

– O senhor se importa se eu ficar aqui por um tempinho, pai? – perguntou Micky.

– Não, é claro que não. Fico muito feliz. Está tudo bem lá na revendedora?

– Sim – disse Micky –, dei uma ligada para eles. Não preciso voltar até o início da semana que vem. Eles foram muito compreensivos. Tina também vai ficar aqui este final de semana – ele disse.

Ele foi até a janela, deu uma olhada. Depois caminhou pela peça com as mãos nos bolsos contemplando as estantes cheias livros. Falava de maneira desajeitada, como se sofresse com espasmos.

– O senhor sabe, pai, eu sou realmente agradecido por tudo que vocês fizeram por mim. Nos últimos tempos eu percebi... Bem, eu percebi como eu havia sido ingrato.

– Você não precisa ser grato – disse Leo Argyle. – Você é meu filho, Micky. Sempre o considerei como tal.

– É um jeito esquisito de tratar um filho – disse Micky. – O senhor nunca tentou mandar em mim.

Leo Argyle sorriu à sua maneira sutil e reservada.

– Você acha mesmo que essa é a única função de um pai? – ele disse. – Dar ordens aos filhos?

– Não – disse Micky –, não. Acho que não é – continuou, falando de maneira afobada. – Eu fui um tremendo idiota. Sim. Um tremendo idiota. É cômico em certo sentido. O senhor sabe o que eu gostaria de fazer, o que estou pensando em fazer? Pegar um trabalho numa companhia de petróleo no Golfo Pérsico. Era nisso que mamãe queria que trabalhasse desde o início, uma companhia de petróleo. Mas aquilo não me interessava na época. Queria fazer as coisas do meu jeito.

– Você estava na idade – disse Leo – de querer fazer suas próprias escolhas, e você detestava a ideia de que alguém pudesse escolher qualquer coisa por você. Você sempre foi assim, Micky. Se nós quiséssemos lhe comprar um blusão vermelho, você insistia em querer um azul, embora provavelmente preferisse de fato o vermelho.

– É verdade – disse Micky, com um breve riso. – Eu sempre fui uma criatura de difícil trato.

– Era apenas jovem – disse Leo. – Impaciente. Tinha receio de ser reprimido, comandado, controlado. Todos nos sentimos assim em algum ponto da vida, mas no fim é como se tivéssemos que passar por isso.

– Sim, creio que sim – disse Micky.

– Fico muito contente – disse Leo – que você tenha esse plano para o futuro. Não acho que trabalhar apenas como vendedor e demonstrador de carros seja bom o suficiente para você. É um trabalho decente, mas não leva a lugar nenhum.

– Eu gosto de carros – disse Micky. – Gosto de conseguir o máximo desempenho de cada um. Eu sei dar o discurso quando é preciso. Tagarelar, usar artimanhas e tudo. Mas que se exploda, não gosto dessa vida. Este emprego tem a ver com transporte motor. Controlar o serviço de manutenção dos carros. Um trabalho bem importante.

– Você sabe – disse Leo – que se quiser financiar alguma coisa, comprar uma parte em algum negócio que ache interessante, o dinheiro estará disponível. Você sabe sobre o fundo. Estou pronto a autorizar a liberação da soma necessária se os detalhes do negócio estiverem aprovados e nos conformes. Podemos pedir a opinião de um profissional quanto a isso. Mas o dinheiro está lá, disponível para você quando quiser.

– Obrigado, pai, mas eu não quero viver às custas do senhor.

– Não é uma questão de viver às custas de ninguém, Micky, o dinheiro é *seu*. Foi passado em caráter definitivo a você e aos outros. Eu tenho apenas o poder de designação, de dizer quando e como. Mas o dinheiro não é meu e eu não estou dando nada a você. O dinheiro é seu.

– O dinheiro é da mamãe, na verdade – disse Micky.

– O fundo foi criado há muitos anos – disse Leo.

– Eu não quero nada! – disse Micky. – Não quero tocar nesse dinheiro! Eu não poderia! Nessa situação, eu *não poderia* – seu rosto ruborizou de repente ao encontrar o olhar do pai. – Eu não... Eu não queria dizer bem isso – ele seguiu, de modo incerto.

– Por que você não quer tocar no dinheiro? – disse Leo. – Você foi adotado por nós. Isso quer dizer que assumimos total responsabilidade por você, inclusive financeira. Fizemos um acordo em que concordamos em criar você como nosso filho e sustentá-lo de maneira digna.

– Quero andar com minhas próprias pernas – repetiu Micky.

– Sim. Estou vendo que é isso que você quer... Muito bem, Micky, mas se você mudar de ideia, lembre-se que o dinheiro está à sua espera.

– Obrigado, pai. Fico feliz que o senhor tenha entendido. Ou, mesmo que não tenha entendido, fico feliz que tenha respeitado a minha escolha. Eu gostaria de poder explicar melhor. Eu não quero lucrar com... Não posso lucrar por conta... Ah, diabos, é muito difícil falar sobre isso.

Ouviu-se uma batida na porta, quase uma pancada.

– Deve ser o Philip – disse Leo Argyle. – Você pode abrir a porta para ele, Micky?

Micky foi abrir a porta, e Philip, manejando sua cadeira de rodas, avançou para dentro da biblioteca. Cumprimentou os dois homens com um animado sorriso.

– O senhor está muito ocupado? – ele perguntou a Leo. – Se está, não há problema. Eu ficarei quieto, dando uma olhada nos livros, não vou interromper.

– Não – disse Leo –, não tenho nada para fazer esta manhã.

– Gwenda não está aqui? – perguntou Philip.

– Ela ligou dizendo que estava com dor de cabeça e que não poderia vir hoje – disse Leo. Sua voz soou inexpressiva.

– Muito bem – disse Philip.

Micky disse:

– Bem, eu vou indo, vou procurar Tina. Quero fazê-la sair de casa, dar uma caminhada. Aquela garota detesta ar fresco.

Ele deixou a peça com passos rápidos e flexíveis.

– Estou equivocado – perguntou Philip – ou houve alguma mudança no comportamento de Micky ultimamente? Ele já não anda com tanta raiva do mundo, não é?

– Ele está crescendo – disse Leo. – Demorou bastante tempo para amadurecer.

– Bem, ele escolheu uma ocasião estranha para mudar de humor – disse Philip. – A reunião de ontem com a polícia não foi das mais animadoras, o senhor não acha?

Leo disse calmamente:

– É doloroso, é claro, ter o caso reaberto.

– Um camarada como Micky – disse Philip, olhando com atenção a estante de livros, tirando um ou dois volumes de maneira displicente –, o senhor diria que ele tem consciência?

– Essa é uma pergunta estranha, Philip.

– Não, na verdade não é. Eu estava pensando a respeito dele agora há pouco. É como ser desafinado. Algumas pessoas são incapazes de sentir culpa ou remorso, ou mesmo arrependimento por suas ações. Jacko não sentiu.

– Não – disse Leo –, Jacko com certeza não sentiu.

– E eu fico pensando em Micky – disse Philip. Fez uma pausa, e então continuou num tom de voz imparcial.

– Posso lhe fazer uma pergunta, senhor? O quanto o senhor realmente sabe sobre a origem dos seus filhos adotivos?

– Por que você quer saber, Philip?

– Apenas curiosidade. A gente sempre se pergunta, o senhor sabe, o que pode haver na carga genética de cada pessoa.

Leo não respondeu. Philip o observava com perspicaz interesse.

– Talvez – ele disse – eu o esteja aborrecendo com essas perguntas.

– Quem sabe – disse Leo Argyle, levantando-se. – Mas, afinal, por que você deveria silenciar suas perguntas? Você faz parte da família. Suas perguntas são, neste momento, muito pertinentes. Isso é inegável. Mas a nossa família, como você mesmo diz, não foi adotada no sentido usual, literal do termo. Mary, sua esposa, foi formal e legalmente adotada, mas os outros chegaram até nós de maneira muito mais informal. Jacko era órfão e nos foi entregue por uma avó muito idosa. Ela foi morta em uma batida policial, e ele ficou conosco. Foi simples assim. Micky era bastardo. Sua mãe só queria saber de correr atrás de homens. Ela queria cem libras à vista por ele e nós pagamos. Nunca soubemos o que aconteceu com a mãe de Tina. Ela nunca escreveu para a filha, não a procurou depois da guerra, e foi impossível localizá-la.

– E Hester?

– Hester também era bastarda. Sua mãe era uma jovem enfermeira irlandesa. Ela se casou com um soldado americano pouco depois que Hester veio morar conosco. Ela nos implorou para que ficássemos com a menina. Não planejava contar nada ao novo companheiro sobre a criança. Ela foi para os Estados Unidos com o marido quando terminou a guerra, e nós nunca mais tivemos notícias dela.

– São todas histórias trágicas, em certo sentido – disse Philip. – Eram todos uns pobres diabinhos enjeitados.

– Sim – disse Leo. – Foi por isso que Rachel se apegou tanto a eles. Ela estava determinada a fazer com que se sentissem amados, a dar a eles um lar de verdade, a ser uma verdadeira mãe para eles.

– Foi muito generoso da parte dela – disse Philip.

– Só que... Só que as coisas nunca aconteceram de acordo com o que ela havia imaginado – disse Leo. – Ela acreditava piamente que os laços de sangue não eram importantes. Mas veja, o laço de sangue é *sim* importante. É comum haver algo em nossos próprios filhos, alguma particularidade no temperamento, uma maneira de sentir que você reconhece e consegue entender sem ter que colocar em palavras. Você não tem essa ligação com filhos adotados. Você não tem nenhum entendimento *instintivo* do que se passa na cabeça deles. Você os julga, é claro, baseado em si mesmo, em seus próprios pensamentos e sentimentos, mas é prudente reconhecer que esses pensamentos e sentimentos podem ser completamente diferentes dos deles.

– O senhor sabia disso, ao que parece. Sempre soube – disse Philip.

– Eu alertei Rachel quanto a isso – disse Leo –, mas é óbvio que ela não acreditou. Não quis acreditar. Queria que eles fossem filhos dela de verdade.

– Tina é sempre um mistério para mim – disse Philip. – Talvez seja seu lado mestiço. Quem era o pai dela, o senhor sabe?

– Era uma espécie de marinheiro, eu acho. Provavelmente um artilheiro anglo-indiano. A mãe – acrescentou Leo com frieza – não soube informar.

– É impossível saber como ela reage às coisas, ou o que pensa. Ela fala tão pouco. – Philip fez uma pausa, e então lançou uma pergunta: – O que ela sabe sobre esse assunto, que não quer contar?

Ele viu a mão de Leo Argyle, que estivera remexendo em papéis, parar de repente. Leo ficou em silêncio por alguns instantes, e então disse:

– Por que você acha que ela não contou tudo o que sabia?

– Ora, senhor, é bastante óbvio, não é?

– Não me parece óbvio – disse Leo.

– Ela sabe de alguma coisa – disse Philip. – Algo ruim sobre alguém, o senhor não acha?

– Eu acho, Philip, se você me permite dizer, que não é nada sensato especular sobre essas coisas. É fácil acabar imaginando coisas.

– O senhor está se referindo às minhas especulações?

– Isso é realmente da sua conta, Philip?

– O senhor está querendo dizer que eu não sou policial?

– Sim, foi isso que eu quis dizer. A polícia tem que cumprir seu dever, tem que investigar as coisas.

– E o senhor não quer participar da investigação?

– Talvez – disse Leo – eu esteja com medo do que possa descobrir.

A mão de Philip agarrou a cadeira com excitação. Ele disse, suave:

– Talvez *o senhor* saiba quem foi. O senhor sabe?

O vigor e a aspereza da resposta de Leo alarmaram Philip.

– Não – disse Leo, pondo a mão sobre a escrivaninha. De repente ele não parecia mais o homem introvertido, fraco, debilitado que Philip conhecia tão bem. – Eu não sei que foi! Você está me ouvindo? Eu não sei. Não faço a menor ideia. Eu não... Não *quero* saber.

Capítulo 17

– O que *você* está fazendo, Hester, minha querida? – perguntou Philip.

Ele se movia ao longo do corredor em sua cadeira de rodas. Hester estava inclinada, com a cabeça para fora da janela. Ela se assustou e pôs a cabeça para dentro.

– Ah, é você – ela disse.

– Você está observando o universo, ou pensando em se matar? – perguntou Philip.

Ela fitou-o de modo desafiador.

– Por que você está dizendo uma coisa dessas?

– Isso obviamente já passou pela sua cabeça – disse Philip. – Mas sejamos francos, Hester, se você está considerando tal propósito, esta janela não é apropriada. Não é alto o suficiente. Imagine como seria desagradável para você ter, digamos, uma perna e um braço quebrados em vez do misericordioso esquecimento que você deseja.

– Micky costumava subir na árvore de magnólia por esta janela. Era sua entrada secreta. Mamãe nunca soube de nada.

– As coisas que os pais nunca descobrem! Alguém poderia escrever um livro sobre isso. Mas se você está pensando em se suicidar, Hester, seria melhor pular da casa de verão.

– Da parte que fica bem acima do rio? Sim, você pode se quebrar todo nas rochas lá embaixo!

– O seu problema, Hester, é que você é muito melodramática em suas fantasias. A maioria das pessoas ficaria satisfeita em se enfiar no forno a gás ou tomar uma enorme quantidade de remédios para dormir.

– Fico feliz que você esteja aqui – disse Hester, de forma inesperada. – Você não se importa de conversar sobre essas coisas, não é?

– Bem, na verdade, eu não tenho muito mais o que fazer hoje em dia – disse Philip. – Venha até o meu quarto e nós conversaremos mais um pouco – vendo a hesitação de Hester, ele continuou: – Mary está no andar de baixo, preparando com suas próprias mãos um delicioso café da manhã para mim.

– Mary não entenderia – disse Hester.

– Não – Philip concordou –, Mary não entenderia de forma alguma.

Philip conduziu-se pelo corredor e Hester caminhou ao seu lado. Ele abriu a porta da sala de estar e empurrou a cadeira para dentro. Hester o seguiu.

– Mas você entende – disse Hester. – Por quê?

– Bem, há horas em que você pensa nessas coisas... Quando esse negócio aconteceu comigo, por exemplo, e eu soube que poderia ficar aleijado para o resto da vida...

– Sim – disse Hester –, isso deve ter sido terrível. Terrível. E além de tudo você era piloto, não era? Você voava.

– Sim, lá no alto azul do céu, como um raio – concordou Philip.

– Eu sinto muitíssimo – disse Hester. – Sinto mesmo. Eu deveria ter pensado mais sobre isso e ter sido mais solidária.

– Graças a Deus que você não foi – disse Philip. – Mas de todo jeito, essa fase já passou. É possível se acostumar com qualquer coisa. Isso é algo, Hester, que você ainda não percebe. Mas você vai chegar lá. A não ser que faça algo muito precipitado e muito estúpido antes. Agora vamos, conte-me tudo. Qual é o problema? Imagino que você tenha brigado com seu namorado, o jovem e solene médico.

– Não foi uma briga – disse Hester. – Foi muito pior que uma briga.

– As coisas vão se ajeitar – disse Philip.

– Não, não vão – disse Hester. – Não há como... Nunca.

– Sua maneira de falar é tão extravagante. Tudo é preto ou branco para você, não é Hester? Não há meio-termo.

– Não posso evitar – disse Hester –, sempre fui assim. Tudo o que eu achava que podia ou queria fazer sempre deu errado. Eu queria viver minha própria vida, ser alguém, fazer alguma coisa. Nada deu certo. Eu não era boa em *coisa alguma.* Eu pensei muitas vezes em me matar. Desde que tinha quatorze anos.

Philip a assistia com interesse. Ele disse, com uma voz suave e sensata:

– É claro que muitas pessoas se matam, especialmente entre os quatorze e os dezenove anos. É uma idade em que as coisas estão muito fora de proporção. Garotos se matam porque acham que não vão conseguir passar nos exames da escola, e meninas se matam porque suas mães não as deixam ir ao cinema com namorados imprestáveis. É um período da vida em que tudo parece estar em glorioso tecnicolor. Alegria ou desespero. Melancolia ou felicidade incomparável. Uma hora a pessoa sai dessa. O seu problema, Hester, é que você está levando mais tempo do que a maioria das pessoas.

– Mamãe estava sempre certa – disse Hester. – Todas as coisas que eu queria fazer e ela não deixava. Ela estava certa sobre todas elas, e eu estava errada. Eu não podia suportar, eu simplesmente não podia suportar! Então eu pensava que tinha que ser forte. Que tinha que me virar sozinha. Que tinha que me testar. E deu tudo errado. Eu não era uma boa atriz.

– É claro que não era – disse Philip. – Você não tem disciplina. Você não consegue, como dizem no meio teatral, ser produtiva. Você está ocupada demais em dramatizar sua própria vida, minha querida. É exatamente o que está fazendo agora.

– E então eu pensei que teria ao menos um romance adequado – disse Hester. – Não um casinho bobo, imaturo. Um homem mais velho. Ele era casado, estava muito infeliz.

– Uma situação bastante comum – disse Philip –, e ele soube utilizá-la a seu favor, sem dúvida.

– Eu pensei que seria uma... Ah, uma grande paixão. Você não está rindo de mim, está? – ela parou, olhando para Philip com desconfiança.

– Não, eu não estou rindo de você, Hester – disse Philip num tom amável.– Vejo que deve ter sido mesmo horrível.

– Não foi uma grande paixão – disse Hester com amargura –, foi apenas um casinho desprezível. Nada do que ele me contou sobre sua vida, ou sobre sua esposa, era verdade. Eu... Eu me atirei nos braços dele. Eu fui uma tola, uma idiota.

– Às vezes você tem que aprender com os próprios erros – disse Philip. – Nada disso causou mal a você, Hester. Essas coisas provavelmente ajudaram você a amadurecer. Ou ajudariam, se você permitisse.

– Mamãe era tão... Tão competente em relação a tudo – disse Hester, num tom de ressentimento. – Ela foi comigo e pôs tudo em ordem e me disse que se eu realmente quisesse atuar eu deveria frequentar um curso de teatro e fazer as coisas direito. Mas eu não queria realmente atuar, e àquela altura eu já sabia que não tinha talento. Então voltei para casa. O que mais eu poderia fazer?

– Provavelmente uma porção de coisas – disse Philip. – Mas essa era a mais fácil.

– Ah, sim – disse Hester com fervor. – Como você me entende. Eu sou mesmo terrivelmente fraca. Sempre quero fazer o que é mais fácil. E se escolho me rebelar, é sempre de maneira tola e nunca dá certo.

– Você é extremamente insegura, não é? – disse Philip com amabilidade.

– Talvez seja porque eu sou adotada – disse Hester. – E eu só descobri isso quando tinha quase dezesseis anos. Eu sabia que os outros eram adotados e um dia resolvi perguntar, e... descobri que eu também era. Isso me fez sentir horrível, como se eu não pertencesse a *lugar nenhum*.

– Como você faz drama, garota – disse Philip.

– Ela não era minha mãe – disse Hester. – Ela nunca entendeu de verdade os meus sentimentos. Apenas me olhava com indulgência e doçura e fazia planos para mim. Ah, eu a odiava. É terrível dizer isso, eu sei, mas eu a odiava!

– Na verdade – disse Philip –, a maioria das garotas passa por uma fase em que odeiam suas próprias mães. Isso é de fato bastante comum.

– Eu a odiava porque ela estava sempre certa – disse Hester. – É tão horrível quando uma pessoa está sempre certa. Faz você se sentir cada vez mais insignificante. Oh, Philip, tudo está tão horrível! O que eu vou fazer? O que posso fazer?

– Case-se com seu belo jovem – disse Philip – e sossegue. Seja a boa esposinha do médico. Ou isso não é magnífico o suficiente para você?

– Ele não quer mais se casar comigo – disse Hester com pesar.

– Você tem certeza? Ele disse isso? Ou você está imaginando?

– Ele acha que eu matei mamãe.

– Ah – disse Philip, e fez uma breve pausa. – E você matou?

Ela se virou de repente.

– Por que você está me perguntando isso? Por quê?

– Achei que seria interessante saber – disse Philip. – Para a família, quero dizer. Não para comunicar às autoridades.

– Se a tivesse matado, você acha que eu contaria a você? – perguntou Hester.

– Seria muito mais prudente não contar – concordou Philip.

– Ele me disse que sabia que eu tinha matado mamãe – disse Hester. – Ele disse que se eu apenas admitisse, se eu confessasse isso a ele, tudo ficaria bem, nós nos casaríamos, ele cuidaria de mim. Ele disse que... Que não deixaria isso nos afastar.

Philip assobiou.

– Hum, muito bem – ele disse.

– De que adianta? – perguntou Hester. – De que adianta dizer a ele que não fui eu? Ele não acreditaria em mim, acreditaria?

– Ele tem que acreditar – disse Philip –, se você disser isso.

– Eu não a matei – disse Hester. – Você entende? Eu não matei mamãe. Não fui eu, não fui eu – ela se interrompeu. – Isso não parece convincente.

– A verdade muitas vezes não parece convincente – Philip a alentou.

– Nós não sabemos – disse Hester. – Ninguém sabe. Nós ficamos *olhando* uns para os outros. Mary olha para mim. E Kirsten. Ela é tão gentil comigo, tão protetora. Ela também acha que fui eu. O que eu posso fazer? Seria melhor, muito melhor, ir até o cabo e me jogar no rio...

– Pelo amor de Deus, Hester, não seja boba. Há outras coisas que você pode fazer.

– Que outras coisas? O que pode haver? Eu perdi tudo. Como eu posso seguir vivendo dia após dia? – ela olhou para Philip. – Você pensa que eu sou louca, desequilibrada. Bem, talvez eu tenha mesmo matado ela. Talvez isto seja o remorso me atormentando. Talvez eu não consiga esquecer... *Aqui* – ela pôs a mão teatralmente sobre o coração.

– Não seja estúpida – disse Philip. Estendeu um dos braços e puxou-a de encontro a si.

Hester caiu sobre sua cadeira. Ele a beijou.

– Você precisa é de um marido, minha querida – ele disse. – Não aquele solene e imbecil, Donald Craig, com sua cabeça cheia de psicologia e conversa fiada. Você é boba e estúpida e... incrivelmente adorável, Hester.

A porta se abriu. Mary Durrant estava parada na soleira da porta, com o olhar confuso. Hester levantou-se com esforço, e Philip sorriu com timidez para a esposa.

– Eu estava tentando animar um pouco a Hester, querida – ele disse.

– Ah – disse Mary.

Ela entrou com cautela, pousando a bandeja sobre uma pequena mesa. Depois arrastou a mesa para perto dele. Não olhou para Hester. Os olhos de Hester se moviam incertos do marido para a mulher.

– Bem – ela disse – talvez seja melhor eu ir... Ir para... – ela não terminou a frase.

Ela saiu da sala e fechou porta.

– Hester não está nada bem – disse Philip. – Está pensando em se matar. Eu estava tentando dissuadi-la – acrescentou.

Mary não respondeu.

Esticou a mão na direção dela. Ela se afastou.

– Polly, você está braba? Braba de verdade?

Ela não respondeu.

– É porque eu a beijei, não é? Ora, Polly, não vá ficar com ciúme por conta de um beijinho inocente. Ela estava tão adorável e tão frágil... E de repente eu senti... Bem, senti que seria divertido voltar a ser um rapaz alegre e flertar de vez em quando. Vamos, Polly, me dê um beijo. Beije-me e vamos fazer as pazes.

Mary Durrant disse:

– Sua sopa vai esfriar.

Ela entrou no quarto e fechou a porta atrás de si.

Capítulo 18

– Há uma moça no andar de baixo querendo falar com o senhor.

– Uma moça? – Calgary pareceu surpreso. Não imaginava quem pudesse ter vindo visitá-lo. Olhou para o trabalho espalhado sobre a mesa e franziu o cenho. A voz do porteiro soou de novo, um pouco mais baixa.

– Uma moça muito jovem, senhor, muito bonita.

– Bem. Mande-a subir, então.

Calgary deixou escapar um leve sorriso. A declaração do porteiro, assim como o tom suave e discreto em que ele a tinha feito, excitou seu senso de humor. Ele se perguntou quem teria vindo vê-lo. E ficou completamente atônito quando sua campainha soou e, ao abrir a porta, deparou-se com Hester Argyle.

– É você! – a exclamação veio com total surpresa. – Entre, entre – ele disse. Ele a conduziu para dentro e fechou a porta.

De uma forma estranha, a impressão que teve dela foi praticamente a mesma que teve da primeira vez que a viu. Estava vestida de modo pouco convencional para os padrões londrinos. Estava sem chapéu, os cabelos negros escorridos ao redor do rosto de maneira desordenada. O pesado casaco de tweed revelava a saia verde-escura e o suéter que estavam por baixo. Ela parecia estar chegando esbaforida de uma longa caminhada pelo ancoradouro.

– Por favor – disse Hester –, por favor, o senhor tem que mc ajudar.

– Ajudá-la? – ele ficou surpreso. – Como? É claro que eu vou ajudá-la se puder.

– Eu não sabia o que fazer – disse Hester –, não sabia a quem recorrer. Mas alguém tem que me ajudar. Não posso continuar assim, e o senhor é a pessoa certa. Foi o senhor quem começou com isso.

– Você está em apuros? Algum problema grave?

– Todos nós estamos em apuros – disse Hester. – Mas as pessoas são tão egoístas, não é? Quero dizer, estou pensando apenas em mim mesma.

– Sente-se, minha querida – ele disse num tom carinhoso.

Tirou os papéis de cima de uma cadeira e fez sentar. Então, foi até o armário no canto da sala.

– Você precisa tomar uma taça de vinho – ele disse. – Uma taça de xerez. Está bem para você?

– Se o senhor quiser. Não faz diferença.

– Está muito frio e úmido lá fora. Você precisa beber alguma coisa.

Ele se virou, empunhando a garrafa e a taça. Hester estava afundada na cadeira. Tinha uma espécie de charme desajeitado que o comoveu por seu completo desmazelo.

– Não se preocupe – ele disse gentilmente, enquanto punha o copo ao seu lado e servia a bebida. – As coisas nunca são tão ruins quanto parecem.

– As pessoas dizem isso, mas não é verdade – disse Hester. – Às vezes elas são piores do que parecem.

Tomou um gole do vinho e então disse, num tom acusatório:

– Estávamos bem até o senhor aparecer. Estávamos muito bem. E então, e então tudo começou.

– Não vou fingir – disse Arthur Calgary – que não sei do que a senhorita está falando. Fiquei muito surpreso na primeira vez que você me disse isso, mas agora eu compreendo melhor o que a minha... minha informação deve ter causado a vocês.

– Contanto que nós pensássemos que tinha sido Jacko... – disse Hester, e depois se calou.

– Eu sei, Hester, eu sei. Mas a senhorita tem que ver o que há por trás disso. Vocês estavam vivendo numa situação segura apenas em aparência. Não era algo real, era apenas um faz de conta, uma fantasia... uma encenação. Às vezes isso dá uma falsa sensação de segurança, mas não é, nem nunca poderia ser, segurança de fato.

– O senhor está dizendo – disse Hester – que é preciso ter coragem, que não é bom se aferrar a alguma coisa só porque é cômodo? – ela fez uma pausa, e então disse: – *O senhor* teve coragem! Agora eu percebo. Para ir pessoalmente nos dizer o que sabia. Sem saber como iríamos nos sentir, como reagiríamos. Foi corajoso da sua parte. Eu admiro isso porque, o senhor sabe, eu não sou muito corajosa.

– Conte-me – disse Calgary com gentileza –, conte-me qual é o problema agora. É algo específico, não é?

– Eu tive um sonho – disse Hester. – Tem alguém... Um homem... Um médico...

– Muito bem – disse Calgary. – Vocês são amigos ou, talvez, mais que amigos?

– Eu achava – disse Hester – que nós éramos mais que amigos... E ele também achava. Mas agora que tudo isso veio à tona...

– Sim? – disse Calgary.

– Ele acha que fui eu – disse Hester. Falava de maneira afobada. – Ou talvez não ache que tenha sido eu, mas não tem certeza. Ele não tem como ter certeza. Ele acha... Eu sei que ele acha... que eu sou a pessoa que mais se encaixa no papel de protagonista do crime. Talvez eu seja. Talvez todos nós pensemos isso uns dos outros. E eu pensei, alguém tem que nos ajudar nessa confusão em que estamos metidos, e eu pensei no senhor por causa do sonho. Eu estava perdida e não consegui encontrar Don. Ele havia me deixado e havia uma espécie de desfiladeiro... Um abismo. Sim, esta é a palavra certa. Um abismo. Soa tão profundo, não é? Tão profundo e tão...

Tão intransponível. E o senhor estava lá, do outro lado, e estendeu suas mãos e disse: "Eu quero ajudá-la" – ela suspirou profundamente. – Então decidi procurá-lo. Vim correndo até aqui porque o senhor tem que nos ajudar. Se o senhor não nos ajudar, não sei o que vai acontecer. O senhor *precisa* nos ajudar. Foi o senhor quem trouxe tudo isso. Talvez o senhor diga que isso não lhe diz mais respeito. Que uma vez que nos contou a verdade sobre o que aconteceu não é mais da sua conta. O senhor vai dizer que...

– Não – interrompeu Calgary –, eu não vou dizer nada disso. Isso me diz respeito, Hester. Concordo com você. Quando se começa uma coisa assim, é preciso ir até o final. Penso exatamente como a senhorita.

– Oh! – o rosto de Hester recuperou a cor. De repente, como costumava ocorrer com ela, pareceu linda. – Então eu não estou sozinha! – ela disse. – *Há* alguém para me ajudar.

– Sim, minha querida, há alguém... Se servir de alguma coisa. Até agora eu não tive muita serventia, mas estou tentando, nunca parei de tentar ajudar – ele se sentou e puxou a cadeira para perto dela. – Agora me conte tudo o que está acontecendo. As coisas estão muito ruins?

– Foi um de nós – disse Hester. – Todos sabemos disso. Quando falamos com o sr. Marshall, fingimos acreditar que tinha sido alguém de fora, mas ele sabia que não era verdade. Foi um de nós.

– E o seu jovem... como ele se chama?

– Don. Donald Craig. Ele é médico.

– Don acha que foi você?

– Ele receia que sim – disse Hester. Entrelaçou as mãos num gesto dramático. Ela olhou para ele. – Talvez o senhor também ache que fui eu.

– Oh, não – disse Calgary –, não, eu sei que você é inocente.

– O senhor fala como se tivesse certeza.

– Eu tenho certeza – disse Calgary.

– Mas por quê? Como o senhor pode ter tanta certeza?

– Por causa do que você me disse depois que eu contei tudo a vocês. Você se lembra? O que você me disse sobre inocência. Você não poderia ter dito aquilo, não poderia ter se sentido daquela maneira, se não fosse inocente.

– Ah! – gritou Hester. – Ah, que alívio! Saber que tem alguém que realmente pensa assim.

– Então, agora – disse Calgary –, podemos discutir o assunto com calma, não podemos?

– Sim – disse Hester. – Agora é diferente.

– Só por curiosidade – disse Calgary – e tendo em mente que você sabe o que penso sobre isso, por que alguém poderia pensar por um instante sequer que você teria matado a sua mãe adotiva?

– Eu poderia ter feito isso – disse Hester. – Muitas vezes tive vontade. Às vezes se pode ficar louco de raiva. Pode se sentir tão inútil, tão... tão impotente. Mamãe era sempre tão calma e altiva e sempre sabia o que fazer, estava sempre certa sobre tudo. Às vezes eu pensava: "Ah, eu gostaria de matá-la" – ela olhou para ele. – O senhor entende? O senhor nunca se sentiu assim quando era jovem?

As últimas palavras causaram em Calgary uma aflição repentina, a mesma aflição que sentiu quando Micky disse a ele no hotel em Drymouth: "O senhor envelheceu!" "Quando era jovem"? Parece que faz tanto tempo assim, Hester? Ele remeteu sua mente ao passado. Lembrou-se de quando tinha nove anos e estava conversando com outro menino da mesma idade nos jardins da escola preparatória, pensando com ingenuidade em qual seria a melhor maneira de se livrar do sr. Warborough, seu professor do colégio. Recordou a raiva que o havia consumido quando o sr. Warborough fez um comentário particularmente sarcástico. Aquilo, pensou, era o que Hester sentia. Mas o que quer que fosse que ele e o jovem – qual era mesmo o nome dele? Porch, sim, o nome do menino era Porch

– ainda que ele e o jovem Porch tenham deliberado e planejado, nunca partiram para uma ação concreta para dar cabo do sr. Warborough.

– Você sabe – ele disse a Hester –, você já deveria ter superado esses sentimentos há alguns anos. Eu posso entender, é claro.

– É que mamãe surtia esse efeito em mim – disse Hester. – Agora estou começando a ver que a culpa era minha. Sinto que se ela apenas tivesse vivido mais um pouco, vivido até que eu estivesse um pouco mais crescida, um pouco mais sossegada, que... que nós teríamos sido amigas de alguma maneira. Que eu teria ficado feliz com sua ajuda e seus conselhos. Mas... Mas do jeito que as coisas eram eu não podia suportar, porque me sentia tão inútil, tão idiota. Tudo o que eu fazia dava errado, e eu podia ver com meus próprios olhos que as coisas que eu fazia eram estúpidas. Que as fazia apenas porque queria me rebelar, queria provar que eu era eu mesma. E eu não era *ninguém*. Eu era fluida. Sim, esta é a palavra – disse Hester. – Esta é a palavra exata. Fluida. Nunca ficava por muito tempo com a mesma forma. Ficava apenas experimentando formas... formas de outras pessoas que eu admirava. Eu achava que se eu fugisse e entrasse para o teatro e tivesse um caso com alguém, que...

– Que se sentiria você mesma ou, de qualquer forma, se sentiria alguém.

– Sim – disse Hester. – É isso mesmo. E agora eu vejo que estava me comportando como uma criança tola. Mas o senhor não sabe como eu gostaria que mamãe estivesse viva agora, dr. Calgary. Porque é tão injusto... Injusto com ela. Ela fez tanto por nós, nos deu tanto. Nós não demos nada de volta. E agora é tarde demais – ela fez uma pausa. – É por isso – ela disse, com vigor repentinamente renovado – que estou determinada a deixar de ser boba e infantil. E o senhor vai me ajudar, não vai?

– Eu já disse, farei qualquer coisa para ajudar você.

Ela lançou-lhe um sorriso rápido e gracioso.

– Conte-me – ele disse – exatamente o que vem acontecendo.

– Exatamente o que eu pensei que aconteceria – disse Hester. – Nós ficamos olhando uns para os outros e imaginando quem teria sido, mas não sabemos. Papai olha para Gwenda e pensa que talvez tenha sido ela. Ela olha para o papai e fica em dúvida. Eu acho que eles não vão mais se casar. Esse negócio estragou tudo. E Tina acha que Micky tem alguma coisa a ver com a história. Não consigo imaginar por quê, já que ele não estava lá naquela noite. E Kirsten acha que fui eu e tenta me proteger. E Mary, minha irmã mais velha que o senhor não conhece, Mary acha que foi Kirsten.

– E quem você acha que foi, Hester?

– Eu? – Hester pareceu surpresa.

– Sim, você – disse Calgary. – Eu acho que é muito importante saber disso.

Hester esticou as mãos.

– Eu não sei – resmungou. – Eu simplesmente não sei. Eu tenho... é uma coisa horrível de se dizer, mas eu tenho medo de todos eles. É como se atrás de cada rosto tivesse outro rosto. Um rosto sinistro, que eu não conheço. Não tenho certeza de que papai esteja sendo ele mesmo, e Kirsten fica dizendo que eu não devo confiar em ninguém, nem mesmo nela. Olho para Mary e é como se eu não soubesse nada sobre ela. E Gwenda... sempre gostei da Gwenda. Fiquei feliz quando soube que ela e papai iam se casar. Mas agora tenho dúvidas em relação a Gwenda. Ela me parece outra pessoa, cruel e... e vingativa. Eu não sei mais quem é quem. Há um terrível sentimento de infelicidade.

– Sim – disse Calgary –, posso imaginar.

– Há tanta tristeza – disse Hester – que eu acho que posso sentir a tristeza do assassino. E acho que é a pior de todas... O senhor acha que isso é possível?

– Acho que é possível – disse Calgary –, mas tenho dúvidas. Não sou nenhum especialista, é claro. Mas não sei se um assassino pode sentir tristeza de verdade.

– Por que não? Imagino que deva ser terrível saber que você matou alguém.

– Sim – disse Calgary –, é algo terrível, portanto acredito que haja dois tipos distintos de assassino. Ou é uma pessoa para quem *não foi* terrível matar alguém, o tipo de pessoa que diz a si mesmo: "Bem, é claro que é uma pena que eu tenha tido que fazer isso, mas era necessário para o meu próprio bem-estar. Afinal de contas, não é culpa minha. Eu precisava fazer isso." Ou então...

– Sim – disse Hester –, qual é o outro tipo de assassino?

– Veja bem, isto é apenas uma suposição, mas acho que se você fosse o que chama de o outro tipo de assassino, não conseguiria viver com a infelicidade causada pelo que você fez. Teria que confessar ou teria que reescrever a história para si mesmo. Pondo a culpa em outra pessoa, dizendo: "Eu nunca teria feito uma coisa dessas se isso ou aquilo não tivesse acontecido". Ou: "Não sou realmente um assassino porque não tive a intenção de fazer isso. Aconteceu. Então na verdade foi o destino, eu não tive culpa." Você entende o que estou tentando dizer?

– Sim – disse Hester –, e acho muito interessante – ela apertou os olhos. – Estou tentando pensar...

– Sim, Hester – disse Calgary –, pense. Pense bem, porque para que eu possa ajudá-la, tenho que ver as coisas através do seu ponto de vista.

– Micky detestava mamãe – disse Hester vagarosamente. – Sempre detestou... não sei por quê. Eu acho que Tina a amava. Gwenda não gostava dela. Kirsten era muito fiel à mamãe, embora nem sempre concordasse com as coisas que ela fazia. Papai... – ela ficou em silêncio durante um longo tempo.

– Sim? – Calgary instigou-a.

– Papai voltou a ficar distante – disse Hester. – Logo após a morte de mamãe ele estava bem diferente. Não estava tão... como posso dizer... tão arredio. Ele estava mais humano, mais vivo. Mas agora ele voltou a se isolar em algum lugar sombrio de sua mente, onde nada parece tocá-lo. Não sei o que ele sentia por mamãe na verdade. Creio que ele a amava quando se casou com ela. Eles nunca brigavam, mas eu não sei o que ele sentia por ela. Oh... – suas mãos voltaram a gesticular – é impossível saber o que as pessoas sentem, não é? Quero dizer, o que se passa em suas mentes, atrás das palavras gentis do dia a dia? Podem estar loucas de ódio ou amor ou desespero, e ninguém teria como *saber*. É assustador... Oh, dr. Calgary, é assustador!

Ele segurou suas mãos.

– Você não é mais uma criança – ele disse. – Apenas crianças ficam apavoradas. Você é uma adulta, Hester. Você é uma mulher – ele soltou as mãos dela e disse, em tom objetivo: – Há algum lugar em que você possa ficar em Londres?

Hester pareceu um pouco desnorteada.

– Acho que sim. Não sei. Mamãe costumava ficar no Curtis's.

– Bem, é um ótimo hotel, muito discreto. Se eu fosse você, iria lá e reservaria um quarto.

– Farei tudo o que o senhor disser – disse Hester.

– Boa menina – disse Calgary. – Que horas são? – olhou para o relógio. – Nossa, já são quase sete horas. Acho que você deve ir agora e reservar o quarto, e eu passo lá por volta das quinze para as oito e pego você para jantar. O que você acha?

– Me parece ótimo – disse Hester. – O senhor está falando sério?

– Sim – disse Calgary –, estou falando sério.

– Mas e depois? O que vai acontecer? Eu não posso ficar hospedada no Curtis's para sempre, posso?

– Seu horizonte parece ser sempre pautado pelo infinito – disse Calgary.

– O senhor está zombando de mim? – perguntou, desconfiada.

– Só um pouquinho – ele disse e sorriu.

Ela hesitou um pouco, e então sorriu também.

– Creio que estava sendo dramática de novo – ela confidenciou.

– Suspeito que esse seja um hábito seu – disse Calgary.

– É por isso que pensei que me sairia bem no palco – disse Hester. – Mas isso não aconteceu. Eu não era boa o suficiente. Era uma péssima atriz.

– Você vai ter todo o drama que quiser na vida real – disse Calgary. – Agora eu vou colocá-la num táxi, minha querida, e você vai para o Curtis's. E vai lavar o rosto e escovar os cabelos – continuou. – Trouxe alguma bagagem?

– Ah, sim. Trouxe uma sacola com o suficiente para passar uma noite.

– Ótimo – ele sorriu. – Não se preocupe, Hester. Nós acharemos uma saída.

CAPÍTULO 19

I

– Eu quero falar com você, Kirsty – disse Philip.

– Sim, pode falar, Philip.

Kirsten Lindstrom interrompeu seu serviço. Ela acabara de trazer um cesto de roupas limpas e as estava guardando na cômoda.

– Quero falar com você sobre todo esse negócio – disse Philip. – Você não se importa, não é?

– Já se falou demais – disse Kirsten. – É isso que eu penso.

– Mas seria bom, não seria – disse Philip –, se chegássemos a uma conclusão entre nós. Você sabe o que está acontecendo neste momento, não sabe?

– Está tudo dando errado – disse Kirsten.

– Você acha que Leo e Gwenda ainda vão se casar?

– Por que não?

– Diversos motivos – disse Philip. – Primeiro, porque sendo Leo Argyle um homem inteligente, ele sabe que uma união entre ele e Gwenda vai dar aos detetives o que eles querem. Um bom motivo para o assassinato de sua esposa. Ou, talvez, porque Leo suspeite que Gwenda seja a assassina. E sendo ele um homem sensível, não deve querer que sua segunda esposa seja a mulher que matou a primeira. O que você me diz disso? – ele acrescentou.

– Nada – disse Kirsten. – O que eu deveria dizer?

– Você não está querendo se comprometer, não é, Kirsty?

– Não entendo o que você quer dizer.

– Quem você está acobertando, Kirsten?

– Não estou "acobertando" ninguém, como você diz. Eu acho que deveria haver menos conversa, e também acho que as pessoas não deveriam ficar nesta casa. Não faz bem para elas. Acho que você, Philip, deveria ir para casa com a sua mulher, para sua própria casa.

– Ah, você acha mesmo? E por que, você poderia me explicar?

– Você fica fazendo perguntas – disse Kirsten. – Fica tentando desvendar as coisas. E a sua mulher não quer que você faça isso. Ela é mais sábia do que você. Você pode acabar descobrindo algo que não queria descobrir, ou que ela não queria que você descobrisse. Melhor ir para casa, Philip. Você deve ir para casa o quanto antes.

– Eu não quero ir para casa – disse Philip, parecendo um menininho petulante.

– Você está agindo como uma criança – disse Kirsten. – As crianças dizem "não quero fazer isso, não quero fazer aquilo", mas os que sabem mais sobre a vida, que veem mais claramente o que está acontecendo, têm de persuadi-las a fazer o que não querem fazer.

– Então este é o seu conceito de persuadir? – disse Philip. – Dar ordens?

– Não, eu não estou lhe dando ordens. Estou apenas lhe dando um conselho – suspirou. – Eu daria o mesmo conselho a todos os outros. Micky deveria voltar para o seu trabalho, assim como Tina voltou para a sua biblioteca. Fico feliz que Hester tenha partido. É bom que ela esteja em um lugar onde não seja constantemente lembrada de tudo o que aconteceu.

– Sim – disse Philip –, neste ponto concordo com você. Você está certa em relação a Hester. E quanto a você, Kirsten? Você também não deveria ir embora?

– Sim – disse Kirsten com um suspiro. – Eu também deveria ir embora.

– E por que não vai?

– Você não entenderia. É tarde demais para eu ir embora.

Philip fitou-a pensativamente. Então disse:

– Há tantas variações, não é mesmo... variações sobre um mesmo tema. Leo pensa que foi Gwenda, Gwenda pensa que foi Leo. Tina sabe de alguma coisa que a faz suspeitar de alguém. Micky sabe quem foi, mas está pouco ligando. Mary acha que foi Hester – ele fez uma pausa, depois prosseguiu. – Mas a verdade, Kirsty, é que essas são apenas variações sobre o mesmo tema, como eu havia dito. Nós sabemos muito bem quem foi, não sabemos, Kirsty. Você e eu?

Ela lhe lançou um olhar rápido, apavorado.

– Era isso que eu pensava – disse Philip triunfante.

– Do que você está falando? – disse Kirsten. – O que está tentando dizer?

– Eu *não sei* de fato quem foi – disse Philip. – Mas *você sabe*. Não se trata de uma desconfiança, você realmente *sabe*. Estou certo, não é mesmo?

Kirsten marchou até a porta, abriu-a, e então se virou e disse:

– Isso não é uma coisa agradável de se dizer, mas direi assim mesmo. Você é um tolo, Philip. O que está tentando fazer é algo perigoso. Você entende o que é o perigo. Você era piloto. Desafiou a morte em seus voos. Você não vê que, se chegar perto da verdade, estará correndo tanto perigo quanto corria na guerra?

– E você, Kirsty? Se você sabe a verdade, não está em perigo também?

– Eu sei me cuidar – disse Kirsten num tom austero. – Posso me defender sozinha. Mas você, Philip, você é um pobre inválido. Pense nisso! Além do quê – ela acrescentou –, não ando por aí expondo minhas opiniões. Contento-me em deixar as coisas como estão... porque realmente acredito que assim é melhor para todo mundo. Se todos fossem embora cuidar de suas próprias vidas, não haveria mais problemas. Se me perguntarem, darei meu parecer oficial. Direi que foi Jacko.

– Jacko? – Philip encarou-a.

– Por que não? Jacko era esperto. Jacko podia planejar qualquer coisa e ter certeza de que não iria sofrer as consequências. Ele fez isso muitas vezes quando criança. E afinal de contas, forjar um álibi... Isso não acontece todos os dias?

– Ele não poderia ter forjado este. O dr. Calgary...

– Dr. Calgary, dr. Calgary – disse Kirsten com impaciência –, só porque ele é famoso, porque tem um nome conhecido? Você diz "dr. Calgary" como se ele fosse um deus! Mas deixe-me dizer uma coisa. Quando alguém sofre um golpe como ele sofreu, pode muito bem confundir os dias, os horários, os lugares!

Philip olhou para ela, a cabeça um pouco inclinada.

– Então essa é a sua versão – ele disse. – *E* você vai seguir com ela. É uma tentativa honrável. Mas nem mesmo você acredita nisso, não é, Kirsty?

– Já alertei você – disse Kirsten –, não posso fazer mais do que isso.

Saiu caminhando, depois se virou de novo para dizer, naquele tom de voz objetivo que lhe era peculiar:

– Diga a Mary que eu guardei as roupas limpas na segunda gaveta.

Philip deu um leve sorriso diante do anticlímax, e o sorriso extinguiu-se lentamente...

Seu entusiasmo interior cresceu. Sentia que estava chegando muito perto. Seu experimento com Kirsten havia sido altamente satisfatório, mas ele estava certo de que não conseguiria tirar mais nada dela. Sua preocupação em relação a ele o irritava. O fato de ser aleijado não significava que era tão vulnerável quanto ela pensava. Ele também podia se defender, e, por Deus, ele não era sempre atendido? Mary quase nunca saía de seu lado.

Pegou uma folha de papel e começou a escrever. Breves anotações, nomes, pontos de interrogação... Um ponto sensível a ser investigado...

De súbito, ele balançou a cabeça e escreveu: *Tina*...

Pensou um pouco...

Então pegou outra folha de papel.

Quando Mary entrou, ele sequer tirou os olhos da folha.

– O que você está fazendo, Philip?

– Escrevendo uma carta.

– Para Hester?

– Hester? Não. Nem mesmo sei onde ela está hospedada. Ela enviou um cartão postal a Kirsty que dizia Londres no verso, mais nada.

Ele deu uma risada.

– Acho que você está com ciúmes, Polly. Não está?

Seus olhos, frios e azuis, olharam fixamente para os dele.

– Talvez.

Ele se sentiu um pouco constrangido.

– Para quem você está escrevendo? – ela deu mais um passo na direção dele.

– Para o promotor público – disse Philip com animação, embora um calafrio de raiva tenha percorrido sua espinha. O sujeito não podia sequer escrever uma carta sem ser interrogado?

Então viu o rosto dela e abrandou-se.

– Estou brincando, Polly. Estou escrevendo para Tina.

– Para Tina? Por quê?

– Tina é o meu próximo alvo. Aonde você vai, Polly?

– Vou ao banheiro – disse Mary, e saiu da sala.

Ele riu. Ao banheiro, como na noite do crime... Riu de novo ao lembrar da conversa que haviam tido sobre isso.

II

– Vamos, meu filho – disse o inspetor Huish, animado. – Conte-me o que houve.

Master Cyril Green suspirou profundamente. Antes que pudesse dizer qualquer coisa, sua mãe interveio.

– Como o senhor vê, sr. Huish, não notei nada na época. O senhor sabe como são essas crianças. Sempre falando e pensando em espaçonaves e coisas do gênero. E ele chega em casa e me diz "Mãe, eu vi um Sputnik, aterrissou aqui". Bem, quero dizer, antes disso eram os discos voadores. Sempre tem alguma coisa. São esses malditos russos que ficam pondo coisas na cabeça deles.

O inspetor Huish suspirou e pensou em como tudo seria mais fácil se as mães não insistissem em acompanhar os filhos e em falar por eles.

– Vamos, Cyril – ele disse –, você foi para casa e disse à sua mãe que tinha visto uma espécie de Sputnik russo, não foi isso?

– Eu ainda não sabia das coisas naquela época – disse Cyril. – Eu ainda era uma criança. Isso foi dois anos atrás. Agora sei das coisas, claro.

– Depois foram os carros *bubble* – a mãe interrompeu –, que eram novidade na época. Não tinha nenhum nas redondezas, então, naturalmente, quando ele viu aquele carro vermelho, não se deu conta de que era apenas um carro normal. E então, na manhã seguinte, quando soubemos que a sra. Argyle tinha sido morta, Cyril me disse, "Mãe, foram os russos, eles vieram naquele Sputnik e devem ter entrado e matado a sra. Argyle". "Não diga bobagens", eu falei a ele. Então, no final da tarde, soubemos que o próprio filho dela havia sido preso pelo crime.

O inspetor Huish voltou a se dirigir pacientemente a Cyril.

– Isso foi no início da noite, não foi? A que horas, você se lembra?

– Eu já tinha tomado meu chá – disse Cyril, esforçando-se para lembrar – e minha mãe estava no instituto, então dei uma saída com os garotos, e nós brincamos um pouco para aqueles lados da estrada nova.

– Gostaria de saber o que você estava fazendo lá – sua mãe interrompeu.

O chefe de polícia Good, que havia trazido essa promissora evidência, interveio. Ele sabia muito bem o que Cyril e os garotos estavam fazendo por aquelas bandas. O desaparecimento de alguns crisântemos havia sido acintosamente noticiado por diversos moradores da área, e ele sabia muito bem que os maus-elementos da cidade encorajavam os jovens a fornecê-los as flores que eles mesmos vendiam. Mas esse não era o momento de investigar antigos casos de delinquência, Good bem sabia. Ele disse com severidade:

– Garotos são garotos, sra. Green, gostam de aprontar.

– Sim – disse Cyril –, estávamos fazendo umas brincadeiras, só isso. E foi lá que eu vi. "Nossa", eu disse, "o que é isso?" Agora eu sei, é claro. Não sou mais uma criancinha idiota. Era apenas um desses carros *bubble*. Era vermelho.

– E a hora? – disse o inspetor Huish com paciência.

– Bem, como eu disse, tinha tomado o meu chá e ido até lá com os garotos. Ouvi o relógio soar e "nossa", pensei, "a mãe deve estar chegando e vai ficar brava se eu não estiver em casa". Então fui para casa. Eu disse a ela que achava que tinha visto o satélite russo. Ela disse que era tudo mentira, mas não era. Só que, é claro, agora eu sei das coisas, entende?

O inspetor Huish disse que entendia. Depois de mais algumas perguntas ele dispensou a sra. Green e seu filho. O chefe de polícia Good, que os observava, tinha no rosto uma expressão satisfeita, típica de um jovem membro do batalhão que julgava ter demonstrado inteligência e esperava que isso fosse contar a seu favor.

– Acaba de me ocorrer – disse o chefe Good –, aquilo que o garoto disse sobre os russos terem matado a sra. Argyle. Pensei comigo mesmo: "Isso pode significar alguma coisa".

– E significa – disse o inspetor. – A srta. Tina Argyle tem um carrinho *bubble* vermelho. Parece que vou ter que fazer mais algumas perguntas a ela.

III

– A senhorita esteve na casa naquela noite, srta. Argyle?

Tina olhou para o inspetor. Suas mãos repousavam tranquilas em seu colo, e seus olhos, escuros e alertas, não diziam nada.

– Faz tanto tempo – ela disse –, realmente não consigo lembrar.

– Seu carro foi visto lá – disse Huish.

– Foi?

– Por favor, srta. Argyle. Quando nós lhe perguntamos o que tinha feito naquela noite, a senhorita disse que tinha ido para a sua casa e ficado lá a noite toda. Fez o jantar e ficou ouvindo músicas. Bem, isso não é verdade. Pouco antes das sete horas seu carro foi visto na rua, muito perto de Sunny Point. O que a senhorita estava fazendo lá?

Ela não respondeu. Huish esperou alguns instantes e então falou de novo:

– A senhorita entrou na casa, srta. Argyle?

– Não – disse Tina.

– Mas esteve lá?

– O senhor é quem está dizendo isso.

– Não sou eu quem está dizendo. Nós temos provas de que a senhorita esteve lá.

Tina suspirou.

– Sim – ela disse –, fui até lá aquela noite.

– Mas a senhorita diz que não entrou na casa?

– Não, não entrei na casa.

– O que fez, então?

– Voltei para Redmyn. Depois, como já disse, fiz o jantar e escutei músicas no gramofone.

– Por que a senhorita dirigiu até lá e não entrou na casa?

– Eu mudei de ideia – disse Tina.

– O que a fez mudar de ideia, srta. Argyle?

– Quando cheguei lá, não tive vontade de entrar.

– Por causa de alguma coisa que viu ou ouviu?

Ela não respondeu.

– Ouça, srta. Argyle. Essa foi a noite em que sua mãe foi assassinada. Ela foi morta entre sete e sete e meia daquela noite. A senhorita estava lá, seu carro estava lá, pouco antes das sete. Quanto tempo ficou por lá nós não sabemos. É possível que tenha ficado por um bom algum tempo. Pode ser que tenha entrado na casa. A senhorita tem uma chave, suponho.

– Sim – disse Tina –, eu tenho a chave.

– Talvez a senhorita tenha entrado na casa. Talvez tenha ido até a sala e encontrado sua mãe morta. Ou talvez...

Tina levantou a cabeça.

– Ou talvez a tenha matado? É isso que o senhor quer dizer, inspetor Huish?

– Essa é uma das possibilidades – disse Huish –, mas acho mais provável, srta. Argyle, que outra pessoa tenha cometido o assassinato. E se for assim, acho que a senhorita sabe quem é o assassino, ou ao menos tem uma forte suspeita.

– Eu não entrei na casa – disse Tina.

– Então viu ou ouviu alguma coisa. Viu alguém entrar ou sair da casa. Alguém, talvez, de quem os outros não sabiam da presença. Era o seu irmão Michael, srta. Argyle?

Tina disse:

– Eu não vi ninguém.

– Mas ouviu alguma coisa – disse Huish com astúcia. – O que a senhorita ouviu, srta. Argyle?

– Eu já disse, simplesmente mudei de ideia.

– Perdoe-me, srta. Argyle, mas eu não acredito nisso. Por que a senhorita viria de Redmyn para visitar sua família e daria meia-volta sem nem mesmo vê-los? Algo a fez mudar de ideia. Algo que a senhorita viu ou ouviu – ele se inclinou para frente. – Eu acho, srta. Argyle, que sabe quem matou sua mãe.

Ela sacudiu a cabeça devagar.

– A senhorita sabe de *alguma coisa* – disse Huish. – Alguma coisa que está determinada a esconder. Mas pense, srta. Argyle, pense bem. A senhorita percebe que está condenando a sua família? Quer que todos eles permaneçam sob suspeita? Porque é isso que vai acontecer a não ser que a verdade seja descoberta. A pessoa que matou a sua mãe não merece ser protegida. É isso, não é? A senhorita está protegendo alguém.

Mais uma vez os olhos escuros e opacos de Tina encontraram os dele.

– Eu não sei de nada – disse Tina. – Não ouvi nada e não vi nada. Eu apenas... mudei de ideia.

Capítulo 20

I

Calgary e Huish olharam um para o outro. Calgary contemplou o que lhe parecia um dos homens mais deprimidos e melancólicos que já vira. Parecia tão profundamente desiludido que Calgary só pôde supor que a carreira do inspetor Huish não havia sido nada além de uma longa sequência de fracassos. Ficou surpreso ao descobrir mais tarde que o inspetor havia sido muito bem-sucedido na carreira. Huish viu um homem magro, de ombros encolhidos, precocemente grisalho, um rosto delicado e um sorriso muito atraente.

– É provável que o senhor não saiba quem eu sou – disse Calgary.

– Ah, nós já o conhecemos, dr. Calgary – disse Huish. – O senhor é a carta na manga que arruinou o caso Argyle – um sorriso inesperado moveu os contornos de sua boca.

– O senhor não deve ter grande estima por mim, neste caso – disse Calgary.

– Isso é muito comum – disse o inspetor Huish. – Parecia um caso encerrado, todos assim pensavam. Mas essas coisas acontecem – continuou. – São provações, como dizia minha velha mãe. Não levamos a mal, dr. Calgary. Afinal de contas, estamos do lado da justiça, não é verdade?

– Sempre acreditei nisso e seguirei acreditando – disse Calgary. – A ninguém negaremos justiça – murmurou em voz baixa.

– A Carta Magna – disse o inspetor Huish.

– Sim – disse Calgary –, citada para mim pela srta. Tina Argyle.

O inspetor Huish levantou as sobrancelhas.

– O senhor me surpreende. Aquela moça, devo dizer, não me pareceu interessada em ajudar a justiça a funcionar.

– Por que o senhor está dizendo isso? – perguntou Calgary.

– Francamente – disse Huish –, ela sonegou informações. Não há dúvidas em relação a isso.

– Por quê? – perguntou Calgary.

– Bem, é uma questão de família – disse Huish. – Os familiares protegem uns aos outros. Mas por que o senhor queria me ver?

– Eu busco informações.

– Sobre o caso Argyle?

– Sim. Sei que deve lhe parecer que estou me intrometendo num assunto que não me diz respeito...

– Bem, lhe diz respeito de certa forma, não é?

– Ah, o senhor está certo. Sim, sinto-me responsável. Responsável por ter causado tantos problemas.

– Não se pode fazer uma omelete sem quebrar os ovos, dizem os franceses.

– Quero saber de algumas coisas – disse Calgary.

– Por exemplo...?

– Queria mais informações sobre Jacko Argyle.

– Sobre *Jacko* Argyle. Bem, não esperava que o senhor fosse dizer isso.

– Ele tem péssimos antecedentes, sei disso – disse Calgary. – Gostaria de saber alguns detalhes.

– Bem, isso é bastante simples – disse Huish. – Ele foi preso duas vezes, mas ficou em liberdade condicional. Em outra ocasião, por desvio de fundos, escapou só porque conseguiu repor o dinheiro a tempo.

– Um delinquente juvenil, de fato? – perguntou Calgary.

– Isso mesmo – disse Huish. – Não um assassino, como o senhor mesmo deixou claro, mas uma série de outras coisas. Nada, veja bem, em grande escala. Ele não tinha inteligência nem coragem suficientes para armar um grande golpe. É um criminoso de pequeno porte. Roubava de caixas registradoras, tirava dinheiro de mulheres por meio de adulação.

– E ele era muito bom nisso – disse Calgary –, em seduzir mulheres para lhes tomar dinheiro.

– Esse é um ramo de ação seguro – disse o inspetor Huish. – As mulheres enamoravam-se dele com muita facilidade. Ele normalmente procurava mulheres de meia-idade ou já idosas. O senhor ficaria surpreso com a ingenuidade desse tipo de mulher. Ele fazia uma bela encenação. Fazia com que acreditassem que ele estava perdidamente apaixonado. As mulheres acreditam em qualquer coisa.

– E então? – perguntou Calgary.

Huish encolheu os ombros.

– Bem, cedo ou tarde elas caíam em si. Mas não prestavam queixa. Não queriam que todo o mundo soubesse que foram enganadas. Sim, é um ramo de ação bastante seguro.

– Alguma vez houve chantagem? – perguntou Calgary.

– Não que tenhamos conhecimento – disse Huish. – Veja bem, não acho que tenha sido o caso. Ao menos não chantagem de fato. Algumas alusões, talvez. Cartas. Cartas insidiosas. Coisas que seus maridos não gostariam de descobrir. O suficiente para mantê-las de boca fechada.

– Entendo – disse Calgary.

– Era apenas isso que o senhor queria saber? – perguntou Huish.

– Há um membro da família Argyle que ainda não conheço – disse Calgary. – A filha mais velha.

– Ah, a sra. Durrant.

– Eu fui até sua casa, mas não a encontrei. Disseram-me que ela e o marido estavam viajando.

– Estão em Sunny Point.

– Ainda estão lá?

– Sim. Ele quis ficar. O sr. Durrant – acrescentou Huish – está fazendo uma espécie de investigação, pelo que sei.

– Ele é aleijado, não é?

– Sim, poliomielite. Muito triste. Não tem muito o que fazer, o pobre sujeito. É por isso que está tão avidamente interessado nessa história. Acha que está prestes a descobrir alguma coisa.

– E está? – perguntou Calgary.

Huish encolheu os ombros.

– Pode ser que sim – ele disse. – Ele tem mais chance do que nós. Conhece a família; além do quê, é um homem bastante intuitivo e inteligente.

– O senhor acha que ele vai chegar a algum lugar?

– Possivelmente – disse Huish –, mas não vai *nos* contar nada se conseguir. Ficará entre eles.

– O senhor sabe quem é o culpado, inspetor?

– O senhor não deve me fazer perguntas desse tipo, dr. Calgary.

– Então o senhor sabe?

– Você pode achar que sabe alguma coisa – disse Huish devagar –, mas se não tem provas, não há nada que se possa fazer, não é verdade?

– E o senhor acha que não conseguirá as provas de que precisa?

– Oh! Nós somos muito pacientes – disse Huish. – Continuaremos tentando.

– O que acontecerá a eles se vocês não tiverem sucesso? – perguntou Calgary, inclinando-se para frente. – O senhor já pensou nisso?

Huish olhou para ele.

– Essa é a sua preocupação, não é?

– Eles *têm* que saber – disse Calgary. – Aconteça o que acontecer, eles precisam *saber*.

– O senhor não acha que eles já sabem?

Calgary sacudiu a cabeça.

– Não – ele disse lentamente –, e isso é o mais trágico.

II

– Ah – disse Maureen Clegg –, é o senhor de novo!

– Sinto muitíssimo por incomodar a senhora – disse Calgary.

– Oh, mas o senhor não está me incomodando, de maneira nenhuma. Entre. Hoje é meu dia de folga.

Calgary já sabia disso, e essa era a razão de sua visita.

– Joe já está chegando – disse Maureen. – Não vi mais nada sobre Jacko nos jornais. Quer dizer, desde que disseram que ele havia ganhado o indulto, e algo sobre uma pergunta ter sido feita no Parlamento, e depois quando disseram que estava claro que ele não era culpado. Mas não saiu mais nada sobre o que a polícia anda fazendo ou quem é o verdadeiro culpado. Será que eles vão descobrir?

– A senhora ainda não tem nenhuma ideia acerca do assunto?

– Bem, na verdade não – disse Maureen. – No entanto, não ficaria surpresa se tivesse sido o outro irmão. Ele é muito estranho e mal-humorado. Joe às vezes o vê dirigindo por aí, mostrando carros para os clientes. Trabalha para o Grupo Bence. É bastante atraente, mas muito mal-humorado, pelo que sei. Joe ouviu rumores de que ele vai para a Pérsia ou algo assim e me pareceu estranho, o senhor não acha?

– Não sei por que isso pareceria estranho, sra. Clegg.

– Bem, é um daqueles lugares em que a polícia não pode pegar ninguém, não é mesmo?

– A senhora acha que ele está fugindo?

– Talvez ele ache que seja preciso.

– Creio que esse é o tipo de comentário que as pessoas costumam fazer – disse Arthur Calgary.

– Tem uma série de rumores circulando – disse Maureen. – Dizem que o marido e a secretária estavam mancomunados. Mas se tivesse sido o marido, acho que seria mais provável que ele a tivesse envenenado. É o que costumam fazer, não é?

– Bem, a senhora vê mais filmes do que eu, sra. Clegg.

– Eu não fico olhando para a tela – disse Maureen. – Quando se trabalha no cinema, se acaba ficando entediado com os filmes. Olha, lá vem o Joe.

Joe Clegg também ficou surpreso ao ver Calgary e não pareceu muito contente. Conversaram um pouco e então Calgary chegou ao propósito de sua visita.

– Vocês poderiam fazer a gentileza – ele disse – de me dar o nome e o endereço de uma pessoa?

Anotou com cuidado as informações em sua caderneta.

III

Tinha aproximadamente cinquenta anos, pensou, uma mulher gorda e desajeitada que, sem dúvida, nunca havia sido bonita. Não obstante, seus olhos castanhos eram belos e delicados.

– Bem, para falar a verdade, dr. Calgary – ela estava irresoluta, perturbada. – Bem, de verdade, tenho certeza de que não sei...

Ele se inclinou para frente, fazendo o máximo para afastar a relutância da mulher, para acalmá-la, para fazê-la sentir toda a força de sua empatia.

– Já faz tanto tempo – ela disse. – Não quero me lembrar dessas... dessas coisas.

– Entendo – disse Calgary – e garanto à senhora que nada do que me disser será revelado.

– Mas o senhor diz que quer escrever um livro sobre isso, não é?

– O livro será apenas para ilustrar um tipo específico de personalidade – disse Calgary. – Interessante apenas do ponto de vista médico ou psicológico. Não citarei nomes. Apenas sr. A., sra. B., esse tipo de coisa.

– O senhor esteve na Antártica, não é mesmo? – ela perguntou de súbito.

Ele ficou surpreso com a maneira abrupta com que ela havia mudado de assunto.

– Sim – ele disse –, fui com a expedição Heyes Bentley.

Seu rosto se encheu de cor. Ela pareceu mais jovial. Por um breve instante, pôde ver a garota que ela fora um dia.

– Eu costumava ler sobre isso... Sempre fui fascinada por qualquer coisa que tivesse a ver com os polos. Foi um norueguês, não foi, Amundsen, o primeiro a chegar até lá? Acho que os polos são muito mais interessantes do que o Everest ou qualquer um desses satélites, ou viagens à Lua ou coisas desse tipo.

Aproveitou a oportunidade e começou a falar sobre a expedição. Seu pitoresco interesse por investigações polares era algo curioso. Por fim, ela disse com um suspiro:

– É maravilhoso ouvir alguém que realmente esteve lá falar sobre o assunto – ela continuou. – O senhor quer que eu lhe fale sobre Jackie?

– Sim.

– Não vai usar meu nome ou algo assim?

– É claro que não. Já disse. Você sabe como essas coisas são feitas: sra. M., lady Y. Esse tipo de coisa.

– Sim, sim, já li esse tipo de livro... E acho que foi, como o senhor disse, pato... pato...

– Patológico – ele disse.

– Sim, Jackie era definitivamente um caso patológico. Ele era tão gentil – ela disse. – Era maravilhoso. Era impossível não acreditar em cada palavra do que ele dizia.

– É provável que ele também acreditasse – disse Calgary.

– "Eu tenho idade para ser sua mãe", eu costumava dizer a ele, e ele dizia que não gostava de garotas. Dizia que elas eram cruas demais. Dizia que as mulheres maduras e experientes eram as que o atraíam.

– Ele estava apaixonado pela senhora?

– Dizia que estava. Parecia estar... – seus lábios tremeram. – E o tempo todo, ao que parece, ele só estava interessado no dinheiro.

– Não necessariamente – disse Calgary, tentando parecer sincero. – É possível que ele tenha se sentido genuinamente atraído pela senhora. Só que... Ele tinha uma falha de caráter, não podia evitar.

Seu rosto patético e envelhecido iluminou-se de leve.

– Sim – ela disse –, é bom pensar dessa maneira. Nós costumávamos fazer planos; iríamos juntos para a França, ou para a Itália, se os negócios dele dessem certo. Só precisava de algum investimento, ele dizia.

O discurso de sempre, pensou Calgary, e se perguntou quantas mulheres ingênuas teriam caído no conto.

– Eu não sei o que me deu – ela disse. – Teria feito qualquer coisa por ele... *qualquer coisa.*

– Imagino que sim – disse Calgary.

– E acredito que – ela disse com amargura – eu não era a única.

Calgary se levantou.

– Foi muito gentil da sua parte me contar essas coisas – ele disse.

– Ele está morto agora... Mas nunca hei de esquecê-lo. Aquela carinha linda! O jeito que ele ria, mesmo quando estava triste. Ah, ele tinha algo de especial. Não era de todo mau, estou certa de que ele não era *de todo* mau.

Ela o olhou com uma nota de melancolia.

Mas para isso Calgary não tinha uma resposta.

Capítulo 21

Nada indicava a Philip Durrant que aquele dia seria diferente de qualquer outro.

Ele não tinha a mais vaga ideia de que aquele dia determinaria seu futuro de modo definitivo.

Acordou sentindo-se disposto e de bom humor. O ameno sol de outono brilhava em sua janela. Kirsten trouxe uma mensagem que o fez ficar ainda mais animado.

– Tina vem para o chá – ele disse a Mary quando ela entrou com a bandeja do café da manhã.

– Ela vem? Ah, sim, é claro, é sua tarde de folga, não é?

Mary pareceu preocupada.

– Qual é o problema, Polly?

– Nada.

Tirou a casca do ovo para ele. Imediatamente, sentiu-se irritado.

– Eu ainda posso usar as mãos, Polly.

– Oh, pensei que poderia lhe poupar esforço.

– Quantos anos você acha que eu tenho? Seis?

Ela pareceu um pouco surpresa. Então disse, de forma abrupta:

– Hester volta para casa hoje.

– É mesmo? – ele falou de maneira vaga, pois sua mente estava ocupada com seus planos acerca de Tina. Então notou a expressão no rosto da esposa.

– Por Deus, Polly, você acha que tenho uma paixão secreta por essa garota?

Ela virou a cabeça para o lado.

– Você está sempre dizendo como ela é encantadora.

E é. Se você quiser um belo corpo e uma personalidade sinistra – ele acrescentou, cáustico: – Mas não sou exatamente o tipo sedutor, sou?

– Talvez você quisesse ser.

– Não seja ridícula, Polly. Não sabia que você tinha essa veia ciumenta.

– Você não sabe nada sobre mim.

Ele estava prestes a retrucar, mas parou. Percebeu, com certa surpresa, que talvez, de fato, não soubesse mesmo muito sobre Mary.

Ela continuou:

– Eu quero você só para mim, só para mim. Não quero que haja mais ninguém no mundo, só eu e você.

– Nós não teríamos sobre o que conversar, Polly.

Ele falou de modo bem-humorado, mas sentiu-se incomodado.

De súbito, brilho da manhã pareceu se ofuscar.

– Vamos para casa, Philip, por favor, vamos para casa – ela disse.

– Muito em breve nós iremos, mas não agora. As coisas estão indo bem. Como disse, Tina virá hoje à tarde – ele prosseguiu, na tentativa de guiar a mente da esposa para outro assunto. – Tenho grandes expectativas em relação a Tina.

– Em que sentido?

– Tina sabe de alguma coisa.

– Você diz... sobre o assassinato?

– Sim.

– Mas como ela pode saber? Ela nem mesmo estava aqui naquela noite.

– Não estou certo disso. Acho que ela *estava*. É curioso como pequenas coisas surgem para ajudar. Aquela diarista, sra. Narracot, aquela alta, me disse uma coisa.

– O que ela disse?

– Uma fofoca que está correndo pela cidade. Não me lembro o nome, acho que é Ernie... não, é Cyril. Ele teve que ir com sua mãe à delegacia, falar sobre algo que havia visto na noite em que a pobre sra. Argyle foi morta.

– O que ele viu?

– Bem, quanto a isso a sra. Narracot foi bastante vaga. Não tinha conseguido descobrir ainda. Mas é fácil de imaginar, não é, Polly? Cyril não estava dentro de casa, logo ele deve ter visto alguma coisa na rua. Isso nos deixa duas possibilidades. Ou ele viu Micky, ou viu Tina. Meu palpite é que Tina veio até aqui naquela noite.

– Se fosse o caso, ela teria dito.

– Não necessariamente. Está na cara que Tina sabe de alguma coisa que não quis contar. Digamos que ela tenha vindo até aqui naquela noite. Talvez tenha entrado na casa e encontrado sua mãe morta.

– E foi embora sem dizer nada? Bobagem.

– Ela pode ter tido suas razões... Talvez tenha visto ou ouvido alguma coisa que a fizeram crer que ela sabia quem era o assassino.

– Ela não gostava muito de Jacko. Tenho certeza de que não iria querer protegê-lo.

– Então é possível que não fosse de Jacko que ela suspeitava... Mas depois, quando Jacko foi preso, ela pensou que suas suspeitas estavam equivocadas. Como havia dito que não estava aqui, teve que manter sua versão. Mas agora as coisas são diferentes.

Mary disse com impaciência:

– Você fica imaginando coisas, Philip. Inventa um monte de coisas que não têm como ser verdade.

– É muito provável que sejam verdade. Vou tentar fazer com que Tina me conte o que sabe.

– Não acredito que ela saiba de alguma coisa. Você acha mesmo que ela sabe quem foi?

– Não iria tão longe. Acho que ela viu, ou ouviu, alguma coisa. E quero descobrir o que é.

– Tina não vai lhe contar se não quiser.

– Concordo com você. E ela sabe guardar segredos. Seu rosto é traiçoeiro. Nunca revela nada. Mas ela não sabe mentir. Você mente muito melhor que ela, por exemplo... Meu método será o da suposição. Transformarei minha suposição numa pergunta. E ela responderá sim ou não. Depois você sabe o que vai acontecer? Há três opções. Ou ela vai dizer que sim, e tudo estará resolvido; ou vai dizer que não, e como não sabe mentir, vou saber se ela terá dito a verdade ou não; ou pode ainda se recusar a responder e colocar sua carapuça, e isso, Polly, será o mesmo que dizer sim. Ora, Polly, você precisa admitir que tenho chance descobrir algo usando essa técnica.

– Oh, deixe isso pra lá, Phill! Deixe isso pra lá! Esse assunto vai aquietar-se e logo será esquecido.

– Não. Esse caso tem que ser esclarecido. Caso contrário, veremos Hester se atirando pela janela e Kirsten tendo colapsos nervosos. Leo já está tão frio que parece uma estalactite. E a pobre Gwenda está a ponto de aceitar um posto na Rodésia.

– O que importa o que vai acontecer com eles?

– Ninguém importa a não ser nós dois, é isso que você quer dizer?

O rosto de Philip estava austero e cheio de fúria, e isso deixou Mary alarmada. Nunca tinha visto seu marido daquele jeito.

Ela o encarou, como a provocá-lo.

– Por que eu deveria me importar com outras pessoas? – ela perguntou.

– Você nunca se importou, não é mesmo?

– Não sei o que você quer dizer com isso.

Philip deu um suspiro profundo e exasperado. Empurrou a bandeja do café da manhã para o lado.

– Leve isso embora. Não quero mais comer.

– Mas Philip...

Ele fez um gesto impaciente. Mary pegou a bandeja e saiu do quarto. Philip empurrou sua cadeira de rodas até a escrivaninha. Ficou olhado pela janela, com a caneta na mão. Sentiu-se curiosamente oprimido. Há poucos instantes, estava cheio de entusiasmo. Agora, sentia-se inquieto e apreensivo.

Mas em seguida se revigorou. Encheu duas folhas de papel com rapidez. Depois, recostou-se e refletiu.

Era plausível. Era possível. Mas ele não estava plenamente satisfeito. Será que estava mesmo no caminho certo? Não tinha certeza. Motivo. Era isso que estava faltando. Tinha algum elemento que o havia escapado.

Suspirou com impaciência. Mal podia esperar pela chegada de Tina. Se ao menos isso pudesse ser esclarecido. Apenas entre eles. Tudo ficaria bem. Uma vez que eles *soubessem*... todos ficariam livres. Livres daquela atmosfera opressiva de suspeita e desespero. Eles poderiam, com exceção de um, seguir suas vidas. Ele e Mary iriam para casa e...

Sua mente paralisou. O entusiasmo esmoreceu novamente. Ele se deparou com seu próprio problema. *Ele não queria ir para casa*... Pensou na perfeita organização, nas tapeçarias impecáveis, na prataria resplandecente. Nada além de uma gaiola limpa e iluminada! E ele, dentro da gaiola, preso à sua cadeira de rodas, cercado pelos cuidados zelosos de sua esposa.

Sua esposa... Quando pensava na esposa, parecia ver duas pessoas diferentes. Uma era a garota com quem havia se casado, loira, olhos azuis, gentil e reservada. Essa era a garota que ele havia amado, a garota que o olhava com uma expressão adoravelmente confusa diante de suas provocações. Essa era Polly. Mas havia uma outra Mary: rígida, impetuosa, fria. Uma Mary que não se importava com ninguém ao não ser ela mesma. Mesmo ele só tinha importância porque pertencia a ela.

Um trecho de um verso francês lhe veio à mente.

"*Venus tout entière à as Proie attaché...*"

E essa Mary ele não amava. Atrás dos olhos azuis daquela Mary estava uma estranha... uma estranha sobre quem ele nada sabia.

E então riu de si mesmo. Estava ficando nervoso e agitado como todos os outros. Lembrou-se de sua sogra falando com ele sobre Mary. Sobre a doce menininha loira de Nova York. Sobre o momento em que ela havia se abraçado na sra. Argyle e dito: "Eu quero ficar com você. Não quero deixá-la *nunca mais*!"

Havia sentimento nessas palavras, não havia? Ainda assim... como aquilo lhe soava como algo típico de Mary. Era possível alguém mudar tanto depois de adulta? Por que era tão difícil para Mary, quase impossível, demonstrar seus sentimentos?

Ainda que naquela ocasião... De súbito, seu raciocínio foi interrompido. Ou seria de fato muito simples? Não era sentimento... apenas calculismo. O fim que justifica os meios. Uma demonstração de afeto deliberadamente fabricada. Do que Mary não seria capaz para conseguir o que queria?

Seria capaz de quase tudo, pensou... E chocou-se diante do próprio pensamento.

Largou a caneta e se dirigiu com fúria até o quarto ao lado. Foi até a penteadeira, pegou uma escova e penteou os cabelos para trás. Seu próprio rosto lhe parecia estranho.

Quem sou eu, pensou, e para onde vou? Pensamentos que nunca antes tinham lhe ocorrido... Empurrou sua cadeira para perto da janela e olhou para o lado de fora.

Lá em baixo, uma das diaristas estava em frente à janela da cozinha e falava com alguém que estava do lado de dentro. As vozes, marcadas pelo sotaque do dialeto local, chegavam suaves até ele...

Com os olhos desfocados, permaneceu durante alguns instantes numa espécie de estado de transe.

Um barulho vindo do quarto ao lado o despertou de suas preocupações. Conduziu sua cadeira de rodas até a porta que conectava os dois ambientes.

Gwenda Vaughan estava parada diante da escrivaninha. Ela se virou na direção de Philip, que ficou surpreso com o aspecto exausto e selvagem de seu rosto sob a luz da manhã.

– Olá, Gwenda.

– Bom dia, Philip. Leo achou que você poderia gostar de ler o *Illustrated London News.*

– Ah, obrigado.

– Este quarto é muito agradável – disse Gwenda, olhando à sua volta. – Acho que eu nunca tinha entrado aqui antes.

– Uma suíte de primeira, não é? – disse Philip. – Afastada de todos os outros quartos. Ideal para inválidos e casais em lua de mel.

Assim que terminou a frase, se arrependeu de ter dito as três últimas palavras. O rosto de Gwenda estremeceu.

– Tenho que seguir com meus afazeres – ela disse, de maneira vaga.

– A secretária perfeita.

– Nem mesmo isso eu sou hoje em dia. Cometo erros.

– Errar é humano, não é? – ele acrescentou de propósito: – Quando você e Leo vão se casar?

– Provavelmente nunca.

– Isso sim seria um grande erro – disse Philip.

– Leo acha que o casamento poderia levar a polícia a... interpretações desfavoráveis...

Ela falou com amargura.

– Deixe isso pra lá, Gwenda. Às vezes é preciso correr riscos.

– Eu estou disposta a correr riscos – disse Gwenda. – Nunca me importei em correr riscos. Estou disposta a apostar na felicidade. Mas Leo...

– Sim? Leo...?

– Leo – disse Gwenda – provavelmente morrerá da mesma forma que viveu a vida inteira, como o marido de Rachel Argyle.

A raiva e a amargura presentes no olhar de Gwenda o alarmaram.

– É como se ela ainda estivesse viva – disse Gwenda. – Ela está *aqui*, nesta casa. O tempo todo...

Capítulo 22

I

Tina estacionou seu carro no gramado ao lado do muro do cemitério. Removeu cuidadosamente o papel que envolvia as flores que trazia consigo, então entrou pelos portões do cemitério e seguiu pelo caminho principal. Ela não gostava do novo cemitério. Gostaria que a sra. Argyle tivesse sido enterrada no antigo, que ficava em volta da igreja. Parecia haver uma paz de outros tempos naquele lugar, uma paz difícil de se encontrar nos dias de hoje. Os arbustos, as pedras cobertas de musgos. Neste cemitério, tão novo e bem planejado, a calçada e os pequenos caminhos adjacentes cintilavam; tudo parecia tão plano e massificado quanto os produtos de um supermercado.

O túmulo da sra. Argyle estava bem cuidado. Tinha uma borda quadrada, de mármore, que circundava o interior feito de pedaços de granito, e uma cruz de granito erguia-se na parte posterior.

Tina, empunhando seus cravos, curvou-se para ler a inscrição. "Dedicado à memória de Rachel Louise Argyle." Abaixo lia-se o seguinte texto:

"Seus filhos se erguerão para dizer-lhe abençoada."

Tina ouviu passos atrás de si e se virou, assustada.

– Micky!

– Eu vi seu carro. Segui você. Ao menos... Eu ia vir aqui de qualquer maneira.

– Você ia vir aqui? Por quê?

– Não sei. Apenas para dizer adeus, talvez.

– Dizer adeus... a ela?

Ele assentiu com a cabeça.

– Sim. Aceitei aquele trabalho na companhia de petróleo. Me mudo em três semanas.

– E veio aqui se despedir de mamãe antes de partir?

– Sim. Talvez para agradecê-la e para pedir desculpas.

– Pedir desculpa pelo quê, Micky?

– Não vou pedir desculpas por tê-la matado, se é isso que você está tentando sugerir. Você achou que eu a tinha matado, Tina?

– Eu não tinha certeza.

– Você ainda não tem certeza, não é? Quer dizer, não adianta eu falar para você que não fui eu.

– Você veio pedir desculpas pelo quê?

– Ela fez muito por mim – disse Micky com brandura. – E eu nunca fui nem um pouco grato a ela. Ressentia-me com tudo que ela fazia. Nunca lhe disse uma palavra carinhosa, nunca olhei para ela com afeto. Me arrependo agora de não ter feito isso.

– Quando você deixou de odiá-la? Depois que ela morreu?

– Sim. Acho que sim.

– Não era ela que você odiava de verdade, era?

– Não... Não. Você estava certa em relação a isso. Era a minha mãe verdadeira. Porque eu a amava. Porque eu a amava, e ela não ligava a mínima para mim.

– E agora você não está mais zangado com isso?

– Não. Acho que ela não podia evitar. Afinal, não se pode mudar a natureza das pessoas. Ela era uma pessoa alegre e radiante. Gostava demais dos homens e da bebida, e era gentil com os filhos quando tinha vontade. Nunca deixaria que ninguém machucasse seus filhos. Então ela não se importava comigo, e daí? Durante todos esses anos, me recusei a enxergar a realidade. Agora aceitei – ele estendeu a mão. – Dê-me apenas um dos seus cravos, por favor, Tina? – pegou o cravo das mãos dela e, curvando-se, repousou-o sobre o túmulo, logo abaixo da inscrição. – Aqui está, mamãe – ele disse. – Eu fui um péssimo filho para a senhora, e não acho que a senhora tenha sido uma mãe muito adequada para mim. Mas suas intenções foram boas – ele olhou para Tina. – Foi um bom pedido de desculpas?

– Acho que sim – disse Tina.

Ela curvou-se e pôs ali seu ramalhete de cravos.

– Você costuma vir aqui trazer flores?

– Venho aqui uma vez por ano – disse Tina.

– Minha pequena Tina – disse Micky.

Eles se viraram e andaram juntos pelo caminho do cemitério.

– Eu não a matei, Tina – disse Micky. – Juro que não a matei. Quero que acredite em mim.

– Eu estive lá naquela noite – disse Tina.

Ele se virou de repente.

– Você esteve lá? Em Sunny Point?

– Sim. Eu estava pensando em deixar meu emprego. Queria pedir a opinião de papai e mamãe sobre o assunto.

– Bem – disse Micky –, continue.

Ela não disse nada. Micky segurou seu braço e a sacudiu.

– Continue, Tina – ele disse. – Você tem que me contar.

– Eu não contei isso a ninguém – disse Tina.

– Continue – disse Micky de novo.

– Eu fui até lá. Não levei o carro até o portão. Você sabe que há um lugar na metade do caminho onde é mais fácil de fazer a volta.

Micky acenou com a cabeça.

– Deixei o carro ali e caminhei em direção a casa. Estava me sentindo insegura. Você sabe como era difícil de falar com mamãe em certo sentido. Quer dizer, ela sempre tinha seus próprios conceitos. Eu queria apresentar o assunto da forma mais clara possível. E então fiquei caminhando por ali, de um lado para o outro, pensando em como iria falar.

– Isso foi a que horas?

– Não sei – disse Tina. – Não consigo mais lembrar. Eu... Nunca liguei muito para o tempo.

– Pois é, minha querida – disse Micky. – Você tem sempre esse ar de quem desfruta de um ócio infinito.

– Eu estava sob as árvores – disse Tina – caminhando lentamente...

– Como uma gatinha – disse Micky com carinho.

– Quando ouvi.

– Ouviu o quê?

– Duas pessoas cochichando.

– Sim? – Micky sentiu o corpo se contrair. – O que eles diziam?

– Um deles disse: "Entre sete e sete e meia. Este é o horário. Agora lembre-se disso para não estragar tudo. Entre sete e sete e meia." A outra pessoa sussurrou: "Você pode confiar em mim", e então a primeira voz disse: "E depois disso, meu bem, tudo será perfeito".

Houve um momento de silêncio, e então Micky disse:

– Bem... Por que você escondeu isso?

– Porque eu não sabia – disse Tina –, não sabia quem estava falando.

– Mas claro! Era homem ou mulher?

– Não sei – disse Tina. – Veja, quando duas pessoas estão sussurrando, você não consegue escutar a *voz* delas. É apenas... Bem, apenas um sussurro. Eu acho, é claro, que era um homem e uma mulher, porque...

– Por causa do que disseram?

– Sim, mas eu não sabia quem eram eles.

– Você pensou – disse Micky – que poderiam ser papai e Gwenda?

– É possível, não é? – disse Tina. – É possível que ele estivesse dizendo a Gwenda sair dali e voltar entre as sete e as sete e meia, ou que ela estivesse mandando papai descer por volta desse horário.

– E se fosse papai e Gwenda, você não ia querer entregá-los à polícia. É isso?

– Se eu tivesse certeza – disse Tina. – Mas não tenho certeza. Pode não ter sido eles. Pode ter sido... Hester e outra pessoa? Pode até mesmo ter sido Mary, mas não Philip. Não, Philip não, é claro.

– Quando você diz Hester e outra pessoa, quem acha que é a outra pessoa?

– Não sei.

– Você não o viu? Não viu o homem?

– Não – disse Tina. – Não o vi.

– Tina, acho que você está mentindo. Era um homem, não era?

– Eu voltei – disse Tina – em direção ao carro, e então avistei alguém do outro lado da rua, caminhando muito rápido. Era apenas um vulto na escuridão. E então eu pensei... Eu pensei ouvir um carro arrancando no final da rua.

– Você pensou que fosse *eu*... – disse Micky.

– Eu não sabia – disse Tina. – *Poderia* ter sido você. O homem tinha mais ou menos sua altura e seu tamanho.

Eles chegaram junto ao pequeno carro de Tina.

– Vamos, Tina – disse Micky –, entre. Eu vou com você. Nós vamos até Sunny Point.

– Mas, Micky...

– Não adianta nada dizer a você que não fui eu, adianta? O que mais posso dizer? Vamos, me leve até Sunny Point.

– O que você vai fazer, Micky?

– Por que você acha que vou fazer alguma coisa? Você não ia para Sunny Point de qualquer maneira?

– Sim – disse Tina –, eu ia. Recebi uma carta de Philip.

Deu a partida no carro. Micky, sentado ao seu lado, mantinha o corpo muito ereto e rígido.

– Philip escreveu para você, então? O que ele disse?

– Ele me pediu para ir até lá. Queria me ver. Ele sabe que hoje é o meu dia de folga.

– Ah. Ele disse por que queria vê-la?

– Ele disse que queria me fazer uma pergunta e que esperava que lhe desse a resposta. Disse que não precisaria lhe dizer nada. Só teria que dizer sim ou não. Ele disse que manteria minha resposta em segredo, fosse ela qual fosse.

– Então ele suspeita de alguma coisa – disse Micky. – Interessante.

O caminho até Sunny Point era bastante curto. Quando eles chegaram lá, Micky disse:

– Vá entrando, Tina. Eu vou dar uma caminhada pelo jardim, pensar um pouco. Vá ter sua conversa com Philip.

Tina disse:

– Você não pretende... Você não faria uma coisa dessas...

Micky deu uma risada.

– O que? Me jogar do mirador? Ora, por favor, Tina, você me conhece melhor do que isso.

– Às vezes – disse Tina – acho que é impossível conhecer de fato outra pessoa.

Virou-se de costas para ele e caminhou lentamente em direção a casa. Micky a observava, a cabeça projetada para a frente e as mãos enfiadas nos bolsos. Trazia o rosto anuviado. Então caminhou ao redor da residência, observando-a pensativamente. Todas as suas memórias de infância lhe voltaram à mente. Lá estava a velha árvore de magnólia. Ela a havia escalado incontáveis vezes e entrado e saído pela janela adjacente. Lá estava o pequeno pedaço de terra que ele dizia ser seu próprio jardim. Não que ele gostasse muito de plantas. Sempre preferiu brincar despedaçando seus brinquedos eletrônicos. "Seu moleque demolidor", pensou, com lânguido deleite.

Bem, as pessoas não mudam.

II

Ao entrar na casa, Tina se deparou com Mary no hall de entrada. Mary pareceu surpresa ao vê-la.

– Tina! Você veio de Redmyn?

– Sim – disse Tina. – Você não sabia que eu vinha?

– Tinha esquecido – disse Mary. – Acho que Philip chegou a comentar comigo.

Virou-se de costas.

– Vou até a cozinha – ela disse – ver se o Ovomaltine está pronto. Philip gosta de beber antes de dormir. Kirsten acaba de levar uma xícara de café para ele. Ele prefere café do que chá. Diz que chá lhe causa indigestão.

– Por que você o trata como um inválido, Mary? – disse Tina. – Ele não é realmente inválido.

Havia um traço de fria raiva no olhar de Mary.

– Quando você tiver um marido, Tina – ela disse –, saberá como os maridos gostam de ser tratados.

Tina disse com doçura:

– Me desculpe.

– Se apenas nós pudéssemos ir embora desta casa – disse Mary. – É tão *ruim* para Philip estar aqui. E Hester voltará hoje – acrescentou.

– Hester? – Tina pareceu surpresa. – Mesmo? Por quê?

– Como eu vou saber? Ela ligou ontem à noite e disse que viria. Não sei em qual trem ela vai chegar. Suponho que seja no expresso, como de costume. Alguém vai ter que ir buscá-la em Drymouth.

Mary desapareceu pelo corredor que levava à cozinha. Tina hesitou por um instante e então subiu as escadas. Quando chegou ao andar de cima, a primeira porta à sua direita se abriu e Hester saiu de dentro dela. Ficou chocada ao ver Tina.

– Hester! Tinha ouvido dizer que você chegaria hoje, mas não sabia que já estava aqui.

– O dr. Calgary me trouxe – disse Hester. – Subi direto para o meu quarto. Acho que ninguém sabe que eu cheguei.

– O dr. Calgary também está aqui?

– Não. Ele me deixou aqui e seguiu para Drymouth. Queria visitar alguém lá.

– Mary não sabe que você chegou.

– Mary nunca sabe de nada – disse Hester. – Ela e Philip se isolam de tudo o que acontece. Acho que papai e Gwenda estão na biblioteca. Tudo parece continuar como antes.

– Por que haveria de ser diferente?

– Não sei – disse Hester, num tom incerto. – Apenas imaginava que tudo estaria de algum modo diferente.

Passou por Tina e desceu as escadas. Tina passou pela biblioteca e seguiu até o fim do corredor, onde ficava a suíte ocupada pelos Durrants. Kirsten Lindstrom, que estava parada diante da porta de Philip empunhando uma bandeja, virou a cabeça rapidamente.

– Oh, Tina, você me deu um susto – ela disse. – Vim trazer um café e alguns biscoitos para Philip.

Ela ergueu a mão para bater na porta. Tina ficou ao seu lado.

Kirsten esperou alguns instantes, abriu a porta e entrou no quarto. Ela estava um pouco à frente de Tina, e seu corpo alto e ossudo bloqueava a visão da jovem. Os braços de Kirsten cederam e a bandeja se espatifou no chão, despedaçando xícara e pratos.

– Oh, não – gritou Kirsten –, oh, *não*!

Tina disse:

– Philip?

Ela passou por Kirsten e foi até a escrivaninha, onde estava a cadeira de Philip Durrant. Ele devia estar escrevendo, supôs. Havia uma caneta esferográfica ao lado de sua mão direita, mas sua cabeça estava virada e caída para frente numa posição curiosa. E perto do pescoço ela viu algo que parecia um losango vermelho manchando a gola de sua camisa branca.

– Ele foi morto – disse Kirsten. – Ele foi morto... esfaqueado. Ali, na parte logo abaixo da cabeça. Uma facada ali é fatal.

Ela acrescentou, a voz cada vez mais alta.

– Eu o avisei. Fiz tudo o que pude. Mas ele parecia uma criança, gostando de brincar com fogo... sem perceber que podia se queimar.

Parecia um pesadelo, pensou Tina. Ela ficou ali, quieta ao lado de Philip, olhando para ele, enquanto Kirsten levantava sua cabeça débil e tentava inutilmente sentir seu pulso. O que será que ele queria perguntar a ela? O que quer que fosse, não poderia mais perguntar. Sem perceber, a mente de Tina estava captando e registrando vários detalhes. Ele estivera escrevendo, sim. A caneta estava ali, mas não havia nenhuma folha de papel diante dele. Nada escrito. Quem o matou havia levado o que ele estava escrevendo. Ela disse, calma e mecanicamente:

– Precisamos contar aos outros.

– Sim, sim, nós precisamos encontrá-los. Precisamos contar ao seu pai.

Lado a lado, as duas mulheres foram em direção à porta. O braço de Kirsten envolveu Tina. Os olhos de Tina se voltaram na direção da bandeja e das louças quebradas.

– Isso não importa – disse Kirsten. – Pode ser recolhido depois.

Tina deu um passo em falso, e o braço de Kirsten a conteve.

– Tenha cuidado, você vai cair.

Elas seguiram pelo corredor. A porta da biblioteca estava aberta. Leo e Gwenda saíram para o corredor. Tina disse, em sua voz clara e suave:

– Philip foi morto. Esfaqueado.

Parecia um pesadelo, pensou Tina. As exclamações horrorizadas de seu pai, e Gwenda cruzando por ela, indo em direção a Philip... Em direção a Philip, que estava morto. Kirsten largou-a e desceu correndo as escadas.

– Eu tenho que contar à Mary. É preciso dar-lhe a notícia com cuidado. Pobre Mary. Será um choque terrível.

Tina a seguiu devagar. A atmosfera lhe parecia mais confusa e onírica do que nunca. Sentia uma dor estranha lhe invadindo o peito. Para onde ela estava indo? Ela não sabia. Nada era real. Cruzou a porta da frente, que estava aberta. Foi então que viu Micky saindo de trás da casa. Seus passos a estiveram conduzindo nesta direção o tempo todo. Ela correu de encontro a ele.

– Micky – ela disse. – Oh, Micky!

Os braços dele estavam abertos, e Tina deixou que ele a envolvesse.

– Está tudo bem – disse Micky. – Eu estou aqui.

Tina estremeceu em seus braços. Caiu no chão, no mesmo instante em que Hester saía correndo da casa.

– Ela desmaiou – disse Micky, sem saber o que fazer. – Nunca vi Tina desmaiar antes.

– É o choque – disse Hester.

– Como assim, choque?

– Philip foi assassinado – disse Hester. – Você não sabia?

– Como eu poderia saber? Quando? Como?

– Há apenas alguns instantes.

Olhou-a fixamente. Então, pegou Tina nos braços. Com Hester ao seu lado, levou Tina até a antessala da sra. Argyle e deitou-a no sofá.

– Ligue para o dr. Craig – ele disse.

– Ali está seu carro – disse Hester, olhando pela janela. – Papai o chamou por causa de Philip. Eu... – ela olhou em volta. – Eu não quero vê-lo.

Saiu correndo do quarto e subiu as escadas.

Donald saiu do carro e entrou pela porta da frente, que seguia aberta. Kirsten veio da cozinha para recebê-lo.

– Boa tarde, miss Lindstrom. O que aconteceu? O sr. Argyle me disse que Philip Durrant está morto. *Morto.*

– É verdade – disse Kisten.

– O sr. Argyle já ligou para a polícia?

– Não sei.

– Existe alguma possibilidade de ele estar apenas ferido? – disse Don. Ele virou-se para pegar sua maleta médica que estava no carro.

– Não – disse Kirsten. Sua voz estava monótona e cansada. – Ele está morto. Tenho certeza disso. Foi esfaqueado... Aqui.

Pôs a mão na parte de trás da própria cabeça.

Micky saiu em direção ao corredor.

– Don, é melhor você dar uma olhada em Tina – ele disse. – Ela está desmaiada.

– Tina? Oh, sim, ela é a... A que mora em Redmyn, não é? Onde ela está?

– Está ali dentro.

– Só vou dar uma olhada nela antes de ir lá para cima – disse Don.

Quando estava entrando na sala, disse a Kirsten por sobre o ombro:

– Mantenha-a aquecida. Dê a ela um chá bem quente ou um café assim que ela aparecer. Você sabe como são essas coisas...

Kirsten assentiu com a cabeça.

– Kirsty! – Mary Durrant vinha lentamente pelo corredor. Kirsten foi ao encontro dela. Micky encarou-a sem saber como agir.

– Não é verdade – Mary falou em voz alta e dissonante. – Não é *verdade*! É uma mentira que vocês inventaram. Ela estava bem quando eu o deixei há poucos instantes. Estava muito bem. Estava escrevendo. Eu disse a ele para não escrever. Eu *disse* a ele. Por que foi fazer isso? Por que tem de ser tão teimoso? Por que não foi embora desta casa quando lhe pedi?

Kirsten consolou-a e a reconfortou, fez o máximo que podia para que ela relaxasse.

Donald Craig saiu da sala de estar.

– Quem disse que a garota havia desmaiado? – ele perguntou.

Micky encarou-o.

– Mas ela realmente desmaiou – ele disse.

– Onde ela estava quando desmaiou?

– Estava comigo... Ela saiu da casa e caminhou na minha direção. Então... ela simplesmente desfaleceu.

– Ah, ela desfaleceu? Sim, é claro que desfaleceu – disse Donald Craig num tom severo. Ele se dirigiu rapidamente ao telefone. – Preciso de uma ambulância – ele disse. – Imediatamente.

– Uma ambulância? – Micky e Kirsten o olharam fixamente. Mary não pareceu ter escutado.

– Sim – Donald discava com fúria. – A garota não desmaiou – ele disse. – Ela foi esfaqueada. Você ouviu? Esfaqueada nas costas. Temos que levá-la ao hospital agora mesmo.

Capítulo 23

I

Em seu quarto de hotel, Arthur Calgary leu diversas vezes suas anotações.

De tempos em tempos, balançava a cabeça.

Sim... Ele estava no caminho certo agora. Para começar, havia cometido o erro de se concentrar na sra. Argyle. Em nove entre dez casos, esse teria sido o procedimento correto. Mas este era o décimo caso.

O tempo todo havia sentido a presença de um fator desconhecido. Se ele conseguisse isolar e identificar este fator, o caso estaria resolvido. Em suas tentativas, havia focado toda a atenção na sra. Argyle. Mas a sra. Argyle, ele agora percebia, não era realmente importante. *Qualquer* vítima, em certo sentido, teria servido.

Ela havia deslocado seu ponto de vista para o momento onde tudo havia começado. E isso o havia levado de volta a Jacko.

Não apenas Jacko, o jovem sentenciado injustamente por um crime que não cometera, mas Jacko, o ser humano por trás disso. Seria Jacko, nas palavras da antiga doutrina calvinista, "um navio condenado à destruição"? Ela havia tido todas as oportunidades na vida, não havia? A opinião do dr. MacMaster, de qualquer forma, era a de que Jacko era uma daquelas pessoas que tinham nascido para o crime. Nenhum meio em que vivesse poderia tê-lo salvo. Será que isso era verdade? Leo Argyle falava sobre ele de maneira indulgente, com pena. Como ele havia dito? "Um desajuste da natureza." Ele havia aceitado a versão da psicologia moderna. Um doente, não um criminoso. O que Hester havia dito? Objetivamente, que Jacko sempre havia sido terrível.

Uma declaração simples e infantil. E o que Kirsten Lindstrom havia dito? Jacko era perverso! Perverso! Tina havia dito: "Nunca gostei dele ou confiei nele". Então todos concordavam em termos gerais, não era verdade? Somente no caso de sua viúva que os termos haviam deixado de ser gerais e passado a ser particulares. Maureen Clegg tinha seu próprio ponto de vista sobre Jacko. Deixara-se levar por seu charme e se arrependia disso. Agora, mais uma vez casada e protegida, repetia as opiniões do marido. Ela havia dado a Calgary um relatório sincero sobre alguns dos esquemas suspeitos de Jacko, e os métodos através dos quais ele havia conseguido dinheiro. *Dinheiro...*

Essa palavra parecia dançar em letras gigantes na mente cansada de Arthur Calgary. Dinheiro! Dinheiro! Dinheiro! Como um *leitmotiv* em uma ópera, pensou. O dinheiro da sra. Argyle! Dinheiro posto em fundos! Dinheiro posto em uma aplicação! Os rendimentos deixados para seu marido! Dinheiro tirado do banco! Dinheiro na gaveta da escrivaninha! Hester correndo para seu carro sem dinheiro na bolsa, pedindo duas libras para Kirsten Lindstrom. Dinheiro encontrado na posse de Jacko, dinheiro que sua mãe jurou que nunca havia dado.

Havia um padrão aí, um padrão composto de detalhes insignificantes sobre dinheiro.

E certamente, dentro desse padrão, o fator desconhecido estava ficando cada vez mais claro.

Olhou para o relógio. Havia prometido a Hester que ligaria em um horário combinado pelos dois. Tirou o telefone do gancho e pediu o número.

Em poucos instantes, ouviu sua voz, clara, um tanto infantil.

– Hester. Você está bem?

– Oh, sim, *eu* estou bem.

Ele levou um momento para compreender a implicação daquela palavra acentuada.

– O que aconteceu?

– Philip foi morto.

– Philip? Philip Durrant?

Calgary parecia incrédulo.

– Sim. E tem Tina, também... Pelo menos ela não está morta ainda. Está no hospital.

– Conte-me o que aconteceu.

Hester contou a ele. Calgary interrogou-a de forma minuciosa, até que tivesse todos os fatos.

Então disse com austeridade:

– Espere, Hester, vou até aí. Chegarei em... – olhou para o relógio – em uma hora. Tenho que ver o inspetor Huish primeiro.

II

– O que o senhor quer saber exatamente, dr. Calgary? – perguntou o inspetor Huish, mas antes que Calgary pudesse dizer qualquer coisa, o telefone sobre a mesa de Huish tocou e ele atendeu. – Sim, sim, é ele mesmo. Só um momento. – Pegou um pedaço de papel e uma caneta e se preparou para escrever. – Sim. Pode falar. Sim. O quê? Como se escreve essa última palavra? Ah, claro. Sim, não parece fazer muito sentido ainda, não é? Certo. Mais alguma coisa? Certo. Obrigado – ele desligou o aparelho. – Era do hospital.

– Tina? – perguntou Calgary.

O inspetor fez que sim com a cabeça.

– Ela recobrou a consciência por alguns minutos.

– Ela disse alguma coisa? – perguntou Calgary.

– Não vejo por que eu deveria contar isso ao senhor, dr. Calgary.

– Estou pedindo para o senhor me contar – disse Calgary – porque acho que posso ajudá-lo no caso.

Huish, com um ar pensativo, olhou para ele.

– O senhor está indo a fundo neste assunto, não é mesmo, dr. Calgary? – ele disse.

–Sim. Veja, eu me sinto responsável pela reabertura do caso. Sinto-me responsável inclusive por essas duas tragédias. A garota vai sobreviver?

– Eles acham que sim – disse Huish. – A lâmina não atingiu o coração. Mas é uma situação de risco – ele sacudiu a cabeça. – É sempre o mesmo problema. As pessoas não acreditam que o assassino é perigoso. Parece uma coisa estranha de dizer, mas é verdade. Todos sabiam que entre eles havia um assassino. Deveriam ter contado o que sabiam. A única coisa prudente a fazer se há um assassino por perto é contar à polícia tudo o que se sabe *imediatamente.* Bem, eles não contaram. Esconderam as coisas de mim. Philip Durrant era um bom sujeito, um sujeito inteligente; mas via o negócio todo como uma espécie de jogo. Ele ficou escarafunchando, armando ciladas para as pessoas. E descobriu alguma coisa, ou pensou ter descoberto alguma coisa. E mais alguém pensou que ele descobrira alguma coisa. Resultado: recebo um telefonema dizendo que ele foi morto, esfaqueado na parte de trás do pescoço, na nuca. É isso que dá ficar mexendo com esse tipo de coisa sem entender os riscos – pigarreou.

– E a garota? – perguntou Calgary.

– A garota sabia de alguma coisa – disse Huish. – Alguma coisa que não queria contar. Na minha opinião – ele disse –, ela estava apaixonada pelo sujeito.

– O senhor está falando de... Micky?

– Sim. Eu diria, também, que Micky gostava dela, em certo sentido. Mas gostar de alguém não é o suficiente quando você está louco de medo. O que quer que ela soubesse era provavelmente mais grave do que ela pensava. É por isso que depois que encontrou Durrant morto e foi correndo para os seus braços, ele aproveitou a oportunidade e a esfaqueou.

– Isso é apenas uma suposição sua, não é inspetor Huish?

– Não é bem uma suposição, dr. Calgary. A faca estava no bolso dele.

– A faca usada para cometer os crimes?

– Sim. Havia sangue nela. Vamos fazer os testes, mas será o sangue da garota, sem dúvida. Da garota e de Philip Durrant!

– Mas... Não pode ser.

– Quem disse que não pode ser?

– Hester. Falei com ela no telefone e ela me contou tudo o que aconteceu.

– Contou, é? Bem, os fatos são muito simples. Mary Durrant desceu para a cozinha, deixando seu marido vivo, às dez para as quatro. Naquele momento estavam na casa Leo Argyle e Gwenda Vaughan na biblioteca, Hester Argyle em seu quarto no primeiro andar, e Kirsten Lindstrom na cozinha. Pouco depois das quatro horas, Micky e Tina chegaram. Micky ficou no jardim e Tina entrou e subiu as escadas, logo atrás de Kirsten, que acabara de subir levando café e biscoitos para Philip. Tina parou para falar com Hester, depois seguiu e juntou-se a miss Lindstrom, e as duas encontraram Philip morto.

– E durante todo esse tempo Micky estava no jardim. Seguramente este é um álibi perfeito, não?

– O que o senhor não sabe, dr. Calgary, é que há uma enorme árvore de magnólia junto a casa, ao lado. As crianças costumavam subir nela. Especialmente Micky. Ele costumava entrar e sair da casa dessa maneira. Ele poderia ter trepado na árvore, ido até o quarto de Durrant, esfaqueado o sujeito, voltado e saído pelo mesmo lugar por onde entrou. Oh, uma fração de segundo a mais e tudo estaria perdido, mas é impressionante o que a audácia pode fazer com uma pessoa. E ele estava desesperado. Tinha que evitar a qualquer custo que Tina e Durrant se encontrassem. Para estar seguro, ele precisava matar os dois.

Calgary pensou por alguns instantes.

– O senhor disse a pouco, inspetor, que Tina havia recobrado a consciência. Ela não conseguiu dizer exatamente quem a apunhalou?

– Ela não foi muito coerente – disse Huish lentamente. – Na verdade, não estou certo de que ela estava consciente no sentido exato do termo.

Deu um sorriso cansado.

– Está bem, dr. Calgary, vou lhe contar exatamente o que ela disse. Primeiro, ela disse um nome. *Micky*...

– Ela o acusou, então – disse Calgary.

– É o que parece – disse Huish. – O resto das coisas que ela disse não fazia sentido. É um bastante esquisito.

– O que ela disse?

Huish olhou para o bloco em sua frente.

– "Micky." Então uma pausa. Então: "A xícara estava vazia..." Então outra pausa e: "A pomba no mastro"– ele olhou para Calgary. – O senhor consegue entender isso?

– Não – disse Calgary. Balançou a cabeça e disse num tom reflexivo: – A pomba no mastro... Que coisa estranha para se dizer.

– Não há pombas ou mastros até onde sabemos – disse Huish. – Mas significava algo para ela em sua própria mente. Mas veja, pode não ter nada a ver com o assassinato. Só Deus sabe por onde estaria vagando sua consciência.

Calgary ficou em silêncio por um momento. Refletia sobre o que tinha acabado de ouvir. Ele disse:

– Vocês prenderam Micky?

– Ele está sob custódia. Será acusado oficialmente dentro de 24 horas.

Huish olhou com curiosidade para Calgary.

– Me parece que esse rapaz, Micky, não era a *sua* resposta para a questão.

– Não – disse Calgary. – Não, Micky não era a minha resposta. Mesmo agora... Eu não sei – ele se levantou. – Ainda acho que estou certo – ele disse –, mas ainda não tenho o suficiente para que o senhor acredite em mim. Preciso ir até lá de novo. Preciso vê-los.

– Bem – disse Huish –, tenha cuidado, dr. Calgary. A propósito, qual é a *sua* hipótese?

– Faria algum sentido para o senhor – disse Calgary – se eu lhe dissesse que acredito que foi um crime passional?

Huish ergueu as sobrancelhas.

– A passionalidade pode assumir várias formas, dr. Calgary – ele disse. – Ódio, avareza, ganância, medo.

– Quando eu disse crime passional – disse Calgary – quis dizer no sentido mais usual do termo.

– Se o senhor está se referindo a Gwenda Vaughan e Leo Argyle – disse Huish –, é o mesmo que nós sempre pensamos, mas não parece encaixar.

– É mais complicado do que isso – disse Arthur Calgary.

Já estava anoitecendo novamente quando Arthur Calgary chegou em Sunny Point. Aquela noite se parecia muito com a primeira noite em que ele havia estado lá. Viper's Point, pensou, antes de tocar a campainha.

Mais uma vez os eventos pareciam se repetir. Foi Hester quem abriu a porta. Havia a mesma rebeldia em seu rosto, o mesmo ar desesperadamente dramático. Atrás dela, pôde ver, como à primeira vez, a figura atenta, desconfiada, de Kirsten Lindstrom. Era a história se repetindo.

Então as semelhanças se dissiparam. A suspeita e o desespero desapareceram do rosto de Hester, que se abriu num sorriso amável, acolhedor.

– É *você* – ela disse. – Ah, que bom que você veio!

Ele segurou suas mãos.

– Quero ver o seu pai, Hester. Ele está na biblioteca?

– Sim, sim, ele está lá com Gwenda.

Kirsten Lindstrom se aproximou deles.

– Por que o senhor veio aqui de novo? – ela disse num tom acusatório. – Olhe o transtorno que o senhor causou da outra vez! Veja o que aconteceu conosco! A vida de Hester arruinada, a vida do sr. Argyle arruinada, e duas mortes. Duas! Philip Durrant e a pequena Tina. E é tudo culpa *sua*, tudo culpa sua!

– Tina ainda não está morta – disse Calgary – e eu tenho algo a fazer aqui que não posso deixar de fazer.

– O que o senhor tem a fazer? – Kirsten ainda estava bloqueando a passagem para a escadaria.

– Tenho que terminar o que comecei – disse Calgary.

Ele pôs a mão em seu ombro e moveu-a delicadamente para o lado. Subiu as escadas e Hester o seguiu. Voltou o pescoço e disse a Kirsten por sobre o ombro:

– Venha também, miss Lindstrom, eu gostaria que todos vocês estivessem presentes.

Na biblioteca, Leo Argyle estava sentado à escrivaninha. Gwenda Vaughan estava ajoelhada em frente à lareira, os olhos fixos no fogo. Eles ergueram os olhos, surpresos.

– Desculpem-me aparecer assim sem avisar – disse Calgary –, mas como estava dizendo para miss Kirsten e Hester, vim terminar o que comecei – ele olhou em volta. – A sra. Durrant ainda está na casa? Eu gostaria que ela estivesse presente também.

– Acho que ela está deitada – disse Leo. – Ela... Ela está sofrendo muito com tudo isso.

– Eu gostaria que estivesse presente mesmo assim – ele olhou para Kirsten. – Talvez a senhora pudesse ir buscá-la.

– Pode ser que ela não queira vir – disse Kirsten com obstinação.

– Diga a ela que há coisas sobre a morte do marido que talvez ela não saiba – disse Calgary.

– Oh, por favor, Kirsty – disse Hester. – Não seja tão desconfiada e protetora. Não sei o que o dr. Calgary vai dizer, mas todos nós temos que estar presentes.

– Como queira – disse Kirsten.

Ela saiu da biblioteca.

– Sente-se – disse Leo. Ele indicou uma cadeira do outro lado da lareira, e Calgary se sentou.

– Eu devo dizer que neste momento eu gostaria que o senhor nunca tivesse vindo até aqui, dr. Calgary – disse Leo.

– Isso é muito injusto – disse Hester, tomada de fúria. – O que o senhor está dizendo é terrivelmente injusto.

– Eu sei como o senhor deve estar se sentido – disse Calgary. – Acredito que no seu lugar eu me sentiria da mesma forma. Cheguei a compartilhar sua opinião por um curto período, mas, depois de refletir, vejo que não poderia ter feito as coisas de maneira diferente.

Kirsten voltou a entrar na biblioteca.

– Mary está a caminho – ela disse.

Todos aguardaram em silêncio e, em poucos instantes, Mary Durrant entrou na biblioteca. Calgary olhou-a com interesse, já que era a primeira vez que a via. Ela parecia calma e composta, bem-vestida, os cabelos arrumados. Mas seu rosto estava inexpressivo, parecendo uma máscara, e seus gestos lembravam os de um sonâmbulo.

Leo fez as apresentações. Ela inclinou de leve a cabeça, em saudação.

– Obrigada por ter vindo, sra. Durrant – disse Calgary. – Achei que a senhora deveria ouvir o que tenho a dizer.

– Como queira – disse Mary. – Mas nada que o senhor ou qualquer outra pessoa diga poderá trazer o meu Philip de volta.

Ela se afastou um pouco deles e se sentou numa cadeira perto da janela. Calgary olhou à sua volta.

– Primeiro deixem-me dizer isto: quando estive aqui da primeira vez, quando disse a vocês que poderia limpar o nome de Jacko, a reação de vocês à notícia deixou-me confuso. Agora eu entendo. Mas o que mais me impressionou foi o que esta menina aqui – ele olhou para

Hester – me disse quando eu estava indo embora. Ela me disse que o importante não era o culpado, mas sim o inocente. Há uma frase no Livro de Jó que descreve isso: *A desgraça do inocente*. Em consequência da minha notícia, isso é o que todos vocês têm sofrido. Os inocentes não devem sofrer e não podem sofrer, e é para acabar com o sofrimento dos inocentes que eu estou aqui, para dizer o que tenho a dizer.

Fez uma pausa por alguns instantes, mas ninguém falou. Em seu tom de voz tranquilo e um pouco pedante, Arthur Calgary prosseguiu.

– Quando vim aqui pela primeira vez, não foi, como eu pensava, para lhes trazer notícias boas. Vocês haviam aceitado a culpa de Jacko. Estavam todos, digamos, *satisfeitos* com ela. Era a melhor solução que podia haver para o caso do assassinato da sra. Argyle.

– Não lhe parece que é um modo um tanto rude de colocar as coisas? – perguntou Leo.

– Não – disse Calgary –, é a verdade. O fato de Jacko ser o criminoso era satisfatório para vocês já que não havia possibilidade de algum estranho ter cometido o crime, e porque, no caso de Jacko, vocês poderiam encontrar as desculpas necessárias. Ele era um desastre, um doente mental, não era responsável por suas ações, um jovem delinquente! Todas as frases que podemos usar hoje em dia para justificar a culpa de alguém como ele. O senhor mesmo disse, sr. Argyle, que não o culpava. Disse que a mãe dele, a vítima, não o teria culpado – ele olhou para Kirsten Lindstrom. – *A senhora* o culpava. A senhora disse com todas as letras que ele era perverso. Este é o termo que a senhora usou. "Jacko é perverso", a senhora disse.

– Talvez – disse Kirsten Lindstrom. – Talvez, sim, talvez eu tenha dito isso. E era verdade.

– Sim, era verdade. Ele *era* perverso. Se não houvesse sido perverso, nada disso teria acontecido. Ainda assim – disse Calgary –, a senhora sabia muito bem que a prova apresentada por mim o inocentava do crime em questão.

Kirsten disse:

– Nem sempre é possível acreditar em provas. O senhor teve uma concussão. Eu sei muito bem o que uma concussão faz com as pessoas. Elas não se lembram das coisas de maneira clara.

– Então essa ainda continua sendo a sua explicação? – disse Calgary. – A senhora ainda acha que Jacko cometeu de fato o crime e que de alguma maneira conseguiu forjar um álibi? É isso?

– Eu não sei os detalhes. Sim, algo assim. Ainda acho que foi ele. Todo o sofrimento por que passamos e as mortes, sim, essas mortes terríveis, tudo isso foi culpa *dele*. Tudo culpa de Jacko!

Hester exclamou:

– Mas Kirsten, você sempre foi tão devotada a Jacko.

– Talvez – disse Kirsten –, sim, talvez. Mas ainda acho que ele era perverso.

– Nesse ponto eu concordo com a senhora – disse Calgary –, mas de resto a senhora está errada. Com ou sem concussão, minha memória está perfeitamente clara. Na noite em que a sra. Argyle morreu, eu dei uma carona a Jacko na hora declarada. Não há nenhuma possibilidade, e repito essas palavras firmemente, não há nenhuma possibilidade de que Jacko Argyle tenha matado sua mãe adotiva naquela noite. Seu álibi, nesse sentido, é verdadeiro.

Leo moveu-se na cadeira parecendo inquieto. Calgary continuou:

– Vocês acham que estou apenas repetindo o que já havia dito antes? Não exatamente. Há outros pontos a serem considerados. Um deles é a informação que me foi dada pelo inspetor Huish de que Jacko estava muito seguro e convicto quando apresentou seu álibi. Ele tinha tudo na ponta da língua, os horários, o *lugar, quase como se soubesse que poderia precisar dele*. Isso se enquadra à perfeição com a conversa que tive sobre ele com o dr. MacMaster, que tem uma vasta experiência em casos de delinquência juvenil. Ele disse que não ficara muito surpreso com o fato de Jacko ter disposição natural para o assassinato, mas estava surpreso que ele tivesse de fato cometido um. Disse que o tipo de crime que julgava Jacko capaz de cometer era um em que ele assumisse o papel de mentor, instigando *outra pessoa* a cometer o assassinato. Então cheguei ao ponto em que me fiz a seguinte pergunta: Jacko sabia que um crime seria cometido naquela noite? Sabia que precisaria de um álibi e saiu, de modo deliberado, para consegui-lo? Em caso afirmativo, *outra pessoa* teria de matar a sra. Argyle, *mas* Jacko sabia que ela seria morta, e é possível por isso afirmar que foi ele o instigador do crime.

Ele disse para Kirsten Lindstrom:

– *A senhora ainda acha isso, não acha? Ainda acha, ou quer continuar achando?* A senhora acha que foi Jacko quem a matou, *e não a senhora*... A senhora acha que ele a influenciou, que a levou a fazer isso. Portanto, quer que toda a culpa seja *dele*!

– Eu? – disse Kirsten Lindstrom. – Eu? O que o senhor está dizendo?

– Estou dizendo que há apenas uma pessoa nesta casa que se encaixa no papel de cúmplice de Jacko Argyle, e essa pessoa é a *senhora*, miss Lindstrom. Jacko tem um histórico em relação a esse tipo de coisa. Era conhecido por inspirar paixões em mulheres de meia-idade. Usava esse poder de maneira deliberada. Ele tinha o dom de fazer com que essas mulheres acreditassem nele – Calgary inclinou-se para frente. – Ele fez amor com a senhora, não fez? – ele disse suavemente. – Ele a levou a crer que iria se casar com a senhora, que depois que tudo estivesse terminado, e ele tivesse mais controle sobre o dinheiro de sua mãe, vocês iriam se casar e fugir para algum lugar. Foi isso o que aconteceu, não foi?

Kirsten olhou fixamente para ele. Ela não disse uma palavra. Era como se estivesse paralisada.

– Foi feito de maneira cruel, impiedosa e premeditada – disse Arthur Calgary. – Ele veio até aqui naquela noite, desesperado por dinheiro, atormentado pela possibilidade de ser preso e condenado. A sra. Argyle se recusou a dar dinheiro a ele. Diante da recusa dela, ele recorreu à senhora.

– O senhor acha – disse Kirsten Lindstrom –, o senhor acha que eu teria roubado o dinheiro da sra. Argyle para dar a ele em vez de usar o meu próprio dinheiro?

– Não – disse Calgary –, a senhora teria dado a ele o seu próprio dinheiro, se tivesse algum. Mas creio que a senhora não tinha... A senhora tinha um bom rendimento por conta do pecúlio que a sra. Argyle lhe havia garantido. Mas creio que ele já havia secado tudo isso. Então ele estava desesperado naquela noite, e quando a sra. Argyle subiu para falar com o marido na biblioteca, a senhora foi até o lado de fora da casa, onde ele a estava esperando, e ele lhe disse o que a senhora tinha que fazer. Primeiro, teria que dar o dinheiro a ele, e então, antes que o roubo pudesse ser descoberto, a sra. Argyle teria que ser morta. Porque ela não iria ocultar o roubo. Ele disse que seria fácil. A senhora teria apenas que abrir as gavetas para que parecesse que um assaltante havia invadido a casa e a golpeado na cabeça. Seria indolor, ele disse. Ela não sentiria nada. Ele iria conseguir um álibi para si, então a senhora teria que tomar cuidado para que tudo fosse feito na hora certa, entre sete e sete e meia da noite.

– Não é verdade – disse Kirsten. O corpo dela começara a tremer. – O senhor está louco dizendo uma coisa dessas.

Contudo, não havia indignação em sua voz. Estranhamente, ela falava num tom monótono e mecânico.

– Mesmo que fosse verdade o que o senhor diz – acrescentou –, acha que eu ia deixá-lo ser acusado de assassinato?

– Oh, sim – disse Calgary. – Afinal de contas, ele havia lhe dito que teria um álibi. A senhora esperava, talvez, que ele fosse preso e em seguida provasse sua inocência. Era tudo parte do plano.

– Mas quando ele não pôde provar sua inocência – disse Kirsten –, o senhor não acha que eu o teria salvado?

– Talvez – disse Calgary –, talvez... Não fosse por um detalhe. Na manhã seguinte ao crime, *a esposa de Jacko apareceu aqui.* A senhora não sabia que ele era casado. A garota teve que repetir a afirmação duas ou três vezes antes que a senhora pudesse acreditar. Naquele momento, seu mundo desabou. A senhora passou a ver Jacko como ele realmente era. Cruel, calculista, desprovido de qualquer afeto pela senhora. A senhora deu-se conta do que ele a havia convencido a fazer.

Inesperadamente, Kirsten Lindstom começou a falar. As palavras saíam de maneira apressada e incoerente.

– Eu o amava... Eu o amava com todas as minhas forças. Eu fui uma idiota, uma velha ingênua e ridícula. Ele me fez pensar que... ele me fez acreditar. Ele disse que não gostava de garotas. Ele disse... Eu não posso contar todas as coisas que ele disse. Eu o amava. Juro que o amava. E então aquela criança tola, afetada, chegou aqui, aquela coisinha vulgar. Eu vi que era tudo mentira, tudo pura perversão, perversão... perversão *dele*, não minha.

– Naquela noite em que estive aqui – disse Calgary –, a senhora estava com medo, não estava? Estava com medo do que iria acontecer. Temia pelos outros. Por Hester, que a senhora amava. Por Leo, de quem gostava muito. Talvez a senhora tenha visto um pouco do que essa situação poderia causar a eles. Mas, acima de tudo, a senhora temia por *si mesma*. E a senhora vê o que esse medo a levou a fazer... A senhora tem mais duas mortes nas mãos agora.

– O senhor está dizendo que eu matei Philip e Tina?

– É claro que a senhora matou Philip e tentou matar Tina – disse Calgary. – A moça recobrou a consciência.

Os ombros de Kirsten cederam ao peso do desespero.

– Então ela disse que eu a apunhalei. Eu achava que ela nem havia percebido. Eu estava louca, é claro. Estava fora de mim naquele momento, aterrorizada. Estavam chegando tão perto... Tão perto.

– Devo contar o que Tina disse quando recobrou a consciência? – disse Calgary. – Ela disse: "A xícara estava vazia". Eu soube de imediato o que ela quisera dizer com isso. A senhora fingiu estar levando uma xícara de café para Philip Durrant, mas na verdade a senhora já o havia apunhalado e estava *saindo* do quarto quando ouviu Tina se aproximar. Então a senhora deu meia-volta e fingiu que estava *entrando* com a bandeja. Em seguida, ainda que estivesse bastante perturbada devido ao choque provocado pela morte de Philip, ela notou automaticamente que a xícara que havia caído no chão estava vazia e que não havia deixado mancha de café.

Hester exclamou:

– Mas não é possível que Kirsten a tenha apunhalado! Tina desceu as escadas e foi encontrar Micky. Ela estava bem.

– Minha cara menina – disse Calgary –, pessoas que foram apunhaladas podem caminhar quarteirões sem perceber o que lhes aconteceu! No estado de choque em que Tina se encontrava, ela não deve ter sentido praticamente nada. Uma picada, um leve incômodo talvez – ele olhou mais uma vez para Kirsten. – E mais tarde você colocou a faca no bolso de Micky. Essa foi a maior de suas maldades.

Kirsten jogou as mãos para alto, como a suplicar.

– Eu não pude evitar... o cerco estava se fechando... Todos estavam prestes a descobrir. Philip estava chegando muito perto e Tina... Tina deve ter ouvido minha conversa com Jacko aquela noite do lado de fora da cozinha. Todos estavam prestes a saber... Eu queria me proteger. Queria... *ninguém nunca está protegido* – ela baixou as mãos. – Eu não queria matar Tina. Quanto a Philip...

Mary Durrant se levantou. Caminhou devagar na direção de Kirsten, mas com crescente determinação.

– Você matou Philip? – ela disse. – *Você* matou Philip.

Como uma tigresa, subitamente se lançou sobre a mulher. Foi Gwenda que, compreendendo rápido a situação, pôs-se de pé num salto e a segurou. Calgary uniu-se a ela e juntos os dois conseguiram contê-la.

– Foi você... Foi você! – gritou Mary Durrant.

Kirsten Lindstrom olhou para ela.

– O que *ele* tinha a ver com a história? – ela perguntou. – Por que ficava bisbilhotando e fazendo perguntas? *Ele* não estava ameaçado. Não era uma questão de vida ou morte para *ele*. Era apenas um divertimento.

Virou-se de costas e caminhou lentamente em direção à porta. Saiu da peça, sem olhar para trás.

– Detenham-na – gritou Hester. – Ah, temos que detê-la.

Leo Argyle disse:

– Deixa-a ir, Hester.

– Mas... Ela vai se matar.

– Duvido que faça isso – disse Calgary.

– Ela foi nossa fiel amiga por tanto tempo – disse Leo. – Fiel, dedicada... E agora isso!

– O senhor acha que ela vai se entregar? – disse Gwenda.

– É bem mais provável – disse Calgary – que ela vá até a estação mais próxima e pegue um trem para Londres.

Mas, certamente, ela não conseguirá escapar. Será encontrada.

– Nossa querida Kirsten – disse Leo outra vez. Sua voz estava trêmula. – Tão fiel, tão bondosa.

Gwenda pegou seu braço e o sacudiu de leve.

– Como pode dizer isso, Leo, como pode? Pense em tudo o que ela nos fez... Em como nos fez sofrer!

– Eu sei – disse Leo –, mas ela também sofria. Acho que era o sofrimento *dela* que sentíamos nesta casa.

– E teríamos sofrido o resto da vida – disse Gwenda –, se dependesse dela! Se não fosse pelo dr. Calgary... – ela olhou-o agradecida.

– Finalmente – disse Calgary – pude ajudar em alguma coisa, ainda que tarde demais.

– Tarde demais – disse Mary com amargura. – Tarde demais! Oh, por que não pensamos nisso. Por que não *adivinhamos*? – ela virou-se para Hester num tom acusatório. – Eu achava que tinha sido *você*. Sempre achei.

– *Ele* não achava – disse Hester. Ela olhou para Calgary.

Mary Durrant disse em voz baixa:

– Eu quero morrer.

– Minha querida – disse Leo –, como eu gostaria de poder ajudá-la.

– Ninguém pode me ajudar – disse Mary. – Tudo isso é culpa de Philip. Ele quis ficar aqui, mexer com essa história. Cavou a própria cova – ela olhou em volta. – Nenhum de vocês é capaz de entender.

Ela saiu da biblioteca.

Calgary e Hester seguiram-na. Quando cruzaram a porta, Calgary olhou para trás e viu o braço de Leo passar por sobre os ombros de Gwenda.

– Ela me avisou – disse Hester, com os olhos arregalados. – Ela me disse desde o início para não confiar nela, para ter tanto medo dela quanto tinha dos outros.

– Esqueça isso, minha querida – disse Calgary. – É isso que você deve fazer agora. *Esquecer*. Vocês estão livres agora. Os inocentes não estão mais sob a sombra da culpa.

– E Tina? Vai ficar bem? Não vai morrer?

– Acho que ela não vai morrer. – disse Calgary. – Ela está apaixonada por Micky, não está?

– É possível que esteja – disse Hester, surpresa. – Nunca tinha pensado nisso. Eles sempre tiveram uma relação de irmãos, é claro. Mas não são irmãos de verdade.

– A propósito, Hester, você sabe o que Tina quis dizer com "A pomba no mastro"?

– Pomba no mastro? – Hester franziu a testa. –Espere um pouco. Soa muito familiar. "A pomba no mastro, quando partíamos sem deixar rastro. Lamentava e lamentava e lamentava."* É isso?

– Pode ser – disse Calgary.

– É uma canção – disse Hester. – Uma espécie de canção de ninar. Kirsten costumava cantá-la para nós. Só me lembro de umas partes. "Meu amor estava em minha mão direita"**, então há um pedaço que não lembro, e, "Ó donzela amada, eu não estou aqui. Eu não tenho lugar, em parte alguma, Não tenho mais morada, em terra ou no mar, Apenas no teu coração."

– É isso – disse Calgary. – Sim, sim, é isso...

– Talvez eles se casem – disse Hester –, quando Tina se recuperar, e então ela poderá ir para o Kuwait com ele. Tina sempre quis morar num lugar onde fosse quente. É muito quente no Golfo Pérsico.

– Quente demais, eu diria – disse Calgary.

– Nenhum lugar é quente demais para Tina – Hester afirmou.

---

* No original: *The Dove on the mast, as we sailed fast. Did mourn and mourn and mourn.* (N.T.)

** No original: *My Love stood at my right hand.* (N.T.)

– E agora você será feliz, minha querida – disse Calgary, segurando sua mão. Ele esforçou-se para sorrir. – Vai se casar com seu jovem médico e sossegar e não terá mais essas ideias loucas e essas angústias terríveis.

– Casar com *Don*? – disse Hester num tom de voz surpreso. – É claro que não vou me casar com *Don*.

– Mas você o ama.

– Não, acho que não o amo, realmente... Eu apenas achava que o amava. Mas ele não acreditou em mim. Ele não *sabia* que eu era inocente – ela olhou para Calgary. – *Você* sabia! Acho que gostaria de me casar com você.

– Mas, Hester, eu sou muito mais velho. Você não pode...

– Isto é, se você me quiser – disse Hester com um súbito ar de dúvida.

– Oh, é claro que eu quero! – disse Arthur Calgary.

Livros de Agatha Christie na Coleção **L&PM** POCKET:

Assassinato na casa do pastor
Um brinde de cianureto
Um crime adormecido
Os crimes ABC
Depois do funeral
É fácil matar
E no final a morte
A extravagância do morto
Um gato entre os pombos
A mão misteriosa
O mistério do Trem Azul
Mistério no Caribe
O mistério Sittaford
O misterioso sr. Quin
Nêmesis
A noite das bruxas
Um passe de mágica
Poirot e o mistério da arca espanhola e outras histórias
Poirot perde uma cliente
Poirot sempre espera e outras histórias
Por que não pediram a Evans?
Portal do destino
Punição para a inocência
Os Quatro Grandes
Seguindo a correnteza
Sócios no crime
A teia da aranha
Testemunha da acusação e outras peças
Testemunha ocular do crime
Os trabalhos de Hércules

Agatha Christie
(1890-1976)

Agatha Christie é a autora mais publicada de todos os tempos, superada apenas por Shakespeare e pela Bíblia. Em uma carreira que durou mais de cinquenta anos, escreveu 66 romances de mistério, 163 contos, dezenove peças, uma série de poemas, dois livros autobiográficos, além de seis romances sob o pseudônimo de Mary Westmacott. Dois dos personagens que criou, o engenhoso detetive belga Hercule Poirot e a irrepreensível e implacável Miss Jane Marple, tornaram-se mundialmente famosos. Os livros da autora venderam mais de dois bilhões de exemplares em inglês, e sua obra foi traduzida para mais de cinquenta línguas. Grande parte da sua produção literária foi adaptada com sucesso para o teatro, o cinema e a tevê. *A ratoeira*, de sua autoria, é a peça que mais tempo ficou em cartaz, desde sua estreia, em Londres, em 1952. A autora colecionou diversos prêmios ainda em vida, e sua obra conquistou uma imensa legião de fãs. Ela é a única escritora de mistério a alcançar também fama internacional como dramaturga e foi a primeira pessoa a ser homenageada com o Grandmaster Award, em 1954, concedido pela prestigiosa associação Mystery Writers of America. Em 1971, recebeu o título de Dama da Ordem do Império Britânico.

Agatha Mary Clarissa Miller nasceu em 15 de setembro de 1890 em Torquay, Inglaterra. Seu pai, Frederick, era um americano extrovertido que trabalhava como corretor da bolsa, e sua mãe, Clara, era uma inglesa tímida. Agatha, a caçula de três irmãos, estudou basicamente em casa, com tutores. Também teve aulas de canto e piano, mas devido ao temperamento introvertido não seguiu carreira artística. O pai de Agatha morreu quando ela tinha onze anos, o que a aproximou da mãe, com quem fez várias viagens. A paixão por conhecer o mundo acompanharia a escritora até o final da vida.

Em 1912, Agatha conheceu Archibald Christie, seu primeiro esposo, um aviador. Eles se casaram na véspera do Natal de 1914 e tiveram uma única filha, Rosalind, em 1919. A carreira literária de Agatha – uma fã dos livros de suspense do escritor inglês Graham Greene – começou depois que sua irmã a desafiou a escrever um romance. Passaram-se alguns anos até que o primeiro livro da escritora fosse publicado. *O misterioso caso de Styles* (1920), escrito próximo ao fim da Primeira Guerra Mundial, teve uma boa acolhida da crítica. Nesse romance aconteceu a primeira aparição de Hercule Poirot, o detetive que estava destinado a se tornar o personagem mais popular da ficção policial desde Sherlock Holmes. Protagonista de 33 romances e mais de cinquenta contos da autora, o detetive belga foi o único personagem a ter o obituário publicado pelo *The New York Times.*

Em 1926, dois acontecimentos marcaram a vida de Agatha Christe: a sua mãe morreu, e Archie a deixou por outra mulher. É dessa época também um dos fatos mais nebulosos da biografia da autora: logo depois da separação, ela ficou desaparecida durante onze dias. Entre as hipóteses figuram um surto de amnésia, um choque nervoso e até uma grande jogada publicitária. Também em 1926, a autora escreveu sua obra-prima, *O assassinato de Roger Ackroyd.* Este foi seu primeiro livro a ser adaptado para o teatro – sob o nome *Álibi* – e a fazer um estrondoso sucesso nos teatros ingleses. Em 1927, Miss Marple estreou como personagem no conto "The Tuesday Night Club".

Em uma de suas viagens ao Oriente Médio, Agatha conheceu o arqueólogo Max Mallowan, com quem se casou em 1930. A escritora passou a acompanhar o marido em expedições arqueológicas e nessas viagens colheu material para seus livros, muitas vezes ambientados em cenários exóticos. Após uma carreira de sucesso, Agatha Christie morreu em 12 de janeiro de 1976.